紫风

孟丽君 著

以风为信 咫尺天涯

北京日报报业集团
同心出版社

图书在版编目（CIP）数据

紫风／孟丽君著．—北京：同心出版社，2015.1
ISBN 978-7-5477-1294-8

Ⅰ．①紫…　Ⅱ．①孟…　Ⅲ．①中篇小说-小说集-中国-当代　Ⅳ．①I247.5

中国版本图书馆CIP数据核字（2014）第201713号

紫风

出版发行：同心出版社
地　　址：北京市东城区东单三条8-16号东方广场东配楼四层
邮　　编：100005
电　　话：发行部：（010）65255876
　　　　　总编室：（010）65252135-8043
网　　址：www.beijingtongxin.com
印　　刷：北京昌联印刷有限公司
经　　销：各地新华书店
版　　次：2015年1月第1版
　　　　　2015年1月第1次印刷
开　　本：880毫米×1230毫米　1/32
印　　张：8.75
字　　数：200千字
定　　价：28.60元

与想象一同生长

——孟丽君中篇小说集《紫风》

凸凹

丽君是一个不大喜欢口头说话的女孩儿，从她父母那里得知，从上学起，她就开始把要说的话都转化成创作的文字了。不爱说却善思考，这便注定了她与文学的一种缘分。在她的脑子里，或者眼睛里，充满了五彩缤纷甚至千奇百怪的意象——那是一种非现实或者超现实的想象。不喜欢传统现实主义手法的写作，似乎是她这一代作者的共同特点，只是丽君更甚些。文学的写作方法，没有优劣之分，何况它们也是在随着时代的发展而不断演进的。现在的现实主义还是传统的现实主义吗？答案应该是否定的。只是丽君的取材范围以及叙述方式多少会失去一部分读者——或因为作品里生活领域的陌生，或因为那种跳跃的语言。

正因如此，我才要说，对丽君的作品一定要读下去，因为那里面展现的是一段段丰富的情感，一片片神奇的景象；继而我们会发现，那跳跃的语言已经不是阅读的障碍了，而是一个个鲜活的生命。

这本书收录了丽君两个较长的中篇。

《紫风》是作者对青春的回忆，或是为青春留下的记忆。小说叙述了几个年轻人步入社会后的生活、感情经历。在作者设置的特定环境下，主人公们在与命运的对峙中坚持己念；面对现实的碾压顽强地保存着自我。这是80后一代人典型的生活写照！

应该说，这是一篇偏重现实生活的写作。只是在具体方法上体现了她这一代作者的特征——不拘一格。小说以人物为主线推进故事发展，选取人物生活片段来展示人物特点，其间又不时填充一些有哲理的抒情语句，以体现作者对生活的思考。作者学过编剧，作品中也多有体现。比如对人物外貌和环境的细化，感觉似乎是把影像还原成了文字。在丽君所有的作品里，我们几乎都可以看到这些丰富而混合的写作元素。

也许是为了避开现实的障碍，或者是为了更能放开束缚地写作，这部书里的第二篇小说《天涯》索性把一段感人的爱情搬到天界去演绎了。但即使在天界的爱情也会有束缚，权欲与真爱相互冲突，种种误会阻碍真爱的表露。这不就是现实爱情的写照吗？所以，不能因为作者写的是天界就简单地将她归为浪漫主义的写作。故事发生在虚构的天界，展现的却是作者现实的心灵。

也许丽君只是想讲一个单纯而执著的爱情故事，至于它在哪发生、用什么方法发生，那都不重要，反正丽君有的是手段让它发生。重要的是，它的确发生了。

是为序。

（凸凹，北京市房山区文联主席，著名小说家、散文家、评论家）

目录

紫风

1

永远不停歇的嘈杂思维伴随着江逸宁的生活，给他制造了非同寻常的环境。并不是他生来就有独到的适应能力，来适应那乱七八糟的房间、一团乱麻的感情。书桌的空间被参差不齐的书占据，急需加氧的金鱼在鱼缸中竖起身体挣扎。忍受到了极限，他只好站起身走动，不停地诅咒生活却没有办法改变。想发脾气身边没有目标，玻璃茶具在他昨晚的狂怒之下顷刻成了粉末。

鱼缸中的金鱼因缺氧发出亲吻似的声音。他盯着可怜的金鱼暗自咒骂：你们干吗不快死，当人的宠物很愉快吗？别乞求我会救你们，比一比谁在无氧的条件下能坚持到最后，我就给最后的挣扎者加氧换水。电话铃响起，他慌忙接了电话。一个有穿透力的声音："逸宁，你在哪里？……"打电话的人是七姐，给江逸宁水和氧气的女人。江逸宁对着镜子打量自己，判断回到七姐身边的利弊。他是一条需要七姐加氧过活的鱼，七姐爱他。

喧闹的街道没影响江逸宁迅速变好的心情，他洋洋得意地感受着失而复得的快乐。他开始反省自己的过失。他已经够圆滑，圆滑到能够与七姐合作五年；他认为自己还不够圆润，没有得到真正的信任。岁月不忍在江逸宁完美的脸上留下任何痕迹，他的样子一尘不染，表情接近美好的心灵。

到七姐家门外，江逸宁忐忑不安。他不能忘记七姐给他的工作体面又舒适，发挥了他所有的能力。他和七姐的感情是荒唐的，和安安分手是对他贪心的惩罚。江逸宁不知道自己有多贪婪，他忘记沿途的风景，只顾得一路走向金钱的府邸；他适应不属于他的奢华，忘记了始终。他是朴素的人，有简单的思维，丢失了本真让人觉得做作无聊，如同乡下姑娘穿时髦的衣服而眼光中还有怯懦一样。

岩石湾沈氏公司的代理李崇化来北方与七姐的红星公司寻求合作。七姐向江逸宁介绍："这是岩石湾沈氏公司的代理人，他希望能与安安合作，你是安安的经理人，向他介绍一下安安的情况吧。安安的整体素质不错，唱片拿过不少的奖项。我对她很有信心。"江逸宁听着七姐的话，心中充满对安安的怨恨。

江逸宁平静地说："安安换了经理人，我们解约了。"七姐沉默了。江逸宁知道这次合作对公司非常重要不能放弃。他与安安解约发生在年初，安安付了违约金。七姐惊讶安安的草率及对前途的不负责任，惊讶江逸宁的狭隘和短浅。江逸宁试探地说道："现在是八月，有一批落榜的艺考生，其中有条件不错的。我联系一下，应该能有收获。"

七姐轻轻地"哼"了一声，问道："安安签了哪家公司？"江逸宁说道："她可能不想再唱歌，想要过平静的生活。有许多关于她的流言。"李崇化打断他说道："江逸宁的办法可取，我觉得七姐的红星影音和我们沈氏公司可以合作举办一个歌唱比赛，说不定会有人脱颖而出。"

2

九月的天，晴朗透明。

甄选歌手的考试紧张地进行了一周，凭着沈氏公司的影响，参加应试的人很多，但是没有遇到真正有实力的选手。差强人意的也被留下来等待最后决定。众多的男女歌手中很难有江逸宁真正满意的，他总拿这些歌手与安安相比较。天气的酷热让江逸宁感到一阵头晕，他想离开位子活动一下。

他走出考场，看见有一个老人和一个女孩。那女孩蹲在墙角痛哭，老人身躯瘦小佝偻，站在她身边，一见江逸宁走过来，赶快迎了上去："去劝劝她吧，这么热的天，我怕她哭坏了。"老人的双眼充满了乞求的泪。

江逸宁不由心头一阵酸楚。他看了一眼蹲在墙角的那女孩，对她有些印象，可能声音不洪亮和紧张的缘故没有过二试。江逸宁问道："你叫什么名字？"老人赶忙回答："她叫江洋。"老人的手拍着江洋的后背以减轻她的痛苦。

这时江逸宁仔细打量江洋。她穿一件普通的白色T恤和蓝牛仔裤，身材很高。江洋的眼眉很特别，懵懂的茶色眼睛神秘迷离，柔和的面容在太阳光下很美好。江逸宁犹豫着：如果我给她机会对别人就太不公平了。

老人见江逸宁不动声色，很着急。江逸宁对江洋有一种异样的感觉，这感觉好像是他急于了解她，又想靠近她。这种念头一闪而过，他知道不能对漂亮女孩有随便的想法，因而他没有松口给江洋机会。江逸宁看着江洋，伸出手扶她起来。刹那间，他感觉到特殊的温存，更增添了他心中的不忍：我应不应该再给她一次机会？她的可塑性很强。江逸宁看着江洋瘦长的手指："你会弹钢琴？"江洋的眼光更加暗淡："不，我只会弹吉他。"江逸宁不愿意放弃江洋，他有一种莫名的感觉，觉得江洋的优势没有发挥出来。

江洋不再哭了，冷漠的表情又一次浮上了她的脸庞。她没有自信，可她的骨子里很倔强。江逸宁怜悯这个女孩，他给江洋留了电话和地址，让她不要放弃，他可以帮助她。

3

一个月后，江洋来找江逸宁，她的状态比考试那天好许多，脸上充满了笑容。有个五官很俊朗的男孩跟她一起，江洋向江逸宁介绍说这是她的同学刘晓踱。

刘晓踱是江洋的中学同学，他的父亲是小城的公务员，在爷爷眼中他是最乖的，在父亲眼里他就是个不学无术的小痞子。十三岁那年，他偷了爸爸的钱到商店买了一把小吉他，被父亲发现后，吉他被扔了，刘晓踱被痛骂。

刘晓踱的爷爷不认为弹吉他会有什么坏影响，他说孩子想学吉他就是对音乐有天赋！爷爷亲自带他去买吉他。刘晓踱有了自己的世界，也背上了包袱。一直没给他带来希望的音乐给了他另外一个惊喜——江洋。

课间，班里最不爱说话的江洋主动走到他的桌前，悄悄地愣愣地对他说："你会给吉他调弦吗？"刘晓踱顿时觉得全身的血液都沸腾了，他磕磕巴巴地说："会、会。"

吉他弦调好了，他们之间的关系近了一步。课上传个纸条什么的，多是些关于练习吉他的事情或是没用的话，这样的交往缓解了那个年龄的孤独和寂寥，刘晓踱教会了江洋弹吉他。

江洋在江逸宁面前很紧张，说着不成文的对音乐的理想和追求，说什么，不想做歌星，只想一辈子和音乐做朋友。

刘晓踱默默地听着，顺从又勉强地点着头，江逸宁露出别样的笑容。

面对江洋的倔强和单纯，江逸宁的心中有一种少有的妥协。他觉得自己羡慕江洋身边这个男孩。江逸宁对江洋深邃的眼睛莫名地追随着，而刘晓踱对江洋的眼睛不感兴趣，他最爱看她那腼腆的笑容。

江逸宁对江洋说："有实力的歌手很多，你的条件没有优势。"江洋小声说道："我并不是想出名，音乐是我生命的一部分。"刘晓踱默不作声。江逸宁给她的回答是："你现在的任务是设法养活自己。我有些朋友，他们的想法和你差不多，只是喜欢音乐，他们做音乐只是为了梦想，你会学到很多的东西。他们乐观，对音乐执著。"江洋看了一眼半天没说话的刘晓踱，刘晓踱眉开眼笑地说："对！对！应该的，朋友多是好事，况且都是……"他停顿了一下，接着自己不完整的话说："都是……"他又一次停顿了，只得尴尬地笑了，心里很不是滋味。

4

江逸宁明白江洋眼中的悲伤，那是被爱的希望。她的追求让她痛苦，她的梦想和她拥有的条件不相吻合。她要改变现状，每个机会她都不会放过。她成熟的心灵和简单的思维冲突着。江逸宁想：

如果有一个办法能让江洋放弃不切实际的梦想，她就是个完美的女孩。刘晓踱等待的就是这一天。但是江逸宁与刘晓踱的想法不一样，他想唯一能够让江洋放弃梦想的办法，就是先让她实现。这个江逸宁能做到，而刘晓踱办不到。江逸宁心中胆寒，他被自己的想法惊呆了。他不能保证这个计划的成功率。女孩聪明的时候就有一种警觉，掩盖心灵的欲念。江逸宁觉得江洋应该是他的，他放松了……

江洋把江逸宁乱七八糟的书桌收拾干净。江逸宁把金鱼放回到换了水的鱼缸中，看着自由自在的金鱼，他露出奇怪的笑容，蔑视自己，还是挖苦别人？江逸宁觉得想依赖是悲哀的，可所有人都会重蹈覆辙，没有例外。换过水的金鱼自在地游泳，摇着漂亮的尾巴。他们三个人一起吃晚饭后，江逸宁带他们去找沈齐峰。

沈齐峰与江洋想象的不同，如果任何一个角落都适合江逸宁，可以无条件地接受他，沈齐峰却没有一个角落肯接受。沈齐峰五官不丑，体形微微发胖，看人的时候下巴扬起来，狂悖的眼神愤世嫉俗，很自信。他的声音却与外貌完全不同，随和、平静。他明白世事的残酷但并没有意愿去争斗；他不易接近的表情显得没礼貌，笑容却暴露了外表的冷酷只是伪装，是保护心灵的伪装。

“那是灵月，我们的歌都是她写的，也是乐队的主唱。”沈齐峰指着乐队的一个成员说道。江洋看到一个身材瘦小、长发披肩、皮肤特别黑的女孩。灵月用键盘弹出一段很美的旋律表示欢迎。不一会儿，乐队其他几个成员也出现了。他们随意地介绍自己：“我是贝司手二冬，比你大几岁，就叫我冬哥吧。以后你常来玩，逸宁的朋友也是我们的朋友。”他们相互使了下眼色，冲着江逸宁坏笑着。二冬说话的时候露出他一口不整齐的牙齿，T 恤的袖子撸到肩膀上面露出发达的肌肉，头发短短的贴在头皮上，由于个子太高坐下时他的后背出现一个大大的弯弓。

勇子是鼓手，是长发，他的长发是经过细心修剪的，染成与他皮肤相配的棕红色，披散下来遮住脖颈。他中等身材，很瘦。如果说沈齐峰冷漠的眼神是伪装，勇子的眼光中则有一种将死的灵魂在挣扎的感觉。他很帅，有一种强烈的男儿气，没有温存的味道。他打了一段鼓表示对江洋的欢迎，没有微笑，只是向江洋点点头。大家都想勇子能讲几句话，平日里大家都叫他“蜡像人”。

江逸宁问：“峰哥，晚上有演出？”

“不是演出，一个哥们儿的酒吧开业，去凑个热闹。江洋也跟我们一起去，让她唱首歌。”

江洋觉得沈齐峰并不可怕，胆子也就大起来：“我没有准备。”

“怎么？没有信心，你一定行。”沈齐峰和蔼地对江洋说。

二冬看着勇子：“你为什么拿灵月的裙子？”

勇子说：“我借来给洋妹晚上唱歌时穿。”

二冬嘟囔了一句：“多难看。”

江洋觉得小四合院很亲切很温暖，这时她把刘晓踱忽略了，只想赶快地融入这个新奇的小世界，尽快地了解他们每一个人。

江逸宁说道：“希望你能理解，无论如何好好带她。制作费你不用担心，我去找七姐。”

沈齐峰慨叹：“现在从七姐那要钱不太容易了。你和安安？”

江逸宁的脸上掠过一丝哀愁：“我去找过她，她话说得很难听，我们不可能了。”

沈齐峰说：“安安很傲慢。你挺难的，我了解。不说这些了！咱哥们儿多久没喝酒了？”

江逸宁听到这里恢复了原来快乐的表情：“快一年了吧。这几年不顺利，还得打工赚钱养活自己。”

沈齐峰劝他：“你应该振作起来，什么都是一时的，谁都得有个坎儿。逸宁，我知道，你还是想着做出成绩来吧？要我说就顺其自然吧，七姐对你不错。江洋很可爱，不过不适合做歌手，我怕你希望越高失望越大。看见没有，太简单，来了就找勇子玩，不理她的小朋友了。你要没有十足的把握就放人家小两口儿回家吧。别用别人的青春赌自己的前程啊。”江逸宁听到这里，脸色有些变化。沈齐峰：“哎，现在也只能这样了。人你带来了，都是朋友嘛。有制作费就有前途，灵月的那张《雨天》小样早就出来了。租录音棚、找混音师，两首主打还要拍音乐电视。”

江逸宁温和地说：“峰哥，钱我想办法。”

谁都没有注意到开心的江洋身边还有一个沉默的男孩刘晓踱。刘晓踱尴尬地站在院子里，他走到江洋身边小声说：“晚上你要去吗？”江洋肯定地回答：“要去！”刘晓踱：“可那是酒吧！不是学校的会议礼堂。”刘晓踱气愤地走出了院子。

勇子悄悄观察江洋，他想：江洋能适应吗？二冬没想太多，他和沈齐峰的想法是一样的，乐队吸收江洋，就可以拿到江逸宁争取来的制作费。

沈齐峰问：“洋妹，你唱歌不容易走音吧？”

二冬悄悄地问灵月：“怎么样？”

灵月苦笑着：“哪都好，就是不适合唱歌。做平面模特还可以。你看出来了吗，她是安安的替身。”灵月瞥了一眼江洋，蔑视地撇了撇嘴。

勇子的心情就在江洋来的那一刻转变了，他有了新的希冀。他想了许多如果……

5

如墨的云压在城市的上空。

勇子不喜欢这种天气，他宁愿阳光把自己烤得滚烫，然后再来一阵凉风吹走挣扎时的燥热。他称这种天气为“鬼雨天”，他不仅怕这种天气，他也怕黑夜，就像他的生活总是不停地敲鼓以打破沉默。他的心中一片漆黑，就像这种天气。

江洋喜欢这种天气。她开心地想着，雨天一切都那么的宜人，没有浮躁与不安，像是每样东西都变得透明，每颗心都变得有光，每种景物都和天气色调一致，没有招摇，是那样的沉静安逸。只有甜美简单的人才会有这样的心境。

雨后去“港湾”酒吧，江洋很开心，以为可以和他们相融，但事实不是这样。她的安静和他们的躁动格格不入，斟酌有序的语言让灵月感到不满。江洋隐约地感觉到她的到来占据了灵月的位置，她很快发现勇子心情黯淡，让她心动。

他们没有固定的作息时间，生活很随意，一般都是吃午饭的时候才起床，二冬和沈齐峰每晚都喝酒到很晚，灵月经常不知去向，一般要打电话叫才来。几天后，沈齐峰对江洋不能很快适应他们感到不快。江洋与他们格格不入，沈齐峰开始怀疑江逸宁的眼光。开什么玩笑？安安好歹唱歌的时候很投入，江洋整天在胡思乱想，是年纪太轻的缘故？沈齐峰没有办法理解，对江洋没有信心。他没有办法理解江洋的同时，更没法理解勇子。勇子总是对江洋备加爱护，江洋不愿开口，勇子总能从工作中找到话题和她攀谈，不厌其烦地打出鼓点让她模仿，对江洋充满怜爱。

“晚上咱们去吃烤肉怎么样?”灵月用力地拍了一下勇子的肩膀,“你打算和我冷战到什么时候?”勇子的目光缓缓移开鼓谱,转过头看着灵月,没有说话的意思。灵月很不满,悄声说道:“勇子,你想一了百了?没那么简单!”勇子转过身离开。灵月:“你怎么不说话?你是个没有主见的孬种!”二冬赶忙对灵月说道:“去,去,去,这回该我请客了。”

天色阴暗,又要下雨,大家决定去二冬熟悉的一家烤肉店。这家门面不大的烤肉店挤满了大声嚷嚷着喝着酒的人,都是店主的老顾客。烤肉店里被烟雾蒙上一层青紫色,江洋立刻皱起眉头,她是喜欢安静的。没人留心江洋的感受,只有勇子。他们坐到桌旁。二冬挨着江洋,灵月坐在勇子身边。

勇子低着头,玩弄着手里的打火机,突然坚定地说道:“洋妹,你坐到我这边来,灵月你坐过去。”

灵月疑惑地看着勇子:“你有病啊?为什么我过去?”

勇子说:“我有病!”

灵月恼怒地站起身离开烤肉店,二冬追了出去。

沈齐峰面无表情,心想:我暂时不理他们的事,等制作费到手再说。他专注地吃着烤肉。

江洋看着面前的食物,感觉有些反胃,油腻腻带着血丝的肉和铁板味道让她难以忍受。

“江洋,你怎么不吃?”勇子问她。

江洋低声说:“我不太饿。”

勇子招呼老板:“煮碗面。”

老板轻蔑地说:“没有。”

勇子起身冒着细雨到对面的便利店里买了方便面:“老板把面煮了。”

沈齐峰摇了摇头，点上一支烟，小声嘟囔了一句："不至于吧？有话直说，玩这把戏干什么！"

勇子没有说话，默默地低下了头。一碗热腾腾的面放到桌上，江洋感到无尽的温馨。"别看着，赶快吃吧。"勇子温和地说。

饭吃得差不多了，灵月和二冬没有回来。沈齐峰发话："明天我们去小城电视台，参加个节目，灵月嗓子不舒服，江洋唱首慢歌。"

工作、心理的压力过重，江洋病倒了。

天色蒙蒙亮，夜还没有离去，城市的灯光依然美丽。勇子用低柔的声音说："江洋，吃点东西吧。"江洋勉强抬起头，喝了汤。喉咙像被荆棘刺破一样疼痛。她只好摇摇头示意不能再喝了。

勇子担心："糟了，一定是喉咙肿起来了。"他捧起江洋的头轻轻地靠近她的脖颈："明天休息一天。先不排练了。"

江洋挣扎着说："不行的，明天排练完，还要去听音乐课，下午还有 MV 的一组镜头没有拍。"

江洋黑着眼圈来到摄影棚。导演对她的要求很苛刻，江洋知道只有用心才能赶快离开这里。江逸宁一早就来探班，看到勇子也来了。勇子并不主动与江逸宁打招呼，冷冷地看了他一眼。江逸宁有预感，他担心的事情就要发生了。

拍完最后一个镜头，江洋木然地与江逸宁打了招呼，和勇子一起离开了。江逸宁知道江洋在暗示他疏远他，他不允许江洋有这样的心态，今天的机会都是他给她的。

江洋身心疲倦地唱歌没有给她带来快乐，而是戴上了一副压力的枷锁。

二冬没好气地对勇子说："去看看灵月吧，她最近总是哭。"

勇子说："我不去。"

二冬骂："没良心。"

勇子想到药店给江洋买些药，刚准备离开。沈齐峰大声叫住他："你上哪？二冬你去把灵月找来，今天排练，都得来。"沈齐峰白了勇子一眼："勇子，不管怎么样，你和灵月也好了一场，别那么绝情。"

江洋很委屈，但她依恋着勇子，她明白，勇子并没有和灵月分手，只是闹别扭，大家都在帮助灵月挽回勇子的感情。沈齐峰注视着勇子："准备一下，开始练歌。"

二冬找回灵月来，看到江洋也在，她的面孔更加狰狞。她拿起乐谱走到键盘前面。一切似乎平静了，江洋开始唱歌。灵月的心像是一颗炸弹，随时可能爆发。

6

刘晓踱百思不得其解，江洋从来没有这样决绝过。他们在一起的时间总是那么的开心。刘晓踱情绪低落引起了父亲的注意："晓踱，天高任鸟飞啊。你们都已经成人了，女孩子不会永远跟在一个没有实力的人身边的。看电视吗？小城电视台，江洋在唱歌！"刘晓踱说："我不看。"父亲说："你爱看不看。"刘晓踱的母亲在书桌前，放下了手中的报纸说道："江洋从小就跟爷爷生活，被宠坏了。你以后找女朋友，一定要找个本分的。你们之间没有那事吧？"刘晓踱很不耐烦："妈！你说什么呢！"母亲说："没有就好，没有就不容易陷得太深。"刘晓踱父亲搭话说："唱歌？唱歌是什么职业啊？是玩闹！"

江逸宁总抑制不住给江洋打电话，但每次江洋都只是说："我还不错。”从江洋有些沮丧的话语中他听出了江洋不开心。江逸宁来看江洋，下车后，他听见四合院中传来的江洋柔柔的歌声。他悄悄地走进去。正对着门口的灵月最先看到江逸宁，她停止伴奏，立即冲向江逸宁，给他最热情的拥抱：“宁哥，好久不见，怎么样？”逸宁迫不及待地把视线移到江洋那：“江洋，还好吧？”江洋有一大堆话要和他讲，她没露声色，只是说：“还好。”江逸宁看着江洋时，有一两秒钟愣神，然后对沈齐峰说道：“峰哥，给江洋放半天假，我们出去走走。”沈齐峰点点头，乐呵呵地说：“半天假，没问题，明天按时来排练就好了。”

江洋和江逸宁出去后，勇子扔下鼓槌，想要离开。灵月放下手中的乐谱，拦住勇子：“你别以为我们大家都围着你转，看你的鬼脸色。我等制作费很久了，如果你要是因为江洋分裂我们，我给你好看！”

江逸宁和江洋走到了临街一家咖啡店，他们不约而同选择了靠窗的位子。江洋迫不及待地向江逸宁叙述着这些天和沈齐峰他们相处的点点滴滴，此刻见到江逸宁就像见到了老朋友一样。

江逸宁平静地说：“我对你讲件事情，你不要伤心。岩石湾沈氏公司挑中的是歌手安安，是七姐公司的一个老歌手。她以前出的唱片，在岩石湾销售得很好，对一些流程轻车熟路。况且，她在小城早就有知名度。”江逸宁低下头补充了一句：“我合作的第一个歌手就是安安。我坦诚地说，我是从七姐那里拿到些钱，但这笔钱，灵月已经等了很久了，毕竟出唱片是需要钱的。江洋，我觉得，你到公司来，做些别的工作会很开心的，也能养活自己，还可以照顾你爷爷。”

江洋犹豫了一下：“宁哥，我的单曲下周三去录音，我想参加小城歌唱比赛。”

“什么？比赛？”

江洋说：“是一家房地产公司和小城电视台共同举办的，即使不拿奖，也是个练习的机会。”

江逸宁盯着咖啡杯中的泡沫：“参加比赛，有什么用呢？你不要多想，听我的好吗？”

江洋感觉到了身体和精神被一种强大的气流束缚着，也感觉到了江逸宁的强势，她只好鼓足勇气说道：“宁哥，我和乐队的合作不会太长久，我和他们有些格格不入。有些地方我不适应。只有勇子对我友善。”

江逸宁抿着嘴唇：“你愿意去试试也好，不过我也要提醒你，不去参加比赛比拿不到名次要好许多。你我的命运都一样，掌握在别人手中的时候多，你总以为你能做出成绩，可经常是事与愿违。这次比赛是秦城的房地产公司资助的，小城电视台负责宣传和具体事宜。你要是想去的话，我去给你领表格报名。江洋，你知道我对你和对别人不一样。”说完他看着江洋的眼睛，江洋躲避着。

7

“我的东西快被掏空了。”江洋慢吞吞地说。

江逸宁摇着杯中的咖啡缓缓地说：“我三十岁才有被掏空的感觉，你二十几岁就有这种感觉，你要求的太完美。”

江洋看出江逸宁话语中包含对她的失望，低声说：“我觉得我应该继续深造一下。”

江逸宁说：“这方面你不用担心，我会让你去深造的。”

“宁哥，我已经和刘晓踱商量好了。我们俩要一起去念书。”

江逸宁皱了皱眉：“你，你为什么要和刘晓踱一起去？刘晓踱没有前途，他早晚会成你的包袱。你还要参加比赛，能应付得了吗？你对自己的要求太多了，会承受不了的。有些是你自己的奢望，平凡一些没有坏处，我积攒一些钱就为了今后不再冒险。”

江洋说：“我和你想的不一样，我不要平凡，平凡的日子我过够了。我觉得我开始失去平凡了，既然已经这样了，就顺势走下去。我还年轻，不应该消极，我还要争取。不是每个人都有机会，我有信心得到名利。”

江逸宁很着急：“你的思维现在不清晰，成功没有你想象的那样简单。”

江洋固执地说道：“宁哥，我不是你想象的那种人，你会对我失望的。”

江逸宁说：“江洋，你好像变了，以前你对我说你只是爱音乐，对名利看得很淡。我也可以照顾好你的，你是知道的。是不是遇到了什么事情，让你改变了想法？”

江洋低下头：“宁哥，你把我介绍给乐队，就是让我平凡吗？”江洋的眼光中出现了常有的悲凉。

江逸宁说：“不，不是。我只是想让你开心。”江洋似乎看到江逸宁的眼中噙着泪花。江逸宁接着说：“不早了，我送你回家吧？找一条路，适合自己的。你现在住在哪里？”

江洋答：“我最近在四合院住。爸爸妈妈把爷爷送到疗养院了，看爷爷也只好去那里。爸妈离婚本来不分房产，我和爷爷住在老小区，可现在爸爸又要结婚，就要回了房子。但是我没有告诉沈齐峰为什么。”江洋默默地说着，又有些像自说自话，不太需要别人给出反应，她知道别人是没有办法帮她解决的。

江逸宁看着她那痛苦的眼神，想起地段不错的红星小区已经开盘，说："江洋，你从来就不提你的父母，就是因为这些？那我们去疗养院看爷爷吧。你的住处我想想办法。"江洋感觉到，江逸宁很关心她，不是单纯的询问，是超越朋友的关心。

江逸宁转变了话题："健身课有什么收获？"

显然这个问题是江洋感兴趣的。她的悲凉顿时消失了："我觉得我的手臂和腿都变美了。"

"你的手臂本来就很美。"江逸宁老练地夸奖着。

江洋下意识地把手臂伸出来，江逸宁抓住她的手，放在自己的手掌里，说道："你的手和我的手一样。"

江洋感觉他的手又柔又暖，不好意思地说："我觉得我的手比你的手大。"江洋极力掩饰着尴尬想抽回手。

江逸宁抓紧她没让她的手溜走，看着江洋的掌纹："你的感情线很复杂。"

江洋不禁发笑："你给你自己算过吗？"

江逸宁说："我妈妈给我算过，我印象最深的是，她说我存不住钱。"说话时他并没有放开江洋的手，他仔细地看着江洋的手纹，不住地皱眉头。

江洋感觉到一阵暖流从他的手传到她的手臂："宁哥，咖啡都凉了。"江逸宁缓缓地放开她的手，稍稍有些怨恨。

走出咖啡店，有个卖花的小女孩挡住了他们的去路："哥哥，给姐姐买一束花吧。"江逸宁没有考虑就从花篮中拿出一束黄玫瑰。

二人上了车，车里的收音机传来主持人轻松快捷的解说："下面这首歌是女歌手安安的新歌《婚纱》……"

向往大海，惧怕风浪。

爱慕花香，躲避阳光。

我的软弱，我的心灵。

喜爱天空，仰望星光。

喜爱静谧的夜，围在精致的神秘旁。

我羡慕你飘向了远方，近旁还有牵挂的衷肠。

多想与你远行，登宏伟的山峦，望极致的海洋。

我的想象，达不到没有去过的地方。

我的心情，不能感受没有爱的乐章。

我只能够听滴滴答答的秒针，把青春赶走。只能够看夜夜翻动的天幕，把岁月遗忘。

爱情摧毁了纯真干净的心，引领着最快乐的妄想走到了昏暗的地方。

安静的心，不再飘荡，却少了些许的联想。

干涸的眼睛，不再为他感伤，却看到了真实的微光。

可惜了，我的时光。

没有爱你，也没有派上用场。

只留下干瘪的回忆，没有与你四目相对的深陷眼眶。

我羡慕你年轻的姑娘，你有的不是妄想，而是岁月给你的宏愿，你向往远方，没有爱情的羁绊，没有柔弱的感伤，有鸿鹄的翅膀，鹰的眼光！

怨恨我的情执，被不值一提的爱情蛊惑，放弃了争取，遗弃了生活，受伤的心灵上用爱意镌刻着他的过往。

阳光透过窗，纱帘帮它过滤出最美丽柔和的希望。

它照在身上，就像穿上了新娘的衣裳，而我反复的心肠，伤害了一幕幕可喜的收场。那不是短暂的歌唱，那景象可以医治永久的伤。

“宁哥，黄玫瑰是代表什么意思?”

“没关系，回家后你把它用绳子倒挂起来，放在通风的地方，过几天就成一束干花。”

江洋很诧异地说：“宁哥，我没有问你怎么做干花，我问你黄玫瑰代表什么？哈哈！真好笑！你以前是开花店的吗？还知道干花怎么做，哈哈!”

江逸宁苦笑着，五年前也是同样的情景，只是那人是安安，她问的问题是：“花要是凋谢了怎么办?”逸宁告诉了她答案。可今天他却所答非所问。

8

正式录音时江洋遇到了困难，监制和沈齐峰对江洋的能力表示怀疑。有经验的监制直言不讳地告诉沈齐峰：江洋的前途不容乐观。沈齐峰觉得像江洋这样的歌手想一鸣惊人，先要有好的音乐老师给她培训，再找有实力的制作人写适合她的歌，还要有大力度地宣传。而这样成本就会大大提高，根本不划算，只怕江洋的希望要落空。录音过程中，只有一首慢歌很好，其他几首都进行得不顺利，尤其是高音区控制得不好。工作进度非常慢，租录音棚是按小时付租金的，大家又很辛苦，搞得气氛很不好。

不愉快的录音之后，大家发现江洋眼神中的幽暗从未退去过。在江逸宁看来是江洋可恶的坏脾气，当他察觉江洋和勇子关系越来越亲密时更加气恼。他爱江洋，他不允许江洋和勇子的关系继续发展下去，江逸宁拨通了江洋的电话，约她在咖啡店见面。

江逸宁在靠窗的位子等她。

“咖啡两杯，不加糖和牛奶。”

江洋听着熟悉的声音，盯着窗外的行人：“天要下雪了，阴沉沉的。”

江逸宁把手放在桌上随意地说：“你喜欢下雪吗？”

江洋看着他的脸庞说道：“下雪总给人一种不祥的感觉，路上的雪会妨碍人们行动，还是下雨好。”

江逸宁轻蔑地微笑了：“你太主观了，下雨一样会影响行人啊。我现在已经正式回七姐公司做事，我觉得唱歌并不适合你，你可以在公司做些别的事情。考虑考虑，好吧？”

江洋固执地说：“我想做歌手，这是我的愿望。我知道，不是所有人都能成功，但是我重视这个过程。”

江逸宁劝她：“不要有不切实际的愿望，这样会很痛苦。”

江洋有些气恼：“勇哥已经对我说了。”

江逸宁问：“他对你说了什么？”

江洋说：“制作费。”

江逸宁说：“不是这个原因。你家里条件不是很好，爷爷也要你照顾，先给自己找一条出路。你说过你只是爱音乐，你应该先有个工作……我不希望你和勇子再继续交往。”

江洋的眼泪在眼眶中打转：“我觉得，我的私事你不应该干涉。况且我和勇子没有什么……我和你也没有什么。”

江逸宁好似被激怒了：“我们之间没有什么?！你并不把我放在眼里，对吗？”说完江逸宁沉默地注视着眼前的咖啡杯。江洋没说话，拿起包，没等江逸宁做出反应就走出了咖啡厅。

江逸宁追了出去在江洋的背后说："江洋，刘晓踱他说，和你分手。我得到了他的祝福。"江洋顿时觉得江逸宁做事情莫名其妙，她瘦长的手变得冰冷。

江洋撇了一下嘴角："我，从没爱过刘晓踱，他自作多情罢了。我和你也不会有将来，你最好考虑清楚是否继续给予我施舍，如果你觉得不值得，请你放弃。我的事不需要你干涉。"

江逸宁冷静地挡住江洋的去路："我爱你，想要改变你的生活。你需要什么可以告诉我，我有的可以给你，我没有的可以去给你争取。只要你不做歌手，我答应你一切条件。"

江洋深深地叹了口气："我不需要别的。"

江逸宁不忍地看着江洋，他不想懵懂的江洋独自涉险，至少她应该有个"朋友"。江逸宁拉住江洋的手："好，我答应你。"

"无论是春天的细雨，夏天的瓢泼大雨，还是冷的秋雨都给人有希望的感觉。春雨的宝贵能滋润大地，夏雨的及时能赶走燥热，秋雨的明快能让万物清新。而下雪的时候，感觉一切都很纯洁。"江逸宁说。

江洋毫不犹豫地反驳："雪融化时呢？遍地的泥水，带来无尽的烦恼。在人们靠近它时很无情。"

江逸宁把江洋冰冷的手贴在自己的脸上："我没有那么无情，我爱你。"

"你不了解勇子。"江逸宁在开车的时候说。江洋等待逸宁继续说，江逸宁却一直沉默。江洋的心中有了另外的打算，她要追求的生活不是江逸宁能够决定的。江洋不敢奢望江逸宁的感情，她提醒过自己多次不能接受他的爱。

刘晓踱离开了江洋，她孤立了，进退两难。江洋不知道江逸宁对刘晓踱说了什么。刘晓踱的手机关机，家里电话没人接听。江洋的心逐渐冷却，她学会了为明天生活。

江逸宁想：一定要把事情平息了。最好的办法是让勇子离江洋远点，不能让灵月退缩，也不能真伤害江洋，我是爱她的。得到制作费最重要，凭江洋的实力无法回收成本，更不用说盈利。给乐队制作费，在七姐那里没有说辞，得找个两全其美的办法。先要瞒天过海，然后用掉包计，我的投入不能落空。

江逸宁嘬住两腮，脸庞出现凹陷，他注视着江洋的眼睛："你不了解勇子，他不可能和灵月分手。勇子和你交往是利用你，这样灵月就会和他分手，以后就是和你分手。你不能……"江逸宁的表情很紧张："你应该懂得的。"他死死攥住江洋的手，江洋不知所措。突然江逸宁清醒了，松开江洋的手："我不想像失去安安那样再失去你。还记得黄玫瑰吗？"

江洋点点头说："我做了一束干花，放在书房里。你要不要去看看。"江逸宁听到这里，开心许多。

9

离开江洋后，江逸宁赶到七姐的白玫瑰别墅。七姐的脾气很暴躁，江逸宁去她那里的时候要在门外徘徊一阵，忘记不开心的事，强装欢笑，迈着轻快的步伐走进门。所有的灯都关着，七姐的心情很不好。江逸宁战战兢兢，越是接近七姐，他越是觉得离崩溃不远。七姐对什么事都不满，对公司的事情置之不理。江逸宁只要提起公司，她就不耐烦地要他想办法，说这是给江逸宁机会。江逸宁耷拉着脑袋，小心回答着她的每一个多疑的问题。他不止一次地想着他和七姐的关系。

江逸宁不想要她，从未想过，可是七姐对江逸宁有美好的憧憬。江逸宁觉得他失去安安，是七姐的缘故。他和七姐的关系让安安作呕，安安不能容忍。回忆安安的哭泣，想着江洋单纯的笑容，江逸宁更加怨恨自己。

江逸宁想要好好地和江洋相处，没有障碍地和江洋交往下去，得到自己的幸福。他想要为江洋付出。想到江洋的茶色的眼睛，他情不自禁地笑了。他想，他到底能不能再找回相爱的感觉。

七姐向江逸宁提出了结婚。江逸宁把车钥匙和门卡放在了桌子上，一言不发走出了白玫瑰别墅。

会计站在七姐身边："这是年初拨给各个经理人的制作费。"七姐的眼光扫到江逸宁一栏，他的制作费和其他人的一样，她再看给江洋的费用，各项支出都是江逸宁签字，江洋的制作费和其他的歌手是一样的。从账目上根本看不出江逸宁挪用任何人的款项，她合起账簿。会计松了一口气。

七姐突然回想起沈齐峰乐队的制作费是一百万，她再次翻开账簿。会计忙问："七姐怎么了?"七姐用手指着沈齐峰乐队的款项支出："还有其他的账目吗?"刘会计说："没有，绝对没有。"七姐用怀疑的眼光看了一眼会计："你要当心。你把江洋的合约给我拿来看看。"会计低下了头说道："七姐，江洋和我们公司好像没有合约……"

七姐拨通江逸宁的电话："江逸宁，你在哪?"江逸宁不耐烦地回答："我在电视台做节目。"说完就把电话挂了。七姐再次拨他的电话，不等江逸宁说话："你把我的钱都弄到哪里去了!?"

会计鬼使神差地说了一句话："七姐，公司的票据您要不要看?

是各个部门负责人报上来的票。”七姐狠狠地说：“对的，每次我都要看的，你拿来。”会计跑到办公室，将自己已经收拾好的各个部门的票据都拿出来给七姐看：“七姐，有一些高档服装和应酬的费用，江逸宁今年报了很多次，您没有仔细看就给他签字了。他去法国的差旅费有五十多万，您也给他签了。您要知道这样不太好的，我们要把公司移交给秦城公司了，这些小小不言的东西就算了，可是我们有大量的假账是给税务的，这些要不要对秦城和盘托出？时间长了会不会……”

七姐说：“差旅费的事，你不用管！”会计冷不防被抽了一小下，退出了办公室。他在想：我是否也把家里新买的洗衣机什么的加上一个专业的条目来报了？想到这些，他阴阴地笑了，抬头看了看天花板嘟囔道：“树倒猢狲散喽……”

10

江逸宁再三争取的江洋的首张专辑终于发行。冬天已经过去，但仍有寒意。为了庆祝，江洋准备了小型宴会，勇子和二冬忙前忙后，灵月的精神显得有些恍惚，没有任何心思，今天她理解了什么是给他人作嫁衣裳。尽管江洋有意地疏远勇子，勇子依然对江洋很关心。

傍晚，客人都到齐了，江洋的服装发型首饰都是江逸宁给她提供的。比起江洋，灵月的朋克打扮相形见绌。所有人都喜欢单纯的江洋，她真诚地聆听每个人的经历、见闻和那些稀奇古怪的想法。岩石湾沈氏公司制作人李崇化也很喜欢这个带着孩子般笑容的歌手，他们聊得很开心。

李崇化问："江洋对演戏感兴趣吗？"他与江洋闲聊其实是在给江逸宁和七姐暗示，他看重江洋，想要给江洋发展的机会。李崇化听着江洋的歌，连连说道："不错，不错。很清新。"

江逸宁苦笑着："很晦涩。"

李崇化撇了一下嘴角："我懂。"江逸宁只好勉强点点头。

聚会上，灵月一直在喝酒，大家忽略了她。灵月的脸上不时露出阴森的笑容。江洋主动来到灵月身边，看到灵月不开心，江洋主动和她搭话："李崇化说我和你的风格没有雷同，都会发展得很好。"灵月半天没有答话。

江洋只好再说："灵月，我们是朋友，对不对？我们都能发展得很好。"

灵月"哼"了一声："你是不是想问李崇化，我们俩谁唱得好？"江洋顿时明白，灵月是有意这样说，便没有吱声。

灵月见她没有反应，就靠近她的耳边小声说了一句："你最虚伪，装得挺可爱，让别人同情你。你骗了江逸宁，还要骗勇子，现在又要骗李崇化，你难道不怕我揭穿你吗？"灵月用力掐住江洋的手腕，江洋疼得叫了一声。

勇子跑过来，掰开灵月的手，压低声音说："你干吗？疯了！松开。"

灵月说："我是疯了，今天我要问清楚，江洋，你爱不爱勇子？"江洋摸着疼痛的手腕，眼泪在打转，无助的眼睛盯着勇子。

勇子看着灵月说："别闹了。"他把自己的外衣给灵月披上，先带她离开了宴会。江洋孤零零地看着彩色的灯光，脑中一片空白。回到红星小区的家时，已经是深夜，冷风吹得江洋直哆嗦。经过浅浅的一夜睡眠，江洋醒来，一束刺眼的光照在她的脸上。

周末，江洋接到勇子的电话，他说想要和江洋单独待会儿。江洋犹豫不决，最后还是决定见面，江洋想再见个面也不枉朋友一场。

见面后，勇子平静地看着江洋，状态很好，有种释怀的心境。勇子问："冰激凌和牛奶咖啡？"江洋笑了。勇子说："今天有时间我想和你说一些我的家事，再对你说些我想说的话。"

江洋会心地笑了一下，勇子开始讲述："我从来没有见过我爸爸，我还没出生他就不要我妈了。听妈说，他是一个画画的，南方人。他们是在小城郊区认识的，他说我妈很漂亮，让我妈做模特。后来，他们开始交往，一年后我妈妈怀孕了，这时他说要回家向父母借钱，然后回来就娶我妈。我妈那时很年轻，相信了他。他走了之后就音信全无。我是个早产儿，小时身体不好，常生病。我妈什么苦都吃过，她做临时工给人打扫卫生来养活我。她那时唯一的想法就是攒钱去南方找我爸。那年冬天，南方特别冷，我们没找到我爸。邻居说他们家早就南迁到岩石湾了。我们也就放弃了……

"更让她伤心的是，我长大后自暴自弃，结识游手好闲的朋友，整天喝得酩酊大醉；在学校里惹是生非，打群架，学校拿我没办法，也就放弃了对我的教育。有一年，有个哥们儿要我帮他砸一家乐器店，痛快地砸完，要跑的时候，我看见一把电吉他。当时我做梦都不敢想能有把电吉他，我便把它拿了起来，没想到店主来拦我，那天我带了刀。店主倒在地上，我没跑掉，被警察抓了。审讯过程中，我的态度不好，不肯说出同伙有谁。他们找来我妈，妈很伤心劝我回心转意，我坚持着。后来妈跪我面前，我说出了同伙的名字。不久，妈妈遭到那些同伙的报复，腿上留下了永久的残疾。妈妈受到的伤害是我永远都不能够弥补的，等我明白了已经晚了。

"我在监狱里待了六年。放出来那天，我发疯地跑回家，被屋里的一切惊呆了。正对门口有一架花布盖着的架子鼓，有一把电吉他，甚至还有音箱和扩音器。从那天开始，我就发誓，无论什么时候，我都不会再让妈生气。我似乎真正明白了生活的意义。看见妈，我跪在了地上，向她认错。我背着她去医院的时候，感觉到她瘦得特别的厉害，她的肋骨硌得我生疼。

“后来我卖杂货、送蜂窝煤养活我妈。我一直没有放弃，直到我认识峰哥和灵月。有一件事，我们一直没有告诉你，不要怪我没说，是峰哥不让我说的，灵月是峰哥的亲妹妹。我还在酒吧里唱歌的时候，灵月也是在那里唱歌，我们相处得很快乐，很轻松。我经常和灵月一起喝得烂醉才回家，这些妈看在眼里。我带灵月回家，我妈不喜欢她。妈那天哭了，后来大病了一场。她让我在灵月和她之间做出选择，但我又一次伤害了她，我选择了留在峰哥他们的乐队。说真的，我爱灵月，她唤醒了我，我变得像从前一样，重新有了自信。”

江洋听到这里，说道：“勇子，不要因为我们的小插曲影响了你的选择，我觉得我有更重要的事情要做呢。爱情美好，就是不能长久；友情可贵，就是太平凡了；亲情最完美。你爱灵月就娶她吧，向她求婚。对，向她求婚，到时候一定要请我去参加典礼啊！”江洋的眼中闪着委屈的泪光……

沈齐峰后来劝勇子，目光真挚：“小勇，我是看着灵月和你长大的，我最了解你俩的性格，灵月是最适合你的女孩。如果我没猜错的话，江洋很快就会离开乐队。”

勇子低着头说：“峰哥，我放不下灵月，以后我会好好照顾她的，我妈妈那边我再去争取。”

沈齐峰温和地笑了：“好好对灵月，她值得你爱。还有你得为乐队想想，今年要有别的歌手签约公司，江逸宁会顺理成章地把制作费给他们。”

判断自己是否爱这个人，就要看他不在你身边的时候，是否想念他。江洋想江逸宁的时候很多。

11

江逸宁拿出一张表格放在江洋的面前：“这是歌手比赛的表格，我已经帮你填好了，这次是岩石湾的歌手比赛，比小城的比赛更有意思。照片贴好了，我有你的照片，是一年前你报考歌手时交给我的，你的样子没有变化，还用这张。还有你红星小区房子其余的房贷我给你还清了，我还给你办了张卡，里面有点钱，你可以买买东西。”江逸宁将表格、合同和信用卡，放在了江洋的书桌上，而后微微地笑了，说道：“我会照顾你，我们能够在一起多好。”

江洋问：“外面冷吗?”

江逸宁抬起头：“有些冷。江洋，勇子不可能因为母亲的反对，就离开灵月。他们之间一起经历的事情太多了。我会一直珍惜你，对你好。”他看着江洋的脸庞，心存不忍。

江洋呜呜地哭了：“我害怕，我害怕。”江逸宁的眼泪在打转，他知道江洋害怕什么。

他把江洋紧紧地搂在怀中：“江洋，我和她，没有道理的，我和你才会幸福。请你相信我，我会把事情处理好，让你没有顾虑。”此刻，江洋感觉到身边这个男人是可以信赖的。江逸宁抚着江洋的背说道：“我没想到你去沈齐峰乐队会不快乐，早知道，我不会让你离开我。”

江洋逐渐适应了新环境，她的脑在江逸宁面前是僵化的，只等待着江逸宁给她安排好一切。江洋找到了从来没有过的在人前受到重视的感觉，那份虚荣似乎与唱歌无关。她对自己的前途充满迷惑，更充满了迷离的希望，这希望与江逸宁无关，她在江逸宁身边很自在却没有归属感。江逸宁轻车熟路的爱情使江洋感到幸福、麻木和不知所措，江洋并不认为这是她应该得到的，但江逸宁则认为他的付出江洋应当知足。

江洋听到《今宵多珍重》的轻柔旋律，迷糊中觉得头和颈被什么东西包围着，还闻到了一股春草般的气味。睁开眼，是江逸宁的手放在她的脖颈上，托着她的脸。他侧坐在床边，另外一只手拿着电视遥控器调播着不同的电视台。

“江洋，”江逸宁温存地笑着，“你昨晚喝醉了，你说你是爱我的。还哭了。”

江洋不好意思地盯着窗帘上的花朵说道：“不要离开我，好吗？”江逸宁点了点头。

江洋看着他的眼睛：“永远不离开我，好吗？”

江逸宁轻轻地在她的耳边说道：“好。李崇化介绍我们认识岩石湾沈氏公司的老板，晚上六点，我回来接你。”

江洋躺在小卧室的床上，看着天花板。这世界被江逸宁安排成了白色。只有米黄色的窗帘和一把蓝色的摇椅，才使房间不显单调。

江洋起身穿过小客厅，推开江逸宁的房门。壁灯发出幽暗的红光，牡丹花色的墙被华丽的檀木柜围绕着。一张双人床被猩红的毛毯覆盖着，床头灯的光打在一座飞天的雕塑上。绛紫色的窗帘把阳光狠狠地挡在外边。景泰蓝的茶具放在花梨木小桌上，两盆修剪成迎客松形状的文竹，被高脚椅支撑着，放在窗边。和家具同样材质的一把摇椅放在门边的羊毛地毯上。

江洋倚着门框不断地按动壁灯的按钮。她脱下鞋踩着柔软的羊毛地毯，有一种不断的温存从脚底直流向脑后。她走到窗边，用力拉开厚厚的窗帘，窗口离院墙很近，伸手就能摸到墙上的常春藤。光进到这幽暗的房间，有了光便可以看到电脑、音响、小书架和两幅变形的人体画。

她扬起头看见一排木雕的面具，走到床边，坐在红色条纹的沙发上，看着这间卧室，才感觉到这房间根本不适合自然光照进来。她站起身走到窗前，把窗帘重新拉上。不见了自然光，脑子里就会出现享乐的幻觉。江洋拉开床上的毯子，躺在床上。这幽暗昏红的光使人慵懒。她闭上眼睛很快就浸到另外一个世界中去了，没了知觉。

“晓踱，对不起，我永远也回不去了。”呢喃着，江洋掉下了眼泪。

和江洋想象的有很大区别，她见到的并不是银幕上那个洒脱自如的岩石湾沈氏公司的老板。沈宁的眼睛里有说不尽的愁苦，眼光深邃无神，他的眉头间有两条深深的皱纹。明显已经发胖的体形，让他的动作迟缓了许多。

他生活中的一切好像都是由助理来布置，沈宁似乎有些身体状态不佳。江洋感到很失望，但是她又在沈宁的身边，感觉到了久违的归属感。她转念想了想，沈宁虽然是有很多人恭维和照顾，但他的内心是渺茫空虚、不着边际、没有依托的。他的样子很孤单。

沈宁见到江洋时也颇为吃惊，不久，他的思绪已回到八年前。

那时，他还在剧组里担任小角色，给明星做动作替身。有一次剧组的男演员喝醉酒，与他不和的副导演和男演员打起来，结果损坏了价值几十万的摄影机。当制片问起时，大家都怕影响了全组的情绪，不能够按时完成拍摄计划，故而全组没有一个人敢说出真相。当事人把责任推给沈宁，他百口莫辩。

正在这时，一个女孩勇敢地站出来，说明了真相。出于感激，沈宁请她吃饭。这个姑娘叫叶飞，相互了解后他们相恋了。

一次偶然的机会，沈宁在影城拍戏，老板的女儿华敏要参观新建的影城。她的腿有残疾，想要去大殿的顶层俯瞰影城全貌，可轮椅没法上台阶，善良敦厚的沈宁背她到了顶层。华敏被沈宁打动，两个星期过后，沈宁就接到华敏父亲华佳昌的通知，导演邀他来做新片的男主角。

沈宁受宠若惊，这是他事业的转折。他的命运也出现重大的变故，事业青云直上时，他与叶飞结婚了，这个消息惊动了全公司。因为在此之前，老板华佳昌曾公开地说要将自己的女儿华敏嫁给沈宁，并且让他和自己的女儿共同掌握公司百分之三十的股份。

谁也没料到他会与叶飞闪电结婚。一年之后，华佳昌因心脏病突发去世，华敏掌握了公司百分之六十的股份，坐上了沈氏公司老板的交椅。她的弟弟华崎也将自己掌握的股份交给姐姐管理，自己专心创作剧本。

这年的十一月，叶飞自己驾车去医院做产前检查，在高架桥上与一辆货车相撞。叶飞被送到医院时已经气绝身亡。警方调查的结果是意外事件。叶飞死后半年，沈宁便与华敏结婚。他的爱妻虽然去世，但在沈宁的心中，她仍然是最重要的。他与华敏的结合是他过分悲痛的产物。追忆许久，他才回到现实。

“沈老板，这就是江洋，这是她的经理人江逸宁。”

沈宁的眼睛里充满了对江洋的怜爱，他拉起江洋的手：“我的名字里有个宁，你的经理人的名字也有个宁，有了两个宁，你的路就会宁静了，会少受很多的苦啊。”众人都在赔笑，只有江逸宁看出了江洋的紧张、木讷。

江逸宁看出了江洋的表情不太对头，生怕有失礼的地方。他觉得江洋的眼光太直接会让身边的人误会，就悄悄地问江洋：“你没事吧？”以此来提示江洋不要失态。

自此以后，江逸宁发现江洋开始骄傲了，不注意听他说话。眼睛不再像从前一样死死地盯着他了。他感觉到了，江洋是另外一个安安。

江洋的事业如日中天，她得到了歌唱比赛的冠军，拍了平生中第一部作为女主演的电视剧，播出时万人空巷。她终于觉得天高了，也更蓝了。

她并不知道，七姐安排她成功的每一步都是为了让她越飞越高，高高在上，让她逐渐觉得名利比爱更重要，让她心甘情愿没有半点犹豫地离开深爱她的江逸宁。到此为止，在江洋的眼中，江逸宁也是一事无成的。

“宁哥，我非常感激这三年来你对我的照顾，你让我做了明星，实现了我的梦想。我真心希望你能开心幸福。但在感情方面，我不得不对你说出我的真实想法。我和刘晓踱分手后感情一直是空白。这空白里有你，但这并不是爱情，是一种超越友情的感觉。我感激你，但我更感激我自己！我知道我在冒险，我喜欢冒险。”

江逸宁发疯似的对着江洋怒吼道：“你休想就这样了结我们之间的事情，你知道沈宁是什么人吗？你知道岩石湾是什么地方吗？”

江逸宁机警的眼光落在江洋身上，他莫名其妙地笑了，心想：我不会报复你，让你以后孤独无依的生活来惩罚你吧。你有选择人的权利，但你没有选择命运的权利。我离开你，你的命运就是厄运。

江洋转过头：“逸宁，这一切是你给我的。”

江逸宁嘶哑着声音问道：“江洋！你到底要什么？你还记得黄玫瑰吗？它代表永远。”

江洋停住了脚步：“我没有忘记‘永远’，但我忘记不了‘贫穷’。”

江洋去了岩石湾，脱离了江逸宁和小城。

多年后，她曾经给刘晓踱寄过明信片，上面有一句话让刘晓踱声泪俱下。江洋那孩子般的字体歪歪扭扭地写着：“晓踱，岩石湾的风是紫的。”

12

岑淙一米八零的个子，很瘦有点驼背，棕黄色的头发垂到耳根，坚定冷漠的眼神敏感地看着世事。他在上学的时候曾是老师最器重的学生，对待别人的嘲讽他只用最冷漠的眼光还击。他沉默地痛苦着，顽强地守候着。他的世界就是画笔下绚烂的颜色和从小的玩伴陈沁。

他放弃学校美术老师的固定工作，孤独地不断地画着，他最大的心愿就是每天吃鱼汤泡饭，有个可爱的孩子。

他卖画从不讲价，愿意临摹费尔巴哈的作品，讨厌波普艺术。他的生活是简单的，他的情感是复杂的。他爱着，也承受着别人的爱。他的性格并不完美，但其中的善被董玲鼓舞和欣赏着，他爱着并依赖着董玲的心。

陈沁长长的头发梳成一个髻，身材颀长，皮肤白皙，眼睛总被一副墨镜遮住。出门的时候总是戴一块黑色的围巾，把头紧紧地包起来，一件长长的黑色风衣是她经常的穿着。她喜欢冷色，不爱开窗，从不坐电梯。

她有着很早成名带给她的骄傲与顽固，逃避现实，生活在自己的世界里，但她活得并不纯粹。她留恋着岑淙给她家的温暖，又依赖着宋加伦给她精神上的支撑。

她的思路禁锢，思绪陷入套路，但却背负着名气带给她的压力，只有宋加伦能给她安慰。

宋加伦的个子不太高，身体明显发胖，下巴圆鼓鼓的。他粉红的皮肤闪着明亮的光，面容和蔼，眼镜下面一双单眼皮的眼睛有着无穷的智慧。

他心地善良，把工资的三分之一资助贫困学生，用最负责的心态给热爱文学的青年批改文章，阅读他们繁冗的小说，给他们最有价值的评价。

他对陈沁的感情是复杂的，又是简单的。复杂到不知如何让陈沁顺理成章地离开岑淙；简单到固执地认为陈沁多疑敏感，只有和他在一起才会幸福。

陈沁在念大学的时候，拿着自己的作品闯进他的办公室，他发现并成全了陈沁的作家梦。

让陈沁离开岑淙是他明确的目的，当他的女儿宋茂茂爱上岑淙的时候，他却无能为力。

十七岁的宋茂茂倔强任性，尽管宋加伦经常说她丑，可其实她是个迷人的女孩，她爱化浓妆，爱穿红色，她的黑眸子寻觅着爱。就像她写的古怪的诡异小说，她的性格就是这样的：非对即错。她的爱正像她追求的那样华丽。

董玲朴素的外表下有一颗热烈的心，她也在爱，但她分得清何时该进何时该退。她把对岑淙的爱转化成一种单调的回忆，轻易不去触碰它。这样造成了距离，安全的距离。无尽的爱化成拥抱与分离。

13

黄昏的菜市场，岑淙独自走着。买东西的人们在其中川流不息，讨价还价。乡下来的菜农，穿着防水裤的鱼贩子站在一个大水槽前。岑淙站在水槽外，用笊篱捞着鱼。

岑淙捞好一条鱼："就这条。"

这胡同让人窒息，压抑，说不出的燥热，也许是空间太小，嘈杂的事情太多，容不下琐碎的事情和废黜的情感，好似气泡一样就要冒出来了，得小心翼翼的，不然就会莫名其妙地产生一种感情的空虚怪病。情感不是感情，感情不是病，滥用感情就是病了。而当下容易生病得很，就是因为空间太小感情太多了，发酵了，冒出了气泡。然而这个病无法治愈，只有靠自己死扛。有的人扛到老，解脱了，有的人没有解脱，直扛到死。

菜市场门口跪着一个要饭的老太太，蜷缩着身体，眼光游离。岑淙拎着鱼经过她时，没有犹豫，往她面前的饭碗里扔了一元硬币。

午后的黄昏非常的憋闷，要下雨了。少年岑淙坐在靠窗的位子，他把窗帘蒙住头睡觉。少女陈沁走到他的身边，拉过他的耳朵悄声地说："钱我拿到了，老地方见，把伞留给你，我先走了。"少女陈沁神秘又慌张地走出了教室。少年岑淙清醒过来，回想着刚才的话，露出了浅浅的微笑。他收拾起书包拿起伞。

黄昏将近，岑淙慢慢下楼，雨已将至。他困难的心在无尽地挣扎着，他有压力，考学的压力，家庭的压力。很难受，可又要强装着自己能够承受。无奈当中，他只有选择在陈沁的世界里逃避着。陈沁没有家庭带给她的压力和负担，她只有自己快乐着，独立且自负。

这晚他们又在一起，并不像别人说的那样毁灭，而是很平常甚至睡了个安稳觉做了个好好的梦呢。岑淙的目光中闪现出怜悯与忧伤。

黄昏时分，报社宋加伦编辑的办公室。这是一间凌乱的办公室，两架满满的书，占据房间的大部分空间。陈沁抱着书稿推门进来，站在他的背后。宋加伦编辑在书稿上用红色的铅笔修改着陈沁的稿子，很认真，很专注，忘了其他："陈沁，等我一下，马上就好。"陈沁坐在沙发上，围巾围在头上。宋加伦把眼镜摘了，揉了揉眼睛："你要注意细节，这篇不好，太形式了，先不发了好吗？"陈沁看了看表，刚要说话，宋加伦整理着稿子："把你的风衣换了吧。"陈沁抱起稿子，悄悄地出去了。

宋加伦没有察觉陈沁离开，他继续整理着稿子，打开抽屉在里面翻东西："你脸色发黄，黑色不适合你。"宋加伦回过头，不见了陈沁，赶忙拿了钥匙和外衣，追了出去。

宋加伦发动了车子，从停车场出来，远远地看见陈沁的背影。

陈沁抱着稿子，等出租车。宋加伦把车停在她身边，打开车窗："上车。"陈沁犹豫了一下，上了车。

一路上的高楼街景，在窗外不断地飞驰。有时候是一抹绿，有时候是一抹灰。宋加伦说："你最近为什么总躲我？我不知道你是怎么想的，我们的关系很普通，普通得就像是同事、合作伙伴。你要记住，你和岑淙没有感情了，这不是我的错，是因为那个董玲。你把你的风衣换了好吗？”

陈沁把头上的围巾解下来，眼睛直勾勾地盯着宋加伦短粗的手指，从指间流露出一股熟悉的香皂味。不知道为什么，她的心目中对宋加伦产生了一种依赖和怜悯。这是不是爱她就不得而知了。

陈沁慢慢地说：“要不然你给我买一件？”沉默片刻后，又说：“宋加伦，我没有办法毫无顾忌地和你接近。就是因为你的缘故，我现在很恍惚。当初是我闹着要和岑淙结婚，现在又是我闹着要和岑淙离婚。我办事没个准头，好像我对感情不认真。”

宋加伦看了看挂在后视镜上晃来晃去的吉祥物，感觉视线有些模糊，便用力地闭了一下眼睛：“陈沁，你有眼药水吗？”

陈沁伸手往包里摸，摸出了一瓶眼药水递给他。宋加伦放慢开车速度，一手握住方向盘滴了眼药水。

宋加伦说：“这个给我吧？”

陈沁看了看手上的戒指，慢慢地说：“什么？”

宋加伦很温和地说：“眼药水，给我吧。”

陈沁点头：“好，好，给你吧。你不应该在电脑前那么长时间。”

宋加伦很无奈：“那怎么行，我要工作。”

陈沁从鼻子里轻轻地“哼”了一声：“我用笔写，我觉得字体可以流露出作者的感情。”

14

到了陈沁家的塔楼下，她很快地下了车，抱起稿子飞快地奔向楼上，她习惯不和宋加伦告别。一旦告别，她就会对宋加伦有不舍，而重新上车，哪怕是再在小城里兜个圈子也是有的。

陈沁住在五楼，她从来不坐电梯。楼道的灯只有四楼亮着，她一边摸索着脱落的墙皮，一边往上走，她习惯了黑暗中的楼梯，踮着脚尖往上走，使鞋子不发出声音，很快到了四楼，有光的地方她反而不习惯了。

到了五楼，她开始有些喘气。到了门口，她兴奋地敲门，觉得岑淙一定已经回来等她。她先有规律地敲了三下门，没有动静；继续敲了三下，还是没有动静。她握紧拳头用力地砸，锁着的门轻轻动了一下。她把稿子扔在地上，手脚并用敲踢着门板。这是她最不能忍受的——岑淙不在家，岑淙又没有回来。她失望地倚在门边，默默地流泪了。她希望岑淙在家等她，遏制她对宋加伦的依赖，可现在岑淙的确没有回来。她拿出电话打给宋加伦。

宋加伦在车里接了电话，温和地问："陈沁，怎么了?"陈沁拿着电话抽了一下鼻子："他没有回来。"电话中传来宋加伦的声音："我还在你家楼下，我上去接你。"电话挂断了，陈沁蹲在墙角。

渐渐的，听到了宋加伦沉稳、有规律的脚步声。陈沁转动手上的戒指，把有宝石的一面转向了手心。宋加伦走到她身边，伏下身把地上的稿纸一张张地拾起来，轻轻地在手上拍打上面的尘土。他伸手拉起陈沁，看着她红红的眼圈，发紫的嘴唇。

他接过陈沁手中的包，借着四楼微弱的灯光，看着她那张普通的脸："我们走吧。"走过明亮的四楼，到了暗无光影的二楼，宋加伦在她前面用脚试探着往下走。他一手拿着稿纸和包，一只手拉着陈沁，让她依靠他手的力量安全地下台阶。

有一个人走上来，手里提了一袋鱼，拎鱼的人给陈沁和宋加伦让路，身体侧过去，面向墙。陈沁和宋加伦走到楼道口，拎鱼的人仍旧站住，面对着墙，许久。

到了有光的地方，陈沁突然愣住了。她松开宋加伦的手，轻轻地说：“我得回去。”

宋加伦百般不解地看着她：“什么?”陈沁退后了两步：“我要回去。”说完她从宋加伦的手中拿过包和稿子，飞快地向楼里奔去。

陈沁不顾黑暗的楼道，匆忙上楼。到了四楼，她看见了岑淙，他弯着背，一摇一晃地往上走。陈沁追了上去，拉住他的手：“岑淙，你怎么现在才回来?”岑淙挣脱开她的手，闪了一下他恍惚的眼睛，没有答话。到了门口，岑淙摸出钥匙，把门打开，说道：“我去买鱼了。回来好做饭。”陈沁默默地看着他的动作，不敢正视他的眼睛。

这是一间有书房的一居室的房子，收拾得很干净。木地板擦得很亮。进门左边是小客厅，客厅旁是书房，对窗放着一张书桌。客厅靠墙是一组白色的沙发，沙发前面是一张玻璃茶几，用银色的刺绣画布盖着，下面是一张灰色的羊绒地毯。沙发对面是电视和音响，音响和电视上面是白线织的罩子。旁边放了一盏落地灯，发出柔和的浅蓝色的光。右面墙上是岑淙临摹萨金特的《阿格纽夫人》。下面是三层的小书架，第一层放着陈沁出版的小说，第二层放着岑淙收集的电影，第三层放了CD，书架旁放了一把小藤椅。进门右边是卧室和厨房。

门打开了，陈沁抢在岑淙前面进去，把客厅的灯打开，占据了沙发上的位置。岑淙用脚把门关上：“非要让别人送你回家。不稀得跟你说。”陈沁委屈地说：“本来我没打算让他送的。”岑淙嘟嘟囔囔地说道：“你爱怎么样，就怎么样，我不管你。你自由惯了。”

岑淙径直走向厨房，把鱼丢在水池里，拿出电饭锅。陈沁把已经打开的电视机关上，到厨房帮岑淙淘米。岑淙一次次地用他修长的手将陈沁的手拿开，根本不用她帮忙。陈沁只好回到沙发上，不时侧过头看岑淙在厨房里忙，她再次到岑淙的旁边，拿起围裙给他围上。

饭桌上，陈沁说："岑淙，我们周末看电影去好不好?"岑淙眼皮也不抬地吃着碗里的鱼。岑淙知道这是陈沁惯用的伎俩，根本就不用搭理她，直到他能够对她提条件，他才是最终的胜利者。

陈沁放下筷子："对了，我昨天看到你同学办画展的消息，宋加伦，他、他只是送我回家。"

岑淙听得不耐烦了，用筷子在碗边上敲了一下。陈沁低下头，没再吱声。岑淙慢吞吞地洗着碗和盘子，陈沁拿着一杯橙汁站在厨房门口。岑淙看着碗里的洗涤灵泡沫被冲得干干净净，仍旧让水柱不断地向下流着。收拾完，岑淙躺在沙发上，眼睛盯着电视，他吃力地伸手拿桌上的烟，坐在藤椅上的陈沁递给他。陈沁默默地想着：他要是敢指责我，我就把董玲和他的事情全部摊开讲清楚。哎，不吵就好，和平解散，这么多年了，哄着他到什么时候是个了断。

陈沁走进卧室，打开柜子拿出了岑淙的内衣，放在浴室外的椅子上，又从柜子里拿出一条毯子和被子，把毯子双折着铺在沙发上，把被子铺好，然后走进卧室。

岑淙洗完澡，把电视关上，抱起毯子睡在沙发上。他很容易就入睡了，就好似睡着和醒着是两个不同的命令，只要允许很快就执行了。

陈沁睁着眼睛，在黑暗里找不易得到的光线，悄悄地走到岑淙身边，看着他脸部的弧线许久。陈沁一宿没睡，早上一起床，她就觉得很不舒服，天刚蒙蒙亮便坐在椅子上，无精打采地在键盘上敲着。岑淙还没睡醒，陈沁的故事毫无进展。

电话铃响起，陈沁拿起电话："早。"

电话那头传来宋加伦温和的声音："陈沁，又一宿没睡吧？我有一个朋友，要我请你写一个话剧。"

陈沁皱了皱眉头，轻轻地走到阳台小声说道："我试试看。你还有事吗？"

宋加伦说："别挂。你没事吧？今天能不能见面？"

陈沁捋了一下头发："没事的话，我今天不出去了。"

陈沁挂了电话。她觉得光线不好，书桌是前几天她要求换的位置，觉得对着墙太闷，可对着窗又容易走神。她神经质地把书柜里的书都拿出来，落在地上堆成一座山，她拿起抹布用尽全力地擦着柜子，然后把书又全都放回原处。一切都收拾好了，她坐在椅子上觉得好受些。

岑淙起来了，没有洗漱，站在书房门口："我去画廊了。"

15

下午三点，文章写作依然进展不大，陈沁感觉肚子饿。她走到厨房，打开橱柜找到半袋红薯粉，打开火做上半锅水，眼睛盯着水开。水开始有泡沫，开始有水花，水开下了红薯粉，看着僵硬的粉变得柔软，和水一个颜色。她端着锅挑着红薯粉，一边吃一边摇晃着身体，从窗户看着楼下的人。她对吃是没感觉的，总觉得吃的东西一放进嘴里就变成咀嚼，吃什么东西也就没有区别了。其实她的生活里有太多的事情都是没有感觉的。

电话铃响了，是宋加伦。她拿起电话，里面传来了宋加伦的声音："我在你家楼下，有东西要给你。"陈沁穿外衣出了门，她快速地下楼，一层层楼梯被她抛在身后。

宋加伦拿出一套《英雄本色》：“黑帮片，看看能不能帮你，我有一个故事，讲给你听听，一起吃晚饭吧？吃完饭我把你送回来。”陈沁看着宋加伦胖乎乎的手握着方向盘，嗲着声音说道：“讲你的故事吧。”

宋加仑煞有介事地托了一下眼镜，顿了顿嗓子说道：“黑帮老大金盆洗手，相师给他算命要他收养一个孤儿，女孩长大以后和他的亲生儿子争夺遗产，老大最后杀死了养女成全了儿子。”

陈沁很少有地做了个鬼脸：“你从哪里得到的灵感？真搞怪，都快让我笑喷了。”宋加伦笑：“逗你开心吧。不过我是从一个朋友那里得到的素材，真的，这个人你有可能还会认识呢。据我了解你们是中学同学，年纪也差不多的。”陈沁惊讶地说：“不可能，我同学父母没有黑帮的。”

宋加伦“嗯”了一声说道：“那可不一定哦，他做了黑帮做的事情，你也不会了解。”

陈沁笑得更厉害了：“你别闹了，真有这样的事？你总喜欢疑神疑鬼，没有冲突也被你搞出冲突。”宋加伦呵呵地笑了：“我想我现在最热衷的是解决冲突。呵呵。”

陈沁很少对别人的事情感兴趣，不过这次不同，她仔细听着宋加伦的话，希望他说得详细具体些：“那人是谁？你取得素材的人？”宋加伦沉默了片刻：“是秦玉东，你应该认识吧，小城的人。听说他的情况很复杂，他有自己的公司，不过那只是个躯壳，是帮助他父亲秦城洗钱的文化公司。老同学应该多联系的，你在大学的时候，他不是也很照顾你吗？”

陈沁一阵沉默后说道：“你就这么愿意把我送到冲突中去？不过

我有好多年没有见到他了，不知道他现在生活得怎么样，也不知道他还和安安在一起吗？”听着陈沁的话，宋加伦好像陷入了一种紧张的思索和分析。陈沁把围巾上的两个毛线球紧紧地攥在手里，慢慢地说道：“不如我们去岑淙的画廊，我一直就想送你一幅画。”

宋加伦减慢了车速：“好的。”此时，他的电话响起：“茂茂，你在哪儿？好，你等着我。”

宋加伦说：“茂茂要回家，我们先去接她吧。”陈沁点了点头。陈沁心里七上八下的，她不愿意见到那双黑眸子。

傍晚，学校旁的街上，冷风中站着一个穿着红色短裙、黑色高靴的女孩子，看她化的妆就知道她早已厌倦了自己的学生时代。她大约有一米六的个子，乌黑的长发被冷风吹得不住地舞动，她不屑用手将它们拢住，脸上的浓妆使她不像一个十七岁的女孩子，她的黑眸子直勾勾地盯着什么，一条腿轻轻地在地上画着半圆。

宋茂茂看到陈沁后轻松地说：“陈沁，你也在。”好似她不把宋加伦身边的任何女性放在眼里，这种表现不是故作伪装，而是她接受这个在她生活中不断反复的现实。

宋加伦说：“我们先去个画廊。”

宋茂茂问：“那你不请我们吃饭了吗？”

宋加伦说：“去过画廊就吃饭。”

宋茂茂说道：“陈沁，我听说你在写话剧，你还真的不轻松呢？”

宋加伦说：“是的，朋友让她帮忙，排好了我们还可以去看。”

宋茂茂说：“好，你们也可以来看我的演讲比赛，一定要来哦，还要给我买鲜花，好不好？”

陈沁微微地笑了，她对这个从小没有母亲、在父亲溺爱中长大的女孩子，有一种过分的宽容和理解。她知道，宋茂茂的童年是苍白的，依照陈沁的预感，宋茂茂将来的爱情也不会太顺利，因为她那简单倔强的性格。

16

一所临街的八十平方米的房子，房间一进门是张小圆桌，围着四把白色的藤椅，墙上挂满了岑淙临摹的油画，阴柔、玄美。

宋茂茂走在前面，董玲给他们开门，把他们请到靠窗的桌子旁，沏好了红茶。宋加伦和陈沁坐下，陈沁向宋加伦撇了撇嘴，示意他观察董玲。董玲在陈沁的眼睛底下很紧张。

宋茂茂没有坐下来，她看着墙上几张岑淙画的树精。浏览完这些画，宋茂茂走进里间的画室。她看见一个男人蜷缩在摇椅里，压着厚重的毛毯在睡觉。宋茂茂走到他身后，他的脸埋在毯子里头。她想要他的头从毯子里露出来好顺畅地呼吸。她这样做了，伸出手捧起他的下巴。董玲压低愤怒的声音慌张地问："你在干吗？"黑眸子什么也不怕："他都快憋死了！"董玲拿开了她的手："怎么会呢。"宋茂茂笑了起来："你给他盖的？怪不得。"他们说话的声音惊醒了岑淙，他的头抽搐了一下："董玲，她是谁？"

董玲很抱歉地说："她是我们的客人，和陈沁一起来的。"岑淙吃力地从摇椅里起身，有些佝偻的背向上直了一下，他轻轻地推了一下挡在他面前的宋茂茂。宋茂茂的眼神留在他身上，好久也没有回过神。

岑淙蹒跚着走出画室。陈沁和宋加伦站起来，陈沁介绍："岑淙，这是宋加伦，那年签售会你们见过的。我想从你这里挑一幅画送给他。”岑淙没有吱声，默默地拿了一把椅子坐下来。

岑淙当然记得，那天晚上在楼道里看见的那个矮胖的身影。在宋加伦面前，岑淙是有自信的，今天见面却又毫无心理准备。

宋茂茂跟了出来，她拿了一把椅子坐在岑淙的对面。岑淙从那双黑眸子里看出了热情，他不自然地躲闪着那咄咄逼人的目光，他受不了这灼人的目光，那倔强的目光使他想尽快找到支点，他躲闪着不时向陈沁求助。陈沁看懂了他的意思，又看看清瘦的董玲站在画室不起眼的地方，就放弃了拯救岑淙的义务。总是这样也不好，按照岑淙的性格，他会逃走，为了不使尴尬的事情发生。过了一会儿，陈沁说道：“茂茂，不如你帮你爸爸选一幅画吧。”

宋茂茂好不容易回过神，她站起身拿着自己的椅子放在墙边，踩了上去，想伸手去拿墙上挂着的一副木刻的面具。即使踩着椅子，她还是够不到那面具。岑淙像被一种力量驱使着，他走到椅子旁，示意茂茂下来。岑淙缓缓地踩上椅子，拿下了那副他亲手雕的面具，递给茂茂。宋加伦和陈沁起身浏览着墙上的画，他们在一幅暗灰色格调的“雨景”前停住了脚步。

岑淙回到了座位上。茂茂闪动着她那双黑亮有神的眼睛，不断地在这间画室里打转，每一幅画她都要亲手摸一摸，然后用怀疑的眼光看看岑淙，她幽暗的内心升腾着强烈的爱意。

董玲跟在茂茂后面，她不喜欢这女孩总用那双皮肤黝黑的手触摸那一幅幅在她心里是无价之宝的画。宋茂茂似乎感觉到了她的不满，却没有妥协。宋茂茂猛然回过头对董玲说道：“你为什么总跟在我后面？我自己看就好。”董玲想要辩解，岑淙默默地向她摇了摇头。

宋加伦说：“陈沁，这幅画就像你一样，那么冷静。”陈沁没有说话，默默地低下了头。宋加伦看了看陈沁，心里很不是滋味。没有爱过，不懂什么是顺从，陈沁知道自己为何沉默，用沉默来掩饰自己的警觉和慌张。陈沁继续看着那张“雨景”。宋加伦回到桌子旁坐下来点燃一支烟。

岑淙绷着脸看着宋加伦：“你喜欢那幅《冬雨》？董玲你把它摘下来吧。”董玲小心地把画摘下来，拿着画走到桌旁，把画放在桌子上。岑淙示意董玲去给茶壶加水。董玲离开后，岑淙伸手把陈沁头上的围巾拿下来，摸了摸她的额头，温存地笑了一下：“像个修女。”岑淙想抽烟，摸了摸衣兜，香烟没在身上。董玲从玻璃柜里拿出烟和火机，递给岑淙。

宋茂茂看完墙上的画，坐在岑淙旁边，说：“你的面具送给我们好不好？”

岑淙低头吐了口烟，微微笑着并摇了摇头。

宋茂茂看了看宋加伦，宋加伦抬了下嘴角：“送给她吧？”

岑淙把烟掐了：“我再也刻不出了。”

陈沁重新把围巾戴上：“茂茂，你选一样别的吧。这种木刻他的确不是很擅长。”

宋茂茂单手托着下颌，打量着陈沁，还有董玲，诡秘地笑了，噘起暗紫色的嘴唇：“面具有什么好的，戴面具古板又自我。不是吗，爸?!”她瞪起了眼睛毫无表情地看着陈沁。陈沁躲避着她的黑眸子，无话可说，但是心里很不是滋味，觉得就像生吞了一只带刺的螃蟹。

没等陈沁反应，黑眸子茂茂站起身推开椅子走出画室。

宋加伦站起来：“你别介意，岑淙，她被我宠坏了。”

董玲把那幅《冬雨》包好递给宋加伦。陈沁站起身，握了握岑淙的手，跟宋加伦一起走出了画廊。

岑淙坐在椅子上，没动，也没有言语，他拿起刚才抽剩的半支烟，董玲走过来坐在他对面：“刚才那个女孩怎么那样。”

岑淙吐着烟，冲她笑笑：“得了，还是小姑娘。”

董玲叹了口气：“是不是老写书的人都有点怪？”说完心满意足地笑了。

岑淙掐灭了烟，直了直腰，好似轻松了：“你晚上有课吗？”

董玲很镇静，但眼睛不看着岑淙，说道：“没有。”

岑淙盯着她的眼睛：“又撒谎，赶快上课去。”说完岑淙拿着烟走向画室。

董玲走后，岑淙穿好外衣，像往常一样去了市场买鱼。他知道陈沁在外面一向是吃不饱的。

17

一个高瘦的男人提着两条鱼，沿着胡同的墙垣低着头默默地走。

像陈沁一样，他也从来不坐电梯，他受不了电梯起落时的眩晕，更重要的原因是，嘈杂的城市中，夜晚的楼梯中，是个可以默默地想事情而不被任何人打扰的好地方。

到家后，陈沁已经回来了，她披散着头发在擦地板。岑淙用脚关上门，微笑地看着蹲在地上的陈沁：“我擦吧。”陈沁把抹布扔给他，接过他手中的鱼。

饭桌上，岑淙小心地挑着鱼刺，把一块没有刺的鱼放在陈沁的碗里。饭后，陈沁给他系上围裙，岑淙把碗一只只地洗干净。陈沁嘱咐：“岑淙，别忘了把碗里的水控干净。”岑淙依言把成摞的沾满水滴的碗慢慢控净。

清晨，阳光散射进窗口，岑淙从不早起床。

陈沁把电视的声音调高，催他起床，他把陈沁的枕头蒙在头上继续睡。

清晨，宋家的书房，宋茂茂含着微笑，悄悄地来到宋加伦的身后，搂住他的脖子："爸爸。"她合上了宋加伦正在看的书："爸爸，我想和你说说话。"

宋加伦和蔼地笑笑，转过身，看见她的头发披散着，黑亮的头发遮住了她的眼睛："茂茂，拿把梳子来。"宋茂茂飞快地去拿了把梳子和一把小椅子，坐在他的脚下。宋加伦问："梳什么样子的？"

宋茂茂拿着一缕头发不住地往嘴里放："爸，我爱上一个人。"宋加伦"嗯"了一声，宋茂茂接着说："爸爸，我想嫁给他，和他过一辈子。你知道吗？从小到大，我从来没有这样兴奋过，昨晚我的眼睛怎么也闭不上，一闭上眼就浮现他的样子。你在听吗？"

宋加伦说："我在听。"

宋茂茂说："爸爸，你说行不行？"

宋加伦问："什么？行不行？"

宋茂茂说："嫁给他。"

宋加伦停住梳头的手，把手轻轻地放在她的头上："茂茂，爱一个人不是这样的感觉。"他拿起梳子继续给女儿梳头。

宋茂茂很是坚决："我一定会得到他的。"她说着便回过头眼睛直勾勾地看着父亲。

宋加伦的眼睛里闪出些许泪光，眼睛微微地眯着，审视着自己的女儿。

女儿爱上一个人并想嫁给那个人的时候，女儿的苦日子该来了。

宋加伦微笑着和蔼地说："爸爸给你买一条新裙子，你把他忘了吧，你以前喜欢的布拉德·皮特不是挺好的吗？过两天你就把那个人忘了。吸引你的东西，不见得就是你的。记住，别胡闹。”

宋茂茂噘起嘴，把头闪开，把刚才宋加伦编好的辫花全都拆了，转身回到自己的房间。

宋加伦拿起车钥匙悄悄地出了门，他拨通了陈沁的电话：“你在哪？好，你等我。”

宋加伦走进办公室，坐在陈沁的对面。陈沁异常平静地说：“我觉得每个人都有自己的故事，只是他们没有把故事写成文字，他们同样每天感动，痛苦着、沉醉着、痴狂着。我觉得生活不断地捉弄着人，今天你永远不知道明天会发生什么事，你知道我想说什么吗？你说人死的那一刻会想什么？”

宋加伦说：“陈沁，你的思维是混乱的，你不要一直想个不停，也不要对不会发生的事情过分担心。”

陈沁说：“我觉得我像一个死人，我忍受不了死一样的寂静，我发现我对什么事都不感兴趣。”

宋加伦说：“你不是死人，你本来不平静却装出一副平静的样子，你是最不诚实的，你知道为什么吗？你不爱岑淙了，你早就不爱他了，你只不过不敢承认。你活在和岑淙共同的回忆中。你没看出来吗？岑淙现在和董玲已经……”

陈沁站起来拿起包，围好围巾，转身出去。

18

岑淙临摹着《南娜像》，他感觉很累，就躺在摇椅里睡觉。董玲下课后就直接来到了岑淙的画室。她把外衣脱下来坐在岑淙的椅子上，《南娜像》岑淙画到了手部，董玲拿起画笔悄悄地继续着。岑淙轻轻地咳嗽了两声，用手掀开了毛毯的一角。董玲走到窗边轻声说："会下雪的。"

随后董玲又走到岑淙旁边，看着他清瘦的脸庞，他的一缕头发盖在他的鼻子上。董玲小心地把那缕头发移开。她打开衣橱，拿出一瓶赝品的香水，往身上喷了喷，又站到窗边。岑淙睁开眼睛，看着窗前背对着他的董玲，没有作声，只是轻轻地摇了一下椅子，椅子发出吱呀的声音。

董玲回过头："你这幅画画了快半年了，很吃力吗？你为什么衷情古典主义，现代人都喜欢抽象派。对了，有一位客人要你画一幅玛丽莲·梦露。"岑淙笑了笑："无论到了什么时代，古典主义都是永恒的。那张梦露你画吧，结账都是你的。"

董玲把摇椅上的毯子叠起来搭在手上，平静地说："画可以，钱我不要。我喜欢莫迪里阿尼的变形艺术，我的论文就要写他，我觉得现在人们很少关注他的东西。"

岑淙把窗帘拉上，转过身，神经质地用手猛摇了一下摇椅，走近董玲。董玲打了个冷战，下意识地凑近他。岑淙这才清醒过来，猛地一抬头，向后退了一步："我是说我也喜欢。"

岑淙打开窗帘："我想超越自己，想有自己的风格，不是这种想法支撑着我，我早就放弃了。但我直到现在还在画别人的画，我不敢有自己的风格，我怕受到批评，我甘愿做他们的奴仆，画他们的画。你不要学我，无论你喜欢什么，都不要放弃，要坚持，不要做奴仆，要做自己。我现在好羡慕那些只会在纸上涂抹的孩子，他们画的是自己的心，他们的手受他们脑的支配。可我现在不知道是受谁的支配，但我又不习惯没有人支配的日子，其实我是没有了想象力，但我又不能不画。我已经干枯了，在画布上涂抹是为了让泪流到心里。我没有快乐，因为我想要的太多，就像我总想笑，但我总笑不出来。”说完他沉默了半天，大概有十分钟才回过神。

董玲问他：“你在想什么？”

岑淙不知不觉地摇摇头：“我想起了以前的一些事情。”说完岑淙陷入了沉沉的深思。许久，岑淙接着说：“我想要个孩子。”说完他腼腆天真地笑了起来，在董玲看来，他很好看。

岑淙没有注意到董玲的惊讶，又陷入了关于十年前的回忆中。

某所小学的傍晚，一年级的课堂上气氛非常紧张，林老师气得浑身发抖。

林老师说：“我们班上有个同学！她这次考试的成绩是四十分，我为了她的面子，不在班上点她的名字，我现在把试卷发下去，那位得了四十分的同学在放学后主动留下，把自己的每一道错题都改好，并到我的办公室去。”

茂茂拼命低着头，攥紧两个小拳头。

教师办公室里，比傍晚更晚一些的时候，教务主任和十年前的岑淙在谈着一些事情。教务主任说道：“岑淙，你辞掉工作的原因，不是因为那天在教务会上我们对你的课提出了小小的意见吧？你给四年级的小学生讲一些大专美术的课程是没有用处的。讲那些埃及法老、爱琴公主、希腊神话有什么用？你为什么辞职，我想得到一个明确的立得住的回答！学校是铁饭碗，你父亲在学校时很有模范带头作用，是个很小心的人，得到了大家的尊重。你辞职他知道吗？”

岑淙压抑着不耐烦的口吻说道：“不论您怎么说，我都要辞职，这里的学生我教不了。”

教务主任深沉地说道：“你四五年级学生教不好，别的更干不好。”教务主任平静下来接着说：“那好，你必须把你的辞职报告仔细写，五千字，一个字也不能少。这是你前天写的报告，你糊弄谁呢?！理由是你家里有事，有什么事？大事？小事？你都得给我写清楚！”

说完教务主任拿起东西走出了办公室。

林老师浅浅地笑了，这种笑自豪里带着嘲讽，好像是在说你要适应生存环境。笑容还未收起，林老师突然说：“不好，天又阴成这样了，我家里窗子都没有关。小岑，你可千万不要介意，学校的事情就是这个程序。主任没有别的意思的，你教的课是问题不大的，开会的时候我可没提意见，是吧？年轻人应该有自己的想法，是吧?”

这时，茂茂拿着自己四十分的试卷进来：“林老师我改完了。最后一道题我不会。”

林老师深深地皱了一下眉头：“你，就在这里想，想不出来别回家。我在课堂上原封不动地讲过这道题。”

时钟滴答地走着，已经接近七点了，雨在雷声过后淅淅沥沥下了起来。茂茂额头上都是做不出题急出的汗水。

岑淙哪里是下笔千言的那种人，冥思苦想自己的辞职报告，茂茂则站在林老师的办公桌旁不知道怎样做最后一道题。或者一直等待，或者就这样逃走，如果这样逃走，明天林老师定会发火。

岑淙看她实在可怜，放松了似的说道：“你坐下写题吧，你老师已经走了。”岑淙看了茂茂的考卷，微微地笑了：“别急，我帮你看看。”岑淙看了一遍应用题，在草纸上写出了应用题的全步骤。岑淙抬了下眼皮温和地说道：“把它抄一遍放在书包里，明天给老师看。”

茂茂一直望着岑淙，她稚嫩的心灵想把这个给她帮助的人永远地记住。

19

下午，画廊一片静谧。

董玲问："想什么？"

岑淙答："想以前的事。"

一位中年女士，很温和地笑着走进来："您好，我女儿过生日，想要一张山口百惠的画像作为礼物。"董玲引着她走向里间。

岑淙站在窗口，拉开窗帘。

安置好客人的董玲问："淙哥，你画吗？"

岑淙转过身，平静地摇了摇头："还是老规矩，董玲你画。"

画廊的傍晚有些个阴冷，有董玲照顾着，还是很温馨的样子。岑淙穿好外衣，他从自己的钱包中拿出些钱，放在桌上："董玲，上个月的钱够花吗？"董玲走过来，把钱还给岑淙。岑淙把钱放回她的手中："多出来的钱买瓶香水。"

菜市场的傍晚，嘈杂且湿漉漉的。卖鱼老板一看到岑淙就热情地说："这两条鱼一直给你留着，没关系，早来晚来都给你留着。"岑淙笑了笑。卖鱼老板叮嘱："煮鱼的时候放些绿茶，好吃。"

岑淙拎着两条鱼，走出市场，掏出两枚硬币，放在乞讨老太太面前的碗里。远远的，他的背影消失在人潮中。

陈沁坐在办公室的椅子上看着一本雪莱的传记。

宋加伦敲门进来，手里拿着《教父》："陈沁，话剧剧本进展得怎么样？"

陈沁放下手中的书，用手指轻敲着桌子：“进展不顺，没有生活地创作，简直是太痛苦了，我可不可以整理以前的随笔完成今年的任务？”

宋加伦坐在沙发上：“你这有没有吃的？我肚子饿。”

陈沁天真地笑了笑：“你怎么老是饿？”她从抽屉里拿了一筒饼干递给他：“吃吧。”

宋加伦接过饼干吃了起来，他边吃边说：“你当初选择了这个职业就要坚持下去，写作和其他的行业没有区别。只不过，你现在有了些障碍。你的生活有负担，董玲带给了你太多的负担，岑淙倒是个好演员。”

陈沁不耐烦地摆了摆手：“什么障碍？我才不死心眼，在一棵树上吊死，也许过两年我要去做点别的。我现在很矛盾，生活这么平淡，没有激情，没有眼泪，什么都没有。我很怀念上学的日子，那时候写的东西都是溢出来的，不写不行。现在写的都是挖出来的，写了也不行。还有你总给我压力。其实我不想离开他，尽管我不知道我们之间出现了什么问题，我并不相信他爱董玲。”

陈沁把宋加伦正在吃着的饼干一把夺过来。宋加伦把饼干拿回去很镇定地说：“你的生活，问题就在你的生活，你的生活没有味道了，这是谁造成的呢？是岑淙。他把你的热情都吞噬了，吞噬得无声无息。他悲观失落，自失与失败都不断地影响着你，你没发现你越来越不爱笑了吗？董玲堂而皇之地和岑淙在一起，岑淙也不为自己辩解，他就是在逼你主动提出和他离婚，我敢保证，他想推卸责任。他是爱董玲的。”

陈沁呆呆地盯着桌上岑淙给她画的像，许久没有说话，最后起身出去。宋加伦坐在陈沁的椅子上，继续看着她的画像。

当一个男人开始关心一个女人的生活，并觉得她不快乐的时候，这个男人是爱上她了；当他想拯救这个女人的时候，他想要这个女人进入到自己的生活。

20

董玲擦着画室的陈设，她将一切收拾好，开始继续给岑淙画那张《南娜像》。她画得很专注，许久才回过神，她回过头，看见宋茂茂站在她身后。宋茂茂像往常一样化了很浓的妆。宋茂茂问："你在画什么？"

董玲根本就不想回答她的问题："欢迎光临本店，请随便看看。"她随手把画用一块布遮起来。

宋茂茂极为不满地看着她："你为什么不回答我的问题？"

董玲最不愿意看到她这副骄傲的嘴脸："大小姐，并不是每个人都愿意回答你的问题。"

宋茂茂怪异地笑着，很随便地坐在摇椅上，微微笑着。董玲拿起衣服，抱在怀里："你最好站起来。"

宋茂茂冷笑着："你凭什么命令我！"

董玲说："这里不欢迎你！"

宋茂茂收敛起笑："我又不是来找你。"

董玲把衣服整理好放到柜子里："你是来找他？过了这个钟点，他就不会来了。"

宋茂茂毫不在乎地摇着椅子："我为什么要相信你？"

董玲有些不耐烦："要等，你出去等。"

宋茂茂噘起嘴："我就在这里等。"董玲对她的无理只好听之任之。

宋茂茂闭上眼睛："有音乐吗？放一首听听？"董玲打开 CD 机放上了一首安安的《荒唐》。

跳出我的脑，游离在控制之外。

做个无私的人，把全部美好献出。

渴望着真诚。

纯真与虚伪中间是寂静的沙，柔和难耐。

若想表达，那华丽的爱情诗和貌似朴实的忏悔录成了唯一的方法。

生存的规则告诉我这是正确的，单纯的灵魂告诉我这是多余的。

渴望着荒唐。

遵守太多的规则，规则越是在成人后，越是受用。

不是哲人不是先知，话说得越多越显得苍白。

心灵的暗示和表达的意思永远背道而驰。

规则让人喘不过气，放弃规则将会窒息。

退让和自知得不到理解和宽容，好事者会认为这是卖弄。

到头来一无所获。

只得荒唐处事。

规则太残酷，比起现实，它还是简单的。

在音乐中，宋茂茂睡着了。

岑淙拿着一卷报纸进来，董玲赶快迎了出去，示意他宋茂茂在里边。岑淙看着睡着的宋茂茂，把报纸放在桌上，轻轻地从柜子里拿出毯子，盖在她身上，向董玲摇了摇头，退后，悄悄地出去了。

岑淙躲过车流穿过马路，去了画廊对面的咖啡店，坐在靠窗的位子，默默地看着画廊的门口。

董玲看着那条毯子，摸了摸自己的脸，坐到画架旁边，过了一会，她故意将颜料盘上的三支画笔碰到地上。宋茂茂动了动头，醒了过来，她摸着身上的毯子，看着董玲。董玲没有抬头，看着画布，平静地说："他来过，看见你在就走了。"宋茂茂失望地站起身，忙追了出去，在门口无助地四处张望。车流挡住了她的视线，她含着眼泪，默默低下头，转过身，她抬头看见了画室墙上挂着的那副面具，慢慢回转身，离开了。

岑淙在窗口看着宋茂茂远去的背影，转动了一下自己的结婚戒指，拿出钱放在咖啡店的桌上，过马路回到画廊去了。

21

董玲说："淙哥，我今天有点事，下午就不来了。"

岑淙说："好。"董玲穿好外衣，离开了。

岑淙坐在画架前踟蹰地画着。

宋加伦回到家，手里提着外卖。屋里的灯全都黑着，只有宋茂茂的房间有光。她疯狂地在衣柜里翻找着。

宋加伦问："茂茂，你在找什么？"茂茂没吭声，继续把柜子里的衣服抛出来。宋加伦提高声音："你在找什么？"

茂茂抬起头："妈妈留给我的红毛衣。"

宋加伦把外卖放在桌子上，进了自己的卧室，从柜子里拿出一件红毛衣："不要再翻了。"宋茂茂停下手，走过来，一把拿过毛衣，激动地笑着。

宋加伦不理解地看着她："把你的东西收拾好。"

茂茂把毛衣放进一个口袋中，拿起筷子大口吃着宋加伦买回来的东西。

宋加伦没有吃，他很累，没脱衣服就躺下了。宋茂茂丢下筷子，跑进他的卧室，打开灯："爸，你不许睡。我想要一样东西。"

宋加伦哭丧着脸说："你要什么？"

宋茂茂说："你向陈沁要岑淙刻的那副面具。"

宋加伦激动地起身："你太过分了。这算什么，我告诉你，你不要以为你想要什么就一定能有，你不要总是想入非非，你记住不要再接近岑淙。我警告你，不要再胡闹了。不要再做白日梦！"

宋茂茂反问："那你呢，你不是也在做梦吗？从你见到陈沁那天起你就在做梦。我这个梦我做定了！"说着她摔门出去了。

宋加伦起身："你长得太丑了，他不会爱上你的！"

宋茂茂愤怒地说："陈沁比我还丑，你为什么爱她！"她含着眼泪，收敛起怒容，蹲在地上呜呜地哭起来，哽咽着说道："爸爸，我控制不了自己，我每次照镜子的时候都会看见他的样子。我忘不了他，这是我一辈子的愿望了。没有他我就去死。"

宋加伦轻轻地走近她，摸着她的头："别瞎说，你刚走到哪儿，别动不动就说一辈子。你还小，这种感觉只是一个阶段，能过去的，以后你再回想起今天的想法，一定会觉得很可笑。"他扶起宋茂茂，走到卧室，让她躺在床上。宋茂茂拿出那件红色毛衣，找到线头，拆了起来。她把拆好的线卷成一个球，放进书包里，而后关上灯，但明亮的眼睛依旧扇动着，看着窗外的影影绰绰。

墓地的黄昏静悄悄的。宋茂茂拿出围巾坐在母亲的墓碑前，边倾诉边织着："妈妈，你在听吗？我不知道该怎么办。爸爸说以后就好了，很快就忘记了。可为什么越是想忘记，就越是清晰？从小到大我都很孤独，我每天都在期待，我终于等到了，他却逃避我。我没有朋友，我好孤独，其实我只想和他说说话。要是他不理我，我就去找你。”好似冥冥之中有个意念提醒了她，她的想法转变了，为何要苦苦等待呢，我爱他一定要让他知道。她收拾起自己的东西匆匆了离开了墓地。

暗灰的画室弥漫着清冷。

岑淙在画着那张《南娜像》，他不时用嘴哈着气暖手。

画廊来了一位男子，他站在里间门口询问：“这幅《克里斯蒂娜》怎么卖？”

岑淙没有回头，平静地答了一句：“两万。”

男子说：“能不能让一点？”

岑淙仍旧没有回头：“不行。”

那男子对岑淙的冷漠很不满，头也不回地走了。

宋茂茂调皮地在后面问：“这个面具怎么卖？”

岑淙回过头，有些惊讶，但很快他就耷拉下眼皮，不去看她。他转过头继续迟疑地画着。

宋茂茂走近他，微笑地看着他画的《南娜像》：“我觉得她有点像我。”

岑淙抬起头，打量着宋茂茂的脸：“她的眼睛不如你的亮。”

宋茂茂笑着说：“你可以画亮点呀。”

岑淙放下画笔，倒了一杯热水，递给她：“暖暖手吧，这儿太冷了。”

宋茂茂说：“你猜我从哪来？”

岑淙迟疑地问：“你从哪来？”

宋茂茂喝了口水：“我从墓地来。我在那儿待了一下午。”

岑淙倒吸了口冷气："你上那儿干吗？"

宋茂茂说："我去看妈妈。"

岑淙问："你不怕吗？"

宋茂茂笑："我不怕，墓地是灵魂的世界，它比人的世界安静多了。"

岑淙愣愣地看着她，只见她从包里拿出已经织好的那条玫瑰红的围巾，伸手递给他："我赶了一天一夜。"岑淙迟疑地接过围巾，拿在手里，不知所措。

宋茂茂把围巾拿过去："我给你戴上。"

岑淙后退了一步，她抓住他的胳膊："别动！"说着踮起脚尖给岑淙戴上，在脖子后面打了个结。

宋茂茂抱住岑淙的身体轻轻地说："我好喜欢你，想和你在一起。"

岑淙皱着眉头不敢看她的眼睛，扶住她的肩膀，轻轻把她推开，坐到离开宋茂茂较远的桌子前，从烟盒里拿出一支香烟点上。

宋茂茂失望地坐在他对面："给我一支吧。"岑淙摸了一下烟盒，没有了，他弹了一下烟灰把烟掐掉。

岑淙轻轻地咳嗽了一声，把脖子上的围巾解下来，放在桌子上："茂茂，我出去买点喝的东西，你在这里等我回来，哪都别去。"岑淙走出画廊，拨通了宋加伦的电话："你女儿在我这里，你赶快来接她，快……"岑淙出去了有半小时，他估计宋加伦差不多到了，才回来。

宋茂茂哭了。

岑淙走到她的身边："小姑娘，对不起，我伤了你的心，我在我的世界，不能犯规。当爱好成为工作的时候，就是机械的；当爱情成为生活后，就是程式化和枯燥的。”

岑淙用手擦干了宋茂茂的眼泪，宋茂茂紧紧抱住他，在他的怀中呜咽。岑淙有些难过，只好温和地说：“以后还会有人让你心动的，等你长大了，就会想到现在的我是配不上你的。”

岑淙俯下身看着哭泣的女孩，微笑着说：“别哭了，好了，围巾我收下，以后你还可以来我这里玩儿，但不要再说傻话了。”宋加伦的脚步声打破了沉寂，岑淙站起身。

茂茂呆呆地看着车窗外落光树叶的树枝，如钩的月亮，好似能听到凄婉悠扬的音乐。

22

岑淙麻利地穿上外衣，准备回家。

董玲灰青着脸色，抓住他的胳膊：“岑淙。”

岑淙愣了一下，以询问的眼光看着她：“怎么拉？有事？”

董玲转身坐在椅子上：“我怀孕了。”

岑淙转过身，坐在她对面：“留下他。我娶了你。”

董玲捋着自己的头发：“岑淙！我不能，我不能留下他。”

岑淙轻轻地咳嗽了一声：“求你，这是我的愿望。”说着他站起身：“我娶你，你放心。好吗？”

董玲拉住岑淙：“岑淙，我的成绩在班里最好，我有机会去法国。”

岑淙低垂下眼睑，坚定地说道：“把孩子留下。我娶你。”

岑淙把垫子放在摇椅上，让董玲躺下：“这里太冷了。你等我。”

董玲躺在摇椅上，模糊地睡着了。岑淙把电暖气接上，把毯子给董玲盖严，关好灯悄悄地退了出来。

回家面对陈沁，现在对于岑淙来说是一种负担，不是那些琐碎的事情，因为他不能够在董玲和陈沁之间找到自己，他认为他被两个女人牵扯住了。他没有办法和陈沁交代自己的心事，原因是他并不想离婚，可是他仍旧享受着董玲给他的爱，两者都难以割舍。

他的大脑飞速地旋转着，岑淙并不是个有心机的男人，但是他想出来的办法大都很阴狠，往往都在自己那残余的善良的制止下终结了。他唯一的心愿就是对这两个女人都能够不拖不欠。可如今他害怕的事情发生了，他希望的事情也发生了。他很绝望，明明白白的事情摆在眼前。

陈沁的脑子里已经把他的存在淡漠了，况且他们两人在斗争，看谁最先败下阵来。

他一直认为陈沁不是一个适合组建家庭的人。他理解中的陈沁是个独立且自私的女人，只要她自己满意从来不管别人的感受。

董玲又是一个极其依赖男人的女人，只要你爱上她，她就会千依百顺地黏在你的身边，但是岑淙清楚地知道董玲也并不想和他长久在一起，她的骨子里头是非常羡慕陈沁的独立的。

陈沁的气质里带有一种成功后的独立，一直都是董玲艳羡的东西。岑淙明白，自己在这两个很强势的女人中间没有任何的价值，陈沁不可能在随着岑淙的愿望回到从前，而董玲的将来就是现在的陈沁。

想到这里，岑淙有了一种预感，他会竹篮打水一场空。陈沁对他和董玲的关系视而不见，不是表现她的态度，也不是等待着岑淙的悔悟，更不是想要成全董玲对岑淙的爱。而是彻头彻尾地在给岑淙暗示，让他赶快离开她的身边，另选他人。想到这里孤独的岑淙有些个脊背发凉，他还有老父亲和智障的妹妹需要照顾和关心。

23

岑淙回到家已经是晚上十一点多，屋里的灯全都黑着，陈沁还没有回来。他拨通了陈沁的电话，一连几次都是拒接。他放下电话，走进卧室，盖上被子，睁着眼睛看着房顶。他感觉到肚子有点饿，便起身到厨房去，拿出一袋卷粉。

宋茂茂不停地在想念着岑淙，她根本无法让自己清醒过来，眼前脑中都是他的影子。她有一种濒临崩溃的感觉，想让自己喝醉，让自己暂时忘了岑淙，她的眼醉了，心却更加清醒了。音乐响起，她随着节拍，把玩着酒瓶，在灯光下，她美丽的脸庞，动人的身姿舞动着。

宋加伦的客厅，楠木家具散发着余香，宋加伦打开酒柜拿出一瓶红酒。木塞“砰”的一声打开了。宋加伦书房的三面墙都被书占据，棕色的格调使整个房间显得很凝重。

陈沁问：“茂茂呢？”

宋加伦微笑地递给她一杯酒：“我把她送回学校了。”

陈沁接过酒一饮而尽。

宋加伦把酒倒满：“还记得十年前，那时候你还是个学生，手里拿着一大堆写得乱七八糟的稿子，来报社找编辑。你闯进我的办公室，把我吓一跳，你那天穿一件白衣服，头发揪起来个髻子，你知道吗？你那天站在哪块砖上我都记得。你人长得挺死板的，可讲起故事很生动。起初你只有我一个读者，后来你有了许多的读者。”陈沁耐心地听着他的话。

宋加伦说：“陈沁你知道吗？我一年中最大的快乐是什么吗？”

陈沁妩媚地笑了笑："什么？"

宋加伦说："就是你，每当我看着你写的一行行的字就好像你在和我说话，而不需要面对面。"宋加伦放下酒杯，握住陈沁的手："尽管我很渺小，渺小得像片雪花，我也想轻轻地落在你的头发上，沾湿你的头皮。"

陈沁笑了，说道："你真逗，我可不想被雪花沾湿头发。"陈沁觉得宋加伦是个很胆小的人，如果他不是真的爱她，不会持之以恒地努力着。

摇动的钟摆，不停息地倾诉。宋加伦和陈沁，两个烦乱的人暂时从现实中解脱出来。

紫色的路灯，投射下一束光，雪片在风的吹拂下乱舞。

陈沁不想忘记岑淙，那个从年少时就给自己带来幸福的男人，她又无法容忍他和董玲肆无忌惮地在她面前展现的那种报复似的爱。

如果说这天夜晚，陈沁是离开了自己的界限迷了路，那么又有没有人能告诉她真正的界限是什么，真正的路又要如何走？宋加伦对她的爱，她无法拒绝。她的理智不允许她享受这样不负责任的爱，她的直觉却一步步把她推向了片刻的幸福。

宋加伦把陈沁搂在怀里："陈沁，我要做一件很重要的事情，既然你已经注定要我照顾，我就放心地去处理那件事情了。"

陈沁狐疑地看着宋加伦："你要做什么？"

宋加伦说道："我要去查秦城的事情。有许多不合理的经济弊端显现在他的生意往来中，以往每次我都将当事人从悬崖边拉回。这次，我还是要提醒秦城，我不会让他再这样继续下去。十年前，我做过一件错事，有个年轻的记者，想要披露秦城的真实面目，我收了秦城的钱，把年轻记者搜集的资料和文件都交给了秦城。事后，那个年轻的记者遭到了秦城的报复，被道上的人打成残疾。为了这件事情，我一直愧疚，我现在资助的学生，就是那年轻记者的弟弟。我无论做什么都弥补不了当初的过失。”

陈沁深深地叹了口气：“这就是一直困扰你的事情？我真的很担心，不要与那些有钱有势的人产生冲突，好吗？我很担心你，很害怕。”

宋加伦说道：“财富背后总隐藏着罪恶。”说着话他戴上眼镜：“我会查个水落石出的。我再也不愿背着这块石头生活了。”

雪中深夜的马路，白雪掩饰着世界，连一个脚印都没有。狂舞的雪花。噼里啪啦地打在岑淙的衣服上。雪不像雨一样吵闹，但雪落在身上会融化，会使人感到寒冷。那路灯下的雪花飞舞是那样的清楚，风在光里就像是紫色的，让人无奈甚至厌烦有想要呕吐的感觉，是湿冷的空气，让人的大脑缺氧造成的吗？

岑淙不住地打陈沁的电话。电话关机。他的心就像是有了移位，那样的难受，那样的烦乱。其实他并不担心陈沁的安全，他知道陈沁和宋加伦在一起，但是他一定要找回她，他的底线已经崩溃了，以前陈沁不会一夜不归。他安全地认为陈沁不会和宋加伦真的出现问题，因为他知道，宋加伦不是陈沁爱的那种人，只是宋加伦一厢情愿罢了。

但是宋加伦和陈沁相处的时间太久了，时间可以把不爱变成爱，这是事实，尤其是在女人别无选择的时候更是这样了。而岑淙和陈沁的问题出现在哪里，只有陈沁心里清楚，她想离开岑淙，就是找不到借口，等到岑淙先提出分手，才是她的目的。

陈沁有着对婚姻和男人的不自觉的恐惧感，不论男人对她有多么关心或是想照顾她的意愿多么强烈，她都会认为那是阻碍她自由的盾牌。

24

岑淙在雪地里匆忙走着，脚印留在雪花上。出租车司机问：“您去哪里?”岑淙没有回答，许久他说道：“随便转转吧。”

岑淙坐在车里，集中精神仔细看着窗外。醉酒的宋茂茂蹒跚地走在路上，扶住路灯呕吐。岑淙忙说：“停车!”他下车快步走到宋茂茂身边。宋茂茂看见他，扑到他的怀里痛哭。岑淙把她抱起来，抱到车里，嘴里喊着：“茂茂，茂茂。”

茂茂嘟囔着：“你不说我也知道，胆小鬼，我要喝酒，我要。嗯，你还小，你不懂什么叫爱，你不懂，围巾我不能收下。”

司机问：“您是在找她吗？别让她吐我车上。”

岑淙迟疑且镇定地说：“是，好。”

宋茂茂昏醉着说：“我冷，我要喝水。”

司机再次询问：“去哪儿?”

岑淙问：“茂茂，说话，你家在哪儿?”

宋茂茂自说自话：“我要回家。”说着边伸手打岑淙，岑淙没有躲闪，任由她在自己的身上狠命地打。宋茂茂含糊地说：“302。佳宁小区，佳宁小区。”

到了佳宁小区，岑淙背着宋茂茂艰难地上楼，她趴在他的肩膀上睡着了。岑淙从她的衣兜里摸出钥匙，打开门。

陈沁听到开门声，猛然坐起来，只见岑淙扶着宋茂茂走进来。宋加伦也醒了，岑淙看见了陈沁。

岑淙的全身像承受着剧烈的痛，搂住宋茂茂的手不由自主地慢慢放开了。宋茂茂“扑通”一声倒在地上，岑淙像受了惊的兔子，左右张望，他的脑子一片空白，他在找门口。找准方向后，他猛然回头，冲了出去。

岑淙回到家，把外衣脱掉，把毛衣脱掉，把鞋和袜子脱掉。去洗手间拿了抹布，他开始擦玻璃，擦完客厅的，擦卧室的，擦完玻璃，擦家具和地板。屋子都收拾好了，他到洗手间，很专注地收拾着陈沁的化妆品，然后洗马桶。一切都收拾好了，他坐在马桶上，点起一支烟，对着镜子默默地抽着。时钟敲响了六点的钟声，岑淙打开冰箱拿出一条鱼，做鱼汤泡饭。做好后他将鱼汤放到保温壶中。岑淙拎着保温壶走在街上，高挑的身躯，忧郁的面孔。

岑淙来到画室，董玲还没有醒。他坐在椅子上，点上一支烟，静静地等她醒来。青紫色的烟雾弥漫在整个房间。董玲缓缓地睁开眼睛，迷离的双眼盯着暗紫色的烟圈：“岑淙，你今天这么早？”岑淙盛了一碗鱼汤放在桌子上：“吃吧。”

董玲含着眼泪看着鱼汤。岑淙抽着烟，从衣兜里拿出一个存折放在桌上，缓慢地说：“女孩子不要太有心计，男人说的话多数没用。这些钱，是我准备办画展的，你先拿去，你到了法国后要努力，我上学的时候也曾向往过，但没有实现。你帮我看看法国，回来后讲给我听。”掐掉烟后，他接着说：“我有点事，先走，你休息两天，我留给你一个电话，他可以帮你办出国手续，但是，你先要把孩子生下来，再走。”

董玲半天说不出话，岑淙穿好衣服要走，她突然站起来：“岑淙，你说的话我记住了，我会报答你的。可是你的孩子我已经在昨天夜里打掉了。我没有那么大的勇气和你在一起。”

岑淙没有回头，深深地吸了口气，走出了画室，站在门口他说道："我知道你会这样做的，可是何以见得你和我在一起以后就一定要受苦呢？你怎么和陈沁说的话是一样的？"

宋茂茂恍惚着神情，拖着酒醉后的疲惫身体来剪发。她一直在一个叫"小朋友"的发廊理发。

店主问："这次要什么样的发型？"

宋茂茂说："要短发。"

店主说："剪了多可惜呀！"

宋茂茂没有言语，她的脑子里全都是岑淙的样子，她控制不住自己的嘴唇，脑子也完全像被另外一种东西控制住了，她不由自主地问："你知道人死了以后到哪里去吗？"

店主勉强回答她："人死了以后去见孟婆，喝孟婆汤过奈何桥，然后在再胎。"说着她剪掉一缕头发，又惋惜："剪掉多可惜呀！"

宋茂茂说："我想换个样子，好像有人不喜欢我的样子。"

店主会心地笑了："说句实话，你不要生气哦，其实他要是喜欢你，你什么样子他都喜欢，他要不喜欢你，什么样子都不喜欢。"

宋茂茂似乎清醒过来一些，恢复到原有的样子，突然抬起头："那你把刚才剪下的头发接上？！"

店主知道她没有生气，笑笑说："那好，我给你修一下，现在不剪短还来得及！"

宋茂茂耸耸肩膀："那后来呢？"

店主问："什么后来？"

宋茂茂说："见孟婆之后？"

店主说："喝汤。你想干吗？我说着玩的，可别当真哦。"

女店主是宋茂茂的老相识，她小的时候经常怯生生地来她的店里理发，女店主对她很热情，她的理发手艺并不是很高，但她总能依照宋茂茂形容的样子给她做新头型，有时宋茂茂还拿来明星的图片让店主照着样子给她设计。店主在无能为力的情况下总说："这种发型不适合你。"在店主眼里，宋茂茂总是那么热情。店主常说她："我觉得你应该文静点，本来就是个很文静的人嘛。"

过了好久，茂茂不好意思地说："我最近有些情绪低落，刚才说的话有些过分了。"店主笑了笑。

有的时候，本来是素不相识的人说的无意识的一句话就可以给旁人很大的启发。店主的话对于宋茂茂来说，又有了新的含义。她在想：妈妈死了会不会喝了孟婆汤之后已经把她给忘记了？她又想：如果我死了，要是喝了孟婆汤，那样就会把岑淙忘记了，那不是我的心愿，所以我要坚强地活下去，哪怕我伤害了他或是别人伤害了他，我定有信心把他的心中劈开一道血痕，让他永远记得我。如果我死，他就会忘记我，忘记我不是我的心愿；但是记得我又不接受我，我的痛苦就更加难以形容。我好痛苦，我的身体里就像有另外的人控制着，总在和我进行斗争，在和我进行那种使我体力塌陷的斗争。头痛，身体痛，为何爱上一个人会浑身痛，这到底是什么缘故？难道心情不好真的会影响到自己的体力？为何会有异常疲惫的感觉呢？好痛苦。真的无法承受了，就像我只剩下了半个躯体，而那另一半早就被岑淙给拿走了似的。

25

宋家靠门口的两间是她和宋加伦的，木家具使整个房间显得很古板。宋茂茂的房间有一张白雪公主的地毯和上下铺的儿童用床，床上有各种毛绒玩具，还有些书籍。文学名著是宋加伦送给女儿的生日礼物，被放在米白色的小书架上。书架旁边有一个小小的梳妆台，镜子的周边装饰着蕾丝花边，上边陈列着各种样式的银质手镯和各种材质各种象征的十字架。墙上是一幅宋茂茂亲手拼接的阿波罗神庙遗址的画。另外，墙上还有宋加伦给她定制的阅读书目，她每读完一本书都会在上面画个红圈。这张书目每过一段时间宋加伦就会来看看。地上堆着大堆的 CD 和影片 DVD。一个草编织的储物盒里放着巧克力、果仁、饼干等零食。这是妈妈在世时让她养成的习惯，不然她总是把零食乱扔。除了这些，她的屋内最醒目的就是墙上贴的希腊神话中的人物：有太阳神赫利俄斯和他那个可怜的儿子法厄同，有一些不知名的神秘而美丽的女祭司。在晚上，她的房间发出柔和的黄色的光，像刚出生的太阳。因为宋茂茂睡觉怕黑，所以她总是开着这盏父亲为她定制的柔光灯。

茂茂对着梳妆台的镜子：我真的不知道该如何忘了你，我在和自己较劲，我拼命地不想去见你，可我却不知不觉地朝你的画室走去，我想和你说话，想把你据为己有。我希望和你到一个孤岛上去，那里只有我和你，我们不受任何人的干扰，我的心里全都是你，你的眼里根本容不下别人。我的愿望不只是拥有你的表面，看着你的容貌，感觉你在身边，我想把你攥在我的手心里，让你变成一个小小的人放在我的衣兜，我想把你拿出来就拿出来看看，让你和我形影不离。

我要控制你，并且希望你说你喜欢我的控制，我要你喜欢我的一切，这种喜欢不是后添的而是你与生俱来的。我的心是迷惑的，可我的神志是清楚的，我知道你喜欢陈沁、爱恋董玲，我在你眼中是不是很让你讨厌？我不知道。我似乎有种感觉，如果我得不到你的爱，我会没有魂魄。我开始觉得不清醒，每天早上醒来，我的眼前和脑海中就是你的样子，直到我睡着前的最后一秒。我想把你一口吞到肚子里，谁也找不到，我想让你变成襁褓中的婴儿，把你搂在怀里，从你听不懂我说话到你只听得懂我说话，我都要每天对你说我爱你，直到你心中有我为止。

又是一个不眠的夜晚。灯开着，窗帘挂着，宋茂茂不止一次掀开窗帘，看是否天亮了。好不容易，天从漆黑黑的变成蓝紫色，再变成白蓝色，再变成一阵黑，最后成了白色的。

宋加伦轻轻开门进来，宋茂茂“嗖”地从床上起来：“爸爸，你终于回来了！”

宋加伦说：“怎么？你一宿没睡？”

宋茂茂支支吾吾：“爸爸，我，我……”

宋加伦说：“我听岑淙说你总去他的画室？以后不要这样。”

宋茂茂说：“我不，我想我是爱上他了。我愿意为他做一切一切，洗衣煮饭生个可爱的孩子等等，如果你阻止我和岑淙来往，我就会阻止你和陈沁来往。”

宋加伦有些气了：“你说的都是什么？纵使岑淙离婚也不会娶你！有些事我要好好和你谈谈。周末不要乱跑，我带你去见一个人。你不要晚上总想事情，你不想像我一样吃药睡觉吧，那很痛苦。有些事情晚上想也没有用，总要等太阳出来了再去解决。现在你晚上没解决的问题就是你没睡觉，现在马上去睡觉。”

茂茂不情愿地回到卧室对着客厅里的宋加伦喊道：“爸，这都是命运。”

宋加伦说：“什么命运，都是自己造成的，你以为我愿意和陈沁在一起吗？要是能走为上策，我早就走了，纠缠得时间越长，就越是一团乱麻，没法捋清。”说完这些话，宋加伦又有些个后悔，可是现在他面前的这个黑眸子的小傻瓜就好像只有五岁的智商，是个彻头彻尾的傻孩子。

岑淙父亲的家里没有什么特别的家具，两居室的房子，被一些破旧的书柜和简易的衣柜占据，一套已有十多年的破藤椅，已经掉了漆皮的小茶几放在两把旧藤椅之间，还有一个大一些的长方形的桌子，上面放着一些水果和果皮。水杯里的茶水已经很多天，是一种廉价的花茶，由于浸泡的时间过长，成了浓浓的黑色。这间居室很明显已经很久没有人打扫过了。

岑淙回到父亲家：“爸，你着急找我回家有什么事吗？”

岑父的大眼镜后面一双失去一切希望的眼睛突然亮了一下：“我、我跟你商量个事，有个老同事给我介绍个老伴儿。”迟疑了一会儿：“你同意吗？”

岑淙听了这话，下意识地看了一下身后：“岑静，你看什么呢？”

这个迟钝、有智商障碍的女孩回过头，用惶恐的眼神看着自己的哥哥，好像已经认不出来他。岑静没有回答他，过了一会儿，她突然站起来走向厨房，拿出锅子和案板做饭。岑淙跟着妹妹进了厨房。

岑淙主动跟她说话，他知道妹妹虽然简单，但也会有心事：“出去玩了没有？自己还不敢去超市吧？”

岑静好像高兴些了，看着岑淙：“哥哥，他们都有手机了！我还没有。”

岑淙苦笑了一下：“你要手机干吗，给谁打？”

岑静高兴地说：“给哥哥打，哥哥告诉我怎么坐车去找你，爸爸说我二十岁了，我应该敢自己坐公车。”

岑淙感觉自己的心中一阵酸楚："好的，回头哥给你买个。"

岑静丢下手中洗着的西红柿，很茫然的样子："为什么我一出家门就老有人看着我？是我穿得不好还是我的样子怪？"

岑淙忙安慰她："噢？不会的，不要在乎别人。"岑淙看看妹妹的衣服，都是大姐很多年前穿剩下的。

门铃响起，岑淙去开门。岑姐劈头盖脸一番话："岑淙，爸跟你说了？谁出的馊主意？我不同意！静静是有点傻也不至于再嫁个傻子，她的事将来我处理。"

岑父极为不满："什么馊主意，是我的主意，你们一天到晚吃喝玩乐，我这孤老头子怎么办?!"

岑姐反问："这世上就你一个孤老头子吗？"

岑父恼了："你，你混蛋！岑静的事我做主，你们都是嘴上说，谁不是各过各的，再说你还是先管管你自己的事！"

岑淙大喊："你们都停，都别说了。"岑静在一旁吓得手在发抖。

岑姐说："你们爱怎么着就怎么着，你娶老伴儿我不管，但静静不能嫁人，她才二十，以后要有人欺负她怎么办？妈走的时候说过：'岑彤我不担心你，你的脾气从小就不怕人，人家越是看不上你，你越要做好给人家看看；也不担心岑淙，他能忍，就这么忍着，事情到该解决的时候都能解决，况且他有一技之长，饿不着；可是静静，我最不放心，恨不得带上她一起走啊！'你当初答应过妈妈，要照顾岑静。"

岑父低着头："你们谁都说要照顾岑静，谁照顾过一天?!"岑父哆嗦着手端起那杯剩茶就要喝。

岑淙阻止："爸，别喝，那茶馊了。"说着端起那杯剩茶走到厨房，把茶倒掉，重新沏了一杯。岑淙心平气和地说："有问题，解决问题，不吵了。”

岑姐说：“我不是回来吵架的，我是来表态的，不同意。”

岑静插话：“姐姐、哥哥，饭好了，吃饭吧。姐姐，今天走吗？陪我住一天吧。”

岑姐说：“姐今天不走，陪你。”

岑静欣喜：“太好了，姐姐，明天呢，明天走吗？明天也别走了。”

岑姐迟疑：“明天，明天再说，好吧？”

一顿饭晚饭吃了二十分钟，三人的眼神没有相对，沉默着吃饭。

26

这年冬天下了很大的雪。陈沁总是埋怨小区的地面没有保洁清扫，也总是埋怨岑淙晚回家。岑淙总是抱怨陈沁把洗完后的碗筷放在橱柜上面而不安置好。回家这件事情成了他们之间的默契。

都知道外面风雪交加，毕竟有个遮寒取暖的地方。回到这个地方的事情，就是吃饭，然后占据沙发上最舒服的位置，打开电视机，调换着对方厌恶的节目，逼着对方先开口，或是和颜悦色或是针锋相对。

陈沁和岑淙都是善良的，彼此之间没有太多的战略战术，不会你一招我一式地攻击对方一辈子。他们简单到了彼此都不记仇的地步，诚实到了相互间不相爱了就会说出口的地步，他们是悲观的结局，却以乐观的方式进行，直接到了别人认为两个人都是神经坏掉了。

岑淙问：“陈沁，你每天早上喝的白开水里，是不是掺了东西?!

为什么我好几次都见到你半夜起来往我给你倒的白开水里放一包什么东西？那是什么？”陈沁害怕岑淙这种带着一脸严肃对她发问的口吻，她故作镇定地说道：“我在放养颜用的维他命。”她眼睛闪烁，细长的睫毛快速地闪动着。

岑淙冷笑着：“维他命要夜里吃？哪个国家的维他命，还有时差？”陈沁无话可说，只是气得胸中憋闷。她是爱着岑淙的，活生生的，怕失去岑淙，但是她确实是做了这件事情，往白开水里放了避孕的东西。

岑淙指责她：“你好卑鄙。”

陈沁实在是控制不住自己的话，她本想忍，但是忍着岑淙，不是她的性格，她用力回击：“你更卑鄙，你已经有了董玲，就不要再给我带来无穷的后患了！”

岑淙把手中的玻璃杯重重顿在桌子上：“这就是你一直不愿意生孩子的原因？难道不是你一直在服用维他命的原因？”

陈沁在与岑淙吵架的时候通常是占不了上风，她没有岑淙那样阴狠。陈沁平时再斯文此刻也露出小羊要咬人的架势了：“岑淙，我告诉你，你不要自以为是。我当初跟你结婚的时候，我父母给了我五十万，我全部给了你做画廊用，我父母去世后，这件事情你连提都不再提。我唯一的叔叔，你说他俗气，俗不可耐，不可理喻，你不让我再跟他接触。我和你结婚七年，没有去看望过他一次。我全心全意地给了你一切，你给了我什么？你现在没有任何理由要求我为你付出什么了，你要是有离婚的打算，你就尽早说出来。你不要同情我，我命苦是我自己的事情，我会对自己的选择负责任，我再也看不了你假惺惺、伪君子的架势了，我吃亏，我认倒霉！”

岑淙看着气急败坏的陈沁，微微地笑了：“陈沁，你少在我面前提你付出了多少，你不就是念了几天别人不读的书，写了些别人不看的字吗?!你以为你是谁?在家从父，嫁后从夫，你父母都没了，你还回那个破家干什么?!我是没有去看过你叔叔，你什么时候正眼瞧过我爸，还有我妹妹!为了跟你在一起，我违背了多少对家里人的承诺，你叔叔还有婶婶照顾，我父亲和岑静有谁照顾?为了支持你的工作，我付出了多少?你要是跟我算五十万那笔账，你就是个十足的白眼狼!我今天就问你，你到底为什么不愿意给我生孩子?!"

陈沁紧紧地闭了一下眼睛："我就是不愿意。没有原因。"

岑淙吸了一下鼻子，说道："陈沁，你还爱我么?"

陈沁的眼泪在眼睛里打转："我不知道……"

岑淙深深地吸了一口气，说道："我知道原因了，你根本就不想再和我有更多的瓜葛，我知道，你恨我，恨我和董玲在一起，但是要不是你用和宋加伦在一起的办法来恶意报复我，我和董玲的关系早就结束了。我可以告诉你，比我更坏更可怕的男人有的是，你把责任都推到我身上，你公平吗?你一开始就没有原谅过我，难道我低三下四地向你澄清一辈子?!"

而后，岑淙很有条理地穿好外衣，戴好围巾，拿起钥匙出门了。

27

陈沁在这样的争吵后一般是很冷静的，因为她从小看着外公是这样对待外婆，又看到自己的父亲是这样的对待自己的母亲。因此，就像是小孩子在看过战争片后敢堂而皇之地说自己不害怕战争。在观影的过程中，幼小的心灵很多次身临其境，甚至还会向往一下呢……

陈沁不害怕，她默默地对着镜子擦着眼泪，看着自己消瘦蜡黄的脸庞说道："我不怕你，岑淙，我爱你，岑淙。"说完，她呜呜地哭了。

可是有很多事情总是要求助的。马路上塞车，要找交警；天空下雨了，要找屋檐；妯娌之间闹别扭了，要各回各家……总之，事情有事情的法则，每件事情有每件事情的处理办法。这就是缘始。

陈沁拨通了宋加伦的电话，这次没有犹豫，因为她认为自己有道理。宋加伦说他在健身房，陈沁说打车过去找他聊聊天，宋加伦欣然同意了。宋加伦没有多想，他了解陈沁，知道自己该尽到自己的责任了。

宋加伦见到陈沁没有吃惊，陈沁神经脆弱的程度他是非常了解的。陈沁在宋加伦面前尽力掩饰自己的痛苦。对自己的烦乱，她没有实话实说，只是东拉西扯地谈一些别的东西，她在考验自己的忍耐程度和自立的意识。

宋加伦看着她那蜡黄色的脸，问道："陈沁，没出什么事吧？怎么脸色这样的不好。"

陈沁这才注意到了，半个月不见，宋加伦好像瘦了许多，陈沁心怀愧疚地说："真不好意思，这么晚我还在打搅你，我困得难受，但是失眠了好久，大概一个星期有三四天都是彻夜不眠，不知道该怎么办。而且我的剧本进展得不顺利，我想问你，可不可以另找别人来写，交稿期限快到了，我总觉得我写的东西语言很苍白，意识又太悲观，不会有人欣赏，我看我的路快到头了。"

宋加伦披上件厚一些的衣服，揉揉眼睛说道："失眠不好，是亚健康的表现，明天我带你去看医生，调理一下，很快就会好的，我有时候也会这样，不要担心。剧本不要着急，他们也是正在找这个戏的资金，同步就好，没有必要着急。你写东西语言是有些苍白，但是这是你的风格，别人没有的。你眼中的世界就是悲观的，你看待世界的方式就是这个样子，不要强求每个人都会接受你的世界，你也不要有野心控制其他人的世界。有些时候，人能解决的问题很有限。”

陈沁放松了许多，她不会把自己的问题随便与别人说，但是一旦她认为此人可信后，就会和盘托出。她深深地吸了口气说道：“加伦，我和岑淙，算是完了。我觉得我们两个最丑陋的嘴脸都已经暴露给了对方，没有办法再挽回了，还是离婚最好。岑淙一直都想要照顾他的妹妹岑静，把我也拉上。你知道的，我生活的能力实在是有限，我都不知道应该怎样照顾自己。”

宋加伦在喝着一种浅蓝色的饮料，陈沁看起来很滑稽，那饮料就像是她洗衣服时用的洗衣液。宋加伦注意到陈沁在看他就说道：“你要喝点东西吗？热牛奶？”

陈沁似笑非笑地说：“我想喝咖啡。”

宋加伦摇摇头说：“休息不好，不要喝咖啡了，来杯热牛奶吧，好吗？”看着走向服务台的宋加伦的背影，陈沁默默地在心中念叨：“哎，男人来到这个世界上是来做什么？女人来到这个世界上又是做什么？难道我们都不是自愿来的，而是因为相互吸引而来？”

宋加伦赢得了战役的胜利，没有费多大的心思，而是静悄悄地等待了五年。他就像是陈沁的一本翻旧的诗集。陈沁总觉得他没意思，想着复古的文风，想着丰富华丽的哥特式，想着预示未来的幻灭，但最终还是发现，感觉都不对。最初那不经意的赐予是给她灵感和智慧的渊源。

宋加伦说：“我不想跟你解释太多了，你对我的感觉是什么样子的，我心中有数。跟岑淙离婚，跟我结婚。我没有承诺，我会让你很平静，不会被过去干扰，不会被未来吓到。你有你的权利，进退你自己选择。你不答应我，我也不会恨你，我陪你等待今后的机会，但是不要再回岑淙身边去。”

28

董玲来到这个曾经给她无尽温存和爱的小天地。说真的，她没有任何的不舍与不安，就好像岑淙是她的远房亲戚，给他打工就应该得到照顾，给他爱情那是额外的甚至是不应该的。他们最开心的时候曾经想过一起离开这座城市，可到了第二天，岑淙又恢复原状，和以前一样做该做的事情，练习素描，听音乐，上市场去买鱼，回家做饭。

董玲收拾好东西，想给岑淙打个电话，可她没有，她把钥匙扣摘下来放在桌上，是一个透明玻璃珠子穿成的小饰品，这是岑淙的东西，她喜欢就摘了下来。

董玲面对着画架喃喃自语：“岑淙，对不起，我如果留下来，也不是因为你，我走开，要去找自己的生活，也不是为了你。你想和我过平淡的生活，我办不到，我不想依靠任何人，我要有自己的精彩，所以我不能依靠，不能养成依靠的习惯。我已经有心上人了，钱我给你留下了，我知道你自己也不富裕，我能够养活自己，你放心。我想你听到后一定会伤心，这路上我得到的比失去的多，我爱你，想依赖你。你没有我一定觉得孤单，你要习惯孤单，我知道你要的不是助手而是知己。”

岑淙拿钥匙打开家门，坐下来，沏了杯浓浓的咖啡。

陈沁说："我还以为你失踪了呢。"

岑淙说道："陈沁，我只想对你说，我是一个人，不是空气，空气你是需要的，可你并不需要我。我是一个人，不是一个圣人，圣人是你崇拜的，宋加伦是，我不是。"

陈沁的眼泪顺势就流了下来，她紧紧搂住了岑淙："我爱你。求你，我错了，我怕你会离开我，我离不开你，但是你把鱼汤送到哪里去了？我告诉你，如果我是黑的，你顶多是灰的。你也不是什么君子，有什么资格来干涉我？我对你和董玲的事情视而不见有很长时间，不就是给你机会吗？现在怎么样，你了解了她，翻过头又来教训我，你知道自己在做什么吗？你想要我的时候就要，不想要我的时候就离开，你对我不认真。"

岑淙说："我也爱你，但我要离开，我会'怀念'以前的日子。"

陈沁笑了一下："真高兴你说了出来，你和董玲自由了。"

岑淙说："我不会像你那么卑鄙，我们为什么一直没有孩子，你心里清楚，对吗？"

后来，岑淙收到陈沁的短讯："岑淙，我和宋加伦结婚了。"

陈沁和宋加伦在吃午饭，餐厅不奢华但很干净，陈沁感觉到了久违的平静和安宁，她慵懒地眯着眼睛，宋加伦安详地看着她："陈沁，你要是觉得写东西很枯燥的话，不如你到秦玉东的公司给他帮帮忙，很简单的，你以前和岑淙在一起，他很孤僻，也影响到了你，你们俩太相似了。"陈沁低下了头，宋加伦赶快说道："好，好。我再不会提以前的事情了，你放心。"

岑淙出去买菜，没有带钥匙，只好在门口的楼梯间等。离婚后，他回来和父亲、妹妹同住。他点上支烟，考虑着青菜该怎么吃。他把县城的房子退掉了，那个画廊只会令他想起许多以前的事，和董玲的那些事情。离婚后，他没有觉得如释重负，反倒觉得又有了新的压力。

蒋飞在岑淙家对门儿住，和她妈妈一起，她穿了一件黑色的高领毛衣，一件米色风衣和一条已经穿过很久的牛仔裤，一双平底的尖头皮鞋，拿着一个黑色的大包。她回来的时候显得很悠闲，不像一般的上班族那样匆忙和疲惫。

蒋飞看了一眼蹲在楼道的岑淙，开始还觉得很陌生，一会儿就想起了他是对门儿家的人，便主动问："你没带钥匙？"

岑淙微笑着答："嗯，没带。"

蒋飞说："先到我家待会儿？"

岑淙推辞："哦，不了，一会儿他们就回来了。"

蒋飞笑："今天周一，可能是岑伯伯带岑静去医院复诊了。"

岑淙答："是的。"

蒋飞有些脸红："那我先进去了。"她故作镇定地找钥匙，找了半天没找到，而后不好意思地笑笑："我的钥匙好像丢在店里了。"

岑淙好奇地问道："你开的什么店？"

蒋飞说："一家小小的书店。你原来不是在县城有家画廊吗，听说你也给小城的歌手做过形象设计？"

岑淙说："哦，是的，我不怎么会经营，做设计大都是帮朋友的忙。"

蒋飞觉得自己站着和坐在台阶上的岑淙说话有些别扭，就把手中的画报垫在台阶空间富余的地方，也坐下了，并未感觉尴尬，很自然。

岑淙问："你的店有多大？"

蒋飞觉得岑淙很随和，自己也就放松了很多：“是个八十平的底商。”

岑淙若有所思：“生意怎么样？”

蒋飞说：“还可以，前两年还赚些钱，现在一般。”

岑淙说道：“你能不能把房子的一半租给我，我家现在像个仓库，很乱，我想找个地方放那些个画，如果有机会就继续开张。”

蒋飞想了想说：“这——我回去和妈妈商量一下，再告诉你。”

这时，一个大约五六十岁的老太太提着一兜子菜回来。蒋飞快步迎上去，接过老人手中的菜兜：“妈，你回来了，我忘带钥匙了。”

蒋老太太笑了：“忘带钥匙了，你怎么不敲门？你爸在家哪。”蒋飞很不好意思。

岑淙低头抿了抿嘴：“哎，我也敲敲门，看我爸在家吗？”然后笑了。

蒋老太太说：“这俩孩子。”说完麻利地开门进去了。

蒋飞跟在妈妈后面，回头温存地看了一眼岑淙。

岑淙突然站起来，下意识地拉了一下蒋飞的胳膊：“别忘了我跟你说的事。”

蒋飞回到家中把包中的东西全部倒出来，钥匙就在一大堆乱七八糟的物品之中，她深深地吸了口气，想想刚才的事还觉得像做梦一样。

29

岑静，一个智障的孩子。只要看她一眼，春秋冬夏就会阻隔在你和她之间。

岑静说："哥哥，那个面具好可怕。"

岑淙安慰："不怕，它象征着一种东西。"

岑静问："什么？"

岑淙说："真实又让人恐惧的。"

岑静又问："什么意思？"

岑淙解释："就是事情的好坏。"

岑静依旧疑惑："不懂。"

岑淙继续解释："这是陈沁写的一本书中描写的东西，一个善良的姑娘生得太美丽了，他的父亲怕她的美丽会带来不该有的麻烦，就给她戴上面具，让那些只爱美的人离她远些，直到有一天有个人能看穿这面具后面的女孩的真实的一面时，才把她嫁给他。你懂吗？"

岑静似懂非懂："你说的是真的吗？那我也不敢动它。"

岑淙笑了："是故事，我按照故事的描述刻的。你困了吗？"

岑静点点头，说："我去睡觉了，明天不会是今天的样子。"她微笑着，好似在关心着自己的哥哥。岑淙默默地低下头，泪在眼睛里打转。

岑淙是O型血，是那种不给任何人留有余地的人。他的心中老是恨自己为什么想说的话说不出来，一有大事情本来自己的大脑中把要说的话都准备好了，要委婉，要动听，要留有余地，不伤害人，这都是他的标准。对于别的事情他都能够用这条准则来要求自己，而对于妹妹岑静的事情，他不会跟任何人妥协。

岑淙认为自己有照顾妹妹岑静的压力，为着这个压力，他觉得自己每天都像背负着块大石头。他认为是自己的过错造成了妹妹岑静一生的不幸。

在岑静四岁的时候，一个雨夜。岑静突然发高烧。不巧的是，第二天母亲和父亲都要到小城郊区去支教三天，校长明令规定任何人都不许请假，姐姐住校，也无法回家。岑淙妈妈给了十三岁的他十块钱，让他第二天给妹妹买退烧药，并且照顾妹妹直到父母回来。岑淙答应了。第二天雨停了，岑淙穿着喜爱的球鞋踩着有蓝天倒影的水洼，优哉游哉地追着雨后的蜻蜓到卫生院去买药，但是这包退烧药到最后也没有买回来。

他在半路上看见个吹糖人的，他买了两个糖人，吃了顿米粉，把余下的钱看了场皮影戏——《孙悟空三打白骨精》。天已经擦黑，他终于记起了回家。看到蜷缩在被子里不省人事的妹妹，他没了主意，只好背着妹妹找到看门的老人，老人立即送岑静去了医院。那年岑静四岁零三个月。

从那以后岑静就只会叫爸爸、妈妈、姐姐、哥哥，别的话不会说，也从来不说。坐也坐不了多久，站也站不了多久。

岑淙那过于忧伤的脸庞后，有着对自己妹妹的愧疚和心疼。他不愿意让她受委屈，然而，他却没有办法改变她的一切。他那双灵巧的会作画的手，不断地劳作着家务，为的就是不让自己的父亲厌弃这个已经被一切遗弃了的女孩。

他看着岑静，岑静慢吞吞地读着看图识字，岑淙心中有说不出的愤恨。他恨自己，恨自己没能给妹妹带来帮助，也恨妹妹为何与他有着割舍不断的感情，让他心软而不能舍弃。

30

小皮球掉在长椅下面，小男孩领着小女孩走过来，怯生生的。

小男孩说："皮球跑到椅子下面了。"

岑淙把球拿出来，还给他。

小女孩咯咯地笑了。

小男孩不舍地从兜里拿出一袋彩虹糖，从里面拿出一颗红色的，递给岑淙。

岑淙平静地看着男孩，会心地笑了笑，小心地接过糖。

小男孩拉起小女孩跑向草坪。

相爱很难，爱一个人一生一世不变是人生最大的冒险。单恋就更难，没有任何一种痛苦比单恋更苦。两个相爱的人面对的是一生的压力和共同承受的痛苦。快乐呢，就像冬天里的雪人，融化得很快。

冬天联谊会的时候，宋加伦和陈沁去参加了宋茂茂的演讲比赛。

雪莱的脑疾，拜伦的跛腿，济慈的病体。这一切是上苍的安排，还是世间人和物都善妒，不让任何杰出有自己的归宿。诚恳地说，我爱着他们美好的容颜，渴慕着他们的诗才，最让我向往的仍旧是他们诗歌中表达的善良、宽容和自由。

或许他们同样掩盖着痛苦，包装着身份，以免受到更多的伤害。

如果大海没有夺去雪莱的生命，如果该死的拐杖没有让拜伦那样的自卑，如果济慈不被柯尔律治的诽谤所左右，这三位上帝派来的兄弟，会给整个世界留下更多的关于自由、和谐、梦幻的诗句。

他们会在骄阳弥漫的意大利朗诵着神曲，羽毛笔将在羊皮纸上留下多少奇迹？

他们在纸上寻找着自由，他们的精神和体肤受着嘲弄，抑或是打击，更有可能是满身疾病的折磨，但这些都没能阻止他们在铺满鲜血和荆棘的路上赤足行走！

把他们还给世界，还给平民，还给那些个作恶多端又怕被揭穿的人们吧!!

如果有三支玫瑰花，红的送给灿烂的拜伦，黄的送给忠诚的雪莱，白的送给纯洁的济慈。

自由，博爱，理想，这三尊奖杯一定请他们笑纳。

上帝太怜悯痛苦的雪莱，给他的年轻赋予永恒；太宠爱拜伦，将英雄的雅号给了一位作家；太同情年轻的济慈，将他早早地接回到天国。上苍让他们的年轻和执著、忠贞和热情永驻！

忧郁的雪莱，承受着不仅仅来自世间的痛苦，这痛苦在他的字里行间深深流露。他那样的忧郁，含羞就像容易受到伤害的花。他柔弱聪颖的诗才受到罪恶统治阶级的批判，他坚忍的内心怎能就这样随便地平息，他把怒火回馈给世界一百年之多。

痛苦的拜伦，接纳着世界的不公平，忍受着上苍赐予他的伤腿，他的薄面没有能够感动统治者，这一点他深深明白。最终，他没有在纸上进行战争，而是投奔了真正的现实，他的心智远比他留下的著作更有价值，他的文章和他一同去过了战场，圆他的梦想。

可怜的济慈，在心力交瘁的时刻，他没有屈服，死本身就是他芳香的一种形式。他只是个同情弱者的弱者。他用死告诉了那些个伪君子，他没有戴过假面，他的歌将永远流传。他的气息里带着干净的血，他的衬衣上写着年轻的永远。

陈词滥调的诗作理论，不足以证明诗歌的魅力。表面的文字并没有能够将诗人的思想和意图表达。他们是水晶石不需要圆润，他们的棱角反射了太阳光！

陈沁对宋加伦说道：“你应该为自己的女儿感到骄傲，她是那样的独特、美好。”

31

“要多久，我才不会用宿命的方式要求自己，而后能觉得我对你的爱是情理之中的。那些年，我用猜测试着去了解你，这些年用遏制来挽留自己，现在用转移去迎接新的问题。我问自己有多么的爱你？这爱像是枯萎的老树，已经死了，毕竟它曾经那样的结实。没了你，我的一切都不再精彩。

“我不愿意回忆，但是我想回忆，回忆没有颜色。你在我的脑海中成了飘忽的皮影，没有了立体。我也不再想象你的言语和你的动作。那激动和燥热如今已经不再光顾，就像一看到你的样子，那无形的鞭策就会在我的后背上疼痛。我了解的原则太多，木讷得连话都不敢说，何谈我去爱你？我羡慕自由，背靠着山脊；我向往着爱情，背负着公式。我爱慕着你，却惧怕着颠覆。

“我又一次想起了你，理解我的只有我的心，它均匀地跳动，浅浅地起伏，微微地安抚着我的脑。注定了，我不会再去找你。我留恋这样的平静。”

宋茂茂放弃了对岑淙的爱，这不意味着她不爱他或是已经把他忘记。每当回到家中，她都会在空荡荡的客厅徘徊一阵。

她想起岑淙那双渴慕爱情又忧伤无奈的眼睛时，就会对他产生一种她这个年龄不该有的同情。这种同情不是强者对弱者的同情；

不是拥有者对失去者的同情；也不是女人对男人母性的同情；是宋茂茂对岑淙的孤独心境不了解而产生的好奇。

宋茂茂以前总认为：她会为岑淙付出一切，包括生命中最重要的抉择和生活中小的细节。随着年龄的增长，她认为自己根本做不到，对自己都难以做到的承诺，何况他人。

她开始明白，爱情和婚姻之间不是等号，也不是约等号，而是完全相悖的。她爱岑淙，却不能和岑淙共建爱巢，他们不是同一种飞鸟，不会同归爱巢。

这是年龄、社会、经历、传统制造的阻碍。这种阻碍，被唯心者称为“天意”；被成熟的人称之为——人生观和价值观的鸿沟。

渐渐宋茂茂了解了这种阻力。不再给自己制造一见钟情的梦幻泡影，不再给自己制造这样的烦恼。控制自己的情绪以后，她发现压抑对岑淙的感情是让她平静或快乐的唯一办法。

成熟的人是需要这种平静的，宋茂茂亦不例外。对岑淙的感情只是增加了她对爱情的免疫。

32

秦玉东大学的时候学习的是管理，但是他痴迷绘画和电影，陈沁和岑淙没有分开的时候，秦玉东就经常去到岑淙的画廊和他聊天，岑淙认为秦玉东是个不错的文化经理人，不过有些想法和市场是无关的。他在翻看电影杂志和理论书籍的时候很专心，就像着了魔。长此以往，秦城看不下去了，他不允许儿子就这样在自己的眼皮子底下做没有意义的事情。秦玉东也就搬出了父母家，背着父母把前些年工作的积蓄买了房子，和小玉住在一起。为了这个决定，秦玉东付出了昂贵的代价，秦城明确地对他说：“你永远也不要回这个家！”

大学时的某天，秦玉东鼓足了勇气对小玉说：“小玉，你家是小城的吧？还记得我吗，那年圣诞的聚会？”

小玉说：“是的。我记得。”

秦玉东说：“那周末我们一起回小城吧。”

公交车上，秦玉东从小玉眼睛里看到了紧张和惶恐。小玉不住地向车窗外看，公共汽车嗡嗡地走在路上，秦玉东回忆起两年前圣诞聚会的情景。

秦玉东记得那次圣诞聚会后他们都要为高考备战。

安安一般遇到这种场合都是多吃东西少说话，安安喜欢吃烤全羊。

安安知道在这群孩子中她是受尊敬的，因为她成绩好，做事也得体。这次聚会是秦玉东组织的，为了庆祝安安歌唱比赛得奖，签约文化公司。

刘晓踱正追随着秦玉东玩扑克牌，他一直是秦玉东的忠实朋友，那时秦玉东已经念高三，快要毕业。同学们都对秦玉东将要学的管理专业很感兴趣，围在他身边说笑，有的同学还和秦玉东开玩笑：“以后你要是当了老总，一定得请咱们再吃烤全羊啊！”

秦玉东看着这个戴着一对大耳环的女孩子说：“没问题。”眼睛仍然盯着自己的牌，因为他一直输钱给刘晓踱。安安站在他的身后，走到他身边的时候看了一眼刘晓踱的牌，安安碰了碰秦玉东的肩膀，小声告诉他：“掷，多掷。”也就在那时，安安看清楚了秦玉东今天穿的上衣是她买的莫拉诺奇。秦玉东轻巧地抿了抿嘴，因为人多，安安的行为没有被发现。

吃饭前，安安大概过去了几次，给他帮了点小忙。安安觉得这情景就像是十八世纪的没落庄园主举行的聚会。形形色色的人物和语言真让人觉得回到了没落贵族时代，但无论如何也是没落的。吃饭的时候，他们不在一个桌子上，安安有个小秘密，吃饭很快，为的是在大家都没有吃完的时候，找个没人的地方去吸烟。

安安走到了吧台后面的储物间，觉得很安全了就拿出烟点燃。这时走进来一个人，是秦玉东。他看到吸烟的安安，微微一笑小声说："别在这抽烟。"过了几分钟，他又回来拿了一瓶红酒。这时安安不晓得那些服务生都到哪里去了，秦玉东回过头扔给安安一包粉色包装的香烟，上面都是韩文，给安安指了指后头的洗手间："别忘了开风扇。"安安温存地看着秦玉东："上衣合适吗？"秦玉东含着爱的微笑："合适，合适。"

午饭过后，同学们都到吧台去领纪念品。其实没人会在乎那盒子里面装的是什么，只是东西是按照人数分发的，有个女孩子拿了两份礼品，这使后来去领纪念品的戴大耳环的女孩子非常不开心，近乎有些怒气冲冲了。她便把这件事情归罪于分发纪念品的服务生："你们怎么搞的，是谁多拿了一份？算了，我不要了。"

其实大家都知道是小玉多拿了一份，一直坐在秦玉东身边的安安给他指了指坐在大厅一角一直不动声色的小玉。

小玉皮肤很白，消瘦，眼光很单纯，似乎为了这次聚会精心打扮了一番，天气很冷，她却穿了裙子，是那种藏蓝的显得很老气的样式，还自己画了一个让人很难评价的妆容。

秦玉东没说话，悄悄地从吧台后的仓库拿出了一份礼品，交给戴大耳环的女孩子："是我没数清楚，少你一份，不好意思。"

小玉眼泪汪汪地看了秦玉东几秒钟，他的心纠在一起，心想我要是知道，就不会让服务生按数给礼物了。

秦玉东出于对小玉的同情，走到小玉的面前，从牛仔裤兜里掏出一张餐券，由于客人都是凭餐券拿到的纪念品，他的意思是说小玉还可以去领一份，小玉没有接。秦玉东很没面子地缩回了手。

安安走过去："玉东，这是电话充值卡吧？"秦玉东先是一愣，然后自嘲地笑了，点点头。安安说："我这个月电话费超支了，不如给我？！"他自信又腼腆地笑了，眼角向上翘，示意安安，他知道她是来给他解围的。

那晚，早回家的几个同学和秦玉东不太熟悉。午餐和娱乐结束后，秦玉东邀请几个没有离开的同学去酒店后面的歌厅玩，安安知道他还是想多给小玉一份礼品，而且秦玉东沉默了许多，或是因为喝了酒的缘故。安安见小玉怯懦地跟来，有些不高兴，但是也没有表现出来。

秦玉东跟在他们后头，他很乐于欣赏安安的背影，他的手轻轻搂着安安的纤纤细腰："今晚你是主角。"那晚，安安是秦玉东的一切。

追忆良久，秦玉东的思绪回到了嗡嗡的公交车上，安安离开了他并不偶然，秦玉东考了大学，安安做了歌手，安安的身边多了个江逸宁，对什么都轻车熟路的江逸宁。

秦玉东平静地对小玉说："不然留个手机号，发发信息吧，好吗？"秦玉东是善意的。

小玉低下头："我还没有手机。我给你留家里的电话。"

秦玉东觉得他捅了马蜂窝，不好意思地说："好，好。"

小玉笑了，那样简单，没有杂念。

秦玉东轻松地说："写我手上，我过目不忘。"

以前每周六，秦城的司机都来接秦玉东回家，小玉不知道，秦玉东为了这个细节，安排了好久。

33

秦玉东性格倔强，说话直白，让人觉得他总是在伤害人。在有些方面，他聪明过人，他解析人的性格总是罪恶的，他总是认为，神在创造人类的时候，把动物身上的恶都封存在人的身体里。这种想法与他的家庭环境有关，在他的家庭中，没有一件事情不与利益和贪婪有关。

秦玉东有天赋。他未曾过目的数字，只要知道出处就可以归算出它的盈亏，这一点大家都觉得很神秘，直到别人问起，他才简单地回答说："那是规律。"其实那是父亲从小对他的耳濡目染的教育，从小秦城就告诉他："没有利益的事情，是不能做的，不然别人会认为你是傻瓜！"秦玉东没有经过摔打的内心怎么能够轻易地接受这样的事实？秦城越是给他灌输利益的信仰，秦玉东就越是逆反，他认为没有什么比自私更丑陋。

父子间的关系最好用寓言来表达，真的无法将琐碎的事情放到一起来说，是谁为谁做了些什么，还是谁为谁付出了多少。母亲要他知道感恩，要做善事，父亲告诉他，已过而立之年，不要再胡思乱想，要成家，要踏实地工作。

秦玉东的心中只有两件事：把小玉的病治好；能够证明自己的实力。

他的内心是混乱的，他的计划是有条理的。小玉曾经说过，有很多事情秦玉东是完全可以成功的，但由于他总是矛盾，不知该怎么是好。他解决问题的办法总有两个，一个是对自己好，一个是对别人有利。他往往会选择后者，这样他就注定失败。不是因为他软弱而是因为他善良。

秦玉东照顾患有脑病的小玉已有两年。他为了小玉的医药费不得不去求父亲秦城，要秦城给他安排个工作，秦城为了重新控制儿子，就把他安排在了自己投资的文化公司。秦玉东知道老同学刘晓踱在七姐文化公司工作，为了能有个照应，他去了七姐的文化公司。

刘晓踱将公司的情况和秦玉东说了一些。秦玉东听后觉得公司的管理很混乱，很多的事情都是江逸宁说了算，七姐根本就没能完成当初给秦城的承诺。

公司的管理一塌糊涂，七姐经常出国，把公司的事情全部留给江逸宁，江逸宁在公司里是真正的管理人，这让秦玉东很沮丧。江逸宁的人脉关系决定了他办事效率低但成功率高。一些关键问题的解决还是要江逸宁来出面。

如果这样的情况持续下去，就等于秦城的钱全都给了江逸宁做他想做的事情。秦玉东讨厌江逸宁，不仅仅是因为江逸宁毁了他和安安的感情，而是江逸宁对他的那种不屑一顾的态度，他决定在事情还没有到不能收场的地步之前要有所动作。

34

秦玉东觉得办公室四个人只有一个人在不断地忙着，其他两个根本就是多余的。他要给公司裁员，除去财务人员不动，其他人都要调整。他写了一份详细的计划给秦城来看，秦城说道：“这样做不合适，忙你自己的事!”

通过刘晓踱私自记下来的开支项目，秦玉东将过去一年的账目都很清晰地给秦城做了分析，他的意见是：节约开支能够省出几十万；专题片的投资不用向外界融资，成立总编室，找专业人员按市场需求创作剧本，省下收购不同题材剧本的费用；起用年轻导演，不再用巨额酬金去请当红导演拍片；严格执行制片人制度，禁止胡乱报账，严格控制差旅费的出处；公司经营的茶餐厅连年亏损，每年还要交税，房租、水电和人员工资，应该关闭；一些不必要的投资项目可以取消……

说到这里，秦城更加不耐烦了，慢悠悠地说：“你呀，能在公司做些什么就做，公司是个系统，缺少哪个部门都是不行的。好高骛远，鸡蛋里挑骨头是你的毛病。你看到的太狭隘。无利不起三更早，得不着好处，谁会给你卖命?”

秦玉东什么也没有说，有一口气压抑在他的胸口。

秦城点了一支烟，深深地叹了口气：“你还是多关心关心你妈妈，今天好像是母亲节，看看你，平时没事也不回家，回家就跟我对着干。早点娶个好老婆，有人照顾你了，你也就会照顾别人了，也就不那么挑剔了。我累了，要休息了。你要不在家里住，就早点走。”

秦玉东听到这里，知道自己的话对秦城来说是没有用的。为了不起争执，他离开了父亲的房间。他知道公司就像个收容关系户的地方，解雇掉谁，都会得罪人，开支的节省，拿谁说事，都显得不公平。这就像打牌，拿着一副臭牌，怎么打也是输。他看着大理石的地板悠悠地笑了。

秦玉东穿好外衣准备要走，一直在书房的妈妈走了过来：“玉东，妈妈有两句话对你说，你过来。”

秦玉东放下衣服到书房，坐在母亲的对面：“妈。”

秦玉东的妈妈叹了口气：“玉东，你老是不回家，家里的事情你也不太清楚。你爷爷把祖屋给买回来了，人家一张口就是两百万，当初我们家缺钱用，卖给张家的时候才三十万，到现在他们狮子大开口竟然要到两百万，而且要求你爸爸给他们联系两套低于市场价百分之二十的房子。妈妈年纪大了，这些事情，我根本不知道是什么时候决定的，你爸爸现在很少回家，他的事情我也不知道，家里的事情也是决定后才告诉我的。

“你妹妹要结婚了，那个男的在监狱服刑过六年，我不知道是玉洁不敢和他分手，还是有别的原因，你爸根本不许我问这事。有空好好和妹妹聊聊，她现在很痛苦，有什么事也不对我说，说了我也帮她解决不了，我对不起她。玉东，你爸爸还有别的住处。你为了那个小玉，和你爸的关系搞得这样僵。你得顺着你爸，大树底下好乘凉。妈不得不劝你，不要尽想些不能实现的事情。你们刚说的话我都听见了，公司的事情不要多问，给你钱你接着，要你花钱你也得接着。

“我让阿姨给你做打扫，你的态度怎么那么不好？做人要有良心，妈很辛苦，你又不是不知道。”秦玉东觉得心口的气压又增加了，看着憔悴的母亲，他不得不把话听完。“玉东，原来东区的别墅说要给你的，你和小玉的事说不清楚，还要给她筹钱做手术，那东区的别墅爷爷就给叔叔家的秦华了，他要结婚，媳妇是个公务员，多让人羡慕。”

秦玉东拿出烟。

“玉东，我的房间不能吸烟。”

秦玉东默默地把香烟收起来，低着头坦然地说：“妈，我的事情，自己解决，个人有个人的命。”

35

秦玉东回到住处，小玉又吐了一地。秦玉东双手捧着小玉的脸，温柔地看着她的眼睛。秦玉东痛苦得不知所措，他心中对小玉的爱不止是怜悯。

秦玉东心情烦躁，打电话给刘晓踱。刘晓踱赶过来，看到这样的情景不由得心中难过。

刘晓踱直爽地说：“玉东，我觉得我们该做点什么了，公司的事情秦叔叔一点都不让我们插手，这么多年你也没有什么打算吗？小玉的手术费怎么办？平时吃药就要用好多钱。房租、水电、物业费，吃的用的穿的该怎么办？不能就这样坐以待毙。我们都不是懒惰或者是逃避，只是没有找到正确的方法，我希望你能站出来，牵头让我们做点事情。”

秦玉东收拾着地上的东西，默默地看着小玉：“我们现在只有一个办法，那就是去找安安。她和公司解约了，我想她和我们一样也想做一点事。你觉得呢？”

刘晓踱皱着眉头：“我觉得你是不是有其他目的？”

秦玉东否认：“我没有。”

刘晓踱说：“你有话就说出来，我又不会去给你乱说，你自己承受的东西太多了，你要是觉得对不起小玉，我们就把她送到好一点的疗养中心，有非常专业的人来照顾她，你可以把全部的精力放到自己的事业上去。这样也不用老在家里挨挤对，让你父母老是挑你的错。一个人再好，他只要有一点是大家不满意的，就完了。再说小玉的病，我觉得希望不大。手术成功的话，也会留下终身的残疾，难道你要照顾她一辈子？我劝你还是让她和你都有选择的权利吧。小玉妈妈的事你知道吗？她又跟了个不知来历的外省人。别人都怎么说你，你是不知道，可难听了。”

秦玉东听到的这样的话很多，沮丧地说道：“别人说什么我不会在乎的。想要制止谣言就必须要有勇气。”

刘晓踱微笑着看着自己的好朋友：“那我们去找安安，见面好好聊聊，问她有没有办文化公司的意思。我相信不等你我把话说完，她就理解我们的意思。况且，安安是个念旧的人。”

秦玉东拨通了安安的电话，刘晓踱期待地在一旁听着。秦玉东说：“安安，我们见个面吧，还有刘晓踱，都是老同学。”刘晓踱在一旁点点头。秦玉东接着说：“有些事情想请你帮忙。”安安似乎不太介意以前的事情，大大咧咧地一笑，爽快地答应了。

秦玉东对刘晓踱说：“我今年三十二岁，如果我顺从父亲的意愿，不自己瞎折腾，像我堂弟似的只等着，乖乖地等着家里的犒赏，我今天一定很顺利地拿到爷爷的房产了。可是我不想那样。我有顾虑，我有时候害怕别人说我是秦城的儿子。如果安安答应与我们合作注册文化公司，是不是有点利用她的意思？”

“不会的，”刘晓踱斩钉截铁地说，“安安不是那种人，我们如果能够盈利的话，她的钱将来还给她，友谊比金钱更重要。”

“最近和陈沁联系了吗？”刘晓踱转变话题，他知道秦玉东一提起安安就会很紧张。

秦玉东问：“谁？”

刘晓踱说：“陈沁。”

秦玉东轻轻地“嗯”了一声。

刘晓踱毫无遮拦地说：“听说陈沁和那个画家岑淙离婚了，我前两天还给她打电话了。”

秦玉东若有所思地说道：“我看啊，她是书看多了，看书多的人就丑，比如你不看书，就很帅啊。”

刘晓踱反驳：“你比我还帅！可你也老看书怎么没有毁容呢？奇怪，我看是你善事做多了，比如照顾小玉，对不？”

秦玉东沉下了脸：“晓踱，你说，我和小玉有将来吗？到头来，我会不会只是做了件没有结果的事。”

刘晓踱抬了抬眉毛，“哼”了一声说道：“女人如花，花似梦。”

秦玉东看着窗帘上的白色大帆船：“专家能不能把手术做成功？”

刘晓踱说：“要没有把握就先不做手术了，我帮你照顾小玉。”

秦玉东说：“房子我已经给房地产经纪看过了，他们说估计能卖五十万，正好拿出来给小玉做手术，其余的部分，如果安安同意自己组公司的话，我就拿来入股。我先到你那去住着，反正你现在是单身。”秦玉东说完笑了。

刘晓踱说：“你笑什么？单身好笑啊。我收留你，你还笑我。”秦玉东不好意思地看着刘晓踱，脸上掠过一丝踌躇。

秦玉东知道自己的问题所在，要是不能改变，就得继续承受。

秦玉东无法向自己的朋友说出全部心里话。刘晓踱比他小几岁，向刘晓踱吐露心声不太合适。这时，他发现刘晓踱躺在沙发上睡着了。秦玉东认为，作为朋友，刘晓踱够意思了。

秦玉东给小玉换好睡衣让她躺下，他在她的耳边轻轻地说着：“小玉，过几天房子就不是我们的了，钱给你做手术，不用怕，我会一直在你身边的。我累了，我们早点睡吧。”他的眼睛湿润了，他别无选择。

刘晓踱很早就起来上网，秦玉东买了豆浆油条，吃完饭后他们最后商量怎样对安安讲投资这件事。得出来的结论是：实话实说。

36

安安耷拉着脑袋歪坐在沙发上，对小姨说道：“姨，我想喝甜粥。”

小姨说：“都下午了，甜粥买不到了啊。吃点别的吧。”

安安说：“晚上有应酬，我得先睡一会儿，那就不吃了。”

小姨赶忙阻止安安上楼：“安安，姨，有件事，对你讲，姨准备和你姨夫复婚，以后就不能全日制照顾你了。宝贝的事情，我不会对任何人讲，但是姨对你说句话，人生不能总在舞台上，终有一天你要对大家说晚安，说谢幕的。”

安安看着似乎心满意足的小姨，痴痴地笑了，说：“姨，我和您不一样，您还有个婚可以回，我到现在家都没有，没有人惦记我的。您放心，我会好好照顾宝贝，他是我的一切。”

小姨说：“以后有什么我可以帮到你的，你尽管来找我，别忘了，我是你永远的好朋友。不要恨男人，要原谅男人。”安安摆了摆手，缓慢地拖着波西米亚式的裙子上楼了。

安安的生活像永远逃脱不了的预言一样，越是想象中美好的越会很惨痛，越是不经心的越是会给她带来希望。

晚上，小城一家西餐厅，餐厅显得那样的安静。

安安很低调没有开车，秦玉东见到了安安后有些不自在，眼光却始终没有离开安安。他不知道怎样开头好，就只好说："衣服很漂亮。"

安安笑了："我瞎穿的，适合我吗？"

咖啡来了，他们各自斟满一杯。刘晓踱说道："我们想离开七姐的公司，开一家自己的文化公司。"

没等刘晓踱将话说完，安安就接过话说道："想要我给你们出些资金，对不对？"

秦玉东见她这样的直白也就没有了顾虑："对的，我已经到工商去咨询过了，文化公司，不含制作拍摄，单是文化策划和演出项目的注册资金是三百万；如果要演出的话，要取得当地演出许可证；要拍摄，要找到拍摄许可证和合作的单位。这是我们的第一步，我想试试看。"

安安点燃一支烟，眉头紧皱，说话时的速度特别快，可见她心中的压力和其他的事情很多很复杂，她问："上次我们一起吃饭的时候，你来七姐公司上班之前的那次，你为什么没有提这件事？"

秦玉东说："那天江逸宁和七姐都在，我不会说。"

安安说："那好，你要答应我个条件！"秦玉东点点头，不安地看着安安，安安说："你想办法把我主演的电视剧在小城电视台上播出，而且价格没有商量。我知道你们有关系在小城电视台。"

刘晓踱欠了欠身子，心想她说的肯定是陈沁，差点就问了安安从哪里知道的陈沁现在的丈夫是记者宋加伦，但话到嘴边就咽回去了。

秦玉东也想起了这件事，他比刘晓踱老成，没有表现在脸上，而是连连点头说道："可以。"

安安平静了许多："我这几年唱歌，也就挣了三百万，我拿出来给你们办公司，我就没有了生活的来源，只能把这部电视剧卖出去，我的生活才会有保证。因为我不再和七姐公司续约了。”

秦玉东松了一口气，很快情绪又紧张起来，他想，安安的意思是说以后就要和我们合作了。刘晓踱也感到很惊讶，安安竟答应得这样爽快。

秦玉东说道：“我会很谨慎的。”说完他就觉得自己说错话了。

安安怪异地笑了：“没必要太谨慎，我们合作去赚钱就要彼此信任。”

刘晓踱赶快解释道：“他的意思是说，钱会有计划地花，一定会把事情办成。”

安安说：“我知道。你们怎么比我还啰唆，秦玉东我还不了解吗？”

刘晓踱笑着说：“这里的牛排美味极了。”

安安笑了。

秦玉东一面想着公司的事情，一面在安排小玉的手术，周三他收拾好东西把小玉接到刘晓踱那里。刘晓踱主动把房子让给他们，但并没有像开玩笑说的那样给他们做仆人。

37

秦玉东感觉到对不住刘晓踱，但房子已经卖掉。刘晓踱知道生存法则。他承认秦玉东在许多方面都比自己强，但要说容易变通秦玉东比不了他。

刘晓踱想起了秦玉东说过的话：要说善良是小玉，要说仗义还是安安。安安是老朋友，他有困难，安安不会看着不管。刘晓踱找到安安冷静地说："借给我一间房，暂时的。"安安答应了他。

公司注册让秦玉东和刘晓踱忙得不可开交，填工商、税务的表格很是烦琐。三百万从安安的账户中划走，成了文化公司的注册资本。安安的钱变成了秦玉东事业的奠基石，秦玉东的心中有了一种莫名其妙的不安和从未有过的自卑，每当他想起病重的小玉，就会觉得将来会竹篮打水一场空，莫名的恐惧而不是兴奋。

安安并未为秦玉东投入自己的全部积蓄，她还有房产、股票、车子和一些珠宝。她为着生活有更长远的打算。

新公司成立后有个很好的开端。刘晓踱和秦玉东为了俭省开支，只设了营销部和创作部，账务上的事情由秦玉东亲自管理。这一天就好像是新生命开始一样，充满挑战，他们之间默契十足。

七姐知道秦玉东注册新公司，在江逸宁身边跑前跑后的刘晓踱也辞职了。七姐很平静，根本不像从前那样大发雷霆，她冷冷地说："年轻人就应该自己闯闯。"其实她心里清楚，都在小城做这个行业，他们无形中就成了竞争对手。

首先就是自己的听歌会和电视台的歌唱比赛，秦玉东通过宋加伦的关系与电视台签了合同。直到七姐听到安安对她说不想再续约的时候，七姐终于爆发了，指着安安的鼻子问道："我有哪点对不住你了？"安安并未回答，心想："是我对不住你。"

办到演出证后，公司开始筹备第一场演出。这对于刘晓踱和安来说并不新鲜，只是在联系人员方面有一些费劲。刘晓踱说这就是件体力活，根本没有技术含量，可真的工作起来，他们就发现人手不够了。这时，刘晓踱想起一个人，他向秦玉东推荐陈沁，让她过来帮忙。

秦玉东有几个重要的电话要打，就草草地说："好，你决定吧，总之别太辛苦。”

联系好陈沁，刘晓踱松了口气，紧接着他接到江逸宁的电话，江逸宁的情绪不太好，直截了当地对他说：“你过来一下，我有些事情。”

刘晓踱状态随意地来到江逸宁的办公室，江逸宁红着眼圈黑着脸：“我们不是说好的吗？等到年底，七姐给我们分红后，你就离开七姐公司来我的公司。你为什么不履行自己说过的话，秦玉东哪里懂得怎样经营公司。我知道你们都是在给秦玉东打工的，可秦玉东是给谁打工？告诉我。”

刘晓踱毫不客气地说：“我们都是给自己打工的。”他站起来，转身要走。

江逸宁叫住他说道：“你们不要想得太乐观，我提醒你。”

刘晓踱平生最讨厌别人打击他的信心，他回过头：“你毁了江洋，因为她简单，你还想要干涉我们的事情，你高估了自己。”

江逸宁的眉宇之间出现了一种只有无赖才会有的表情，他拿起桌上的一个公文夹朝刘晓踱扔去：“你的房子，你的工作，你现在的一切，都是我给的。我在工作上带了你这么长的时间，你从不学无术到能今天独挑一摊，这都是我的功劳！”

刘晓踱早就知道他会这样说，就微笑着说：“我们没有任何的约定。我们互不相欠。”

38

秦玉东照顾小玉的那种态度让所有人都受不了，可是又没有办法，因为小玉刚刚做完手术。刘晓踱不断从中周旋，以保持朋友之间的平衡，而安安似乎根本不领情，经常不听从他的安排，且认为刘晓踱幼稚又可笑。

刘晓踱发现有一种莫名其妙的无形的压力在支配着安安。安安有的时候精神很不集中，有的时候又过于专注。

刘晓踱每天从公司回来都显得很疲惫，安安说他是话说多了，可这似乎提醒了刘晓踱。他又打开了话匣子：“最近我听说一件事。”安安点上支烟，用询问的眼光看着他。“我听说当初打伤小玉的那个男的给放出来了。”安安没有反应，继续抽着烟。刘晓踱接着说：“而且有人看到他经常出入秦城的家，不知是为什么?!”

安安说：“这些事情你不该问!”

刘晓踱说：“安安，你知道现在红星小区的房子都涨到多少了吗？你知道，那个傻妞为何那样的幸运能和秦玉东结婚吗？你看着吧，秦家要有大事的。”

安安说：“我们习惯了压制自己的恶，使它从自己的体内化解，而某些人却习惯用恶来处理事物。这就像我们喜欢善良而某些人喜欢用手段一样的。”

刘晓踱愣愣地看着安安：“哲人，思想家。了不起。可你知道嘛，爱一个人就是爱他所爱想他所想。无私，比付出更有权利。”

刘晓踱乐观表面背后有着善良的心，并承受着负担。

他回到自己的房间，把脏衣服脱下来，默默地收拾着衣橱，找出一件白色的T恤，换好衣服，他开始给安安收拾房间。

他发现安安的家虽然显得很乱，但是每样东西都有自己的地方，可见安安是个表面不经意而内心精细的人。他不想让安安觉得自己很无知，他知道安安的心还是爱秦玉东的。

刘晓踱想：安安这次要是不帮忙的话，我们的计划就是白日梦。

要正常地进行，我们要去办演出证，如果要排练还要租场地和雇人，拍 MV 又要拍摄许可证。这些事情都要去做，很快秦城就会知道了。安安的账户里转走的那笔钱秦玉东已经支出了很多。

想到这，刘晓踱也不免对小玉有了一种莫名的仇恨。

刘晓踱把收拾好的客厅看了看，觉得很满意。在他看来，这样的房间才适合人生存。他在书柜中找了一本关于星座的书，找到安安的星座。看着上面的文字他不由得笑了，他把书蒙在脸上用鼻子嗅着上面的油墨和纸的味道。

下午的天气开始阴沉，要下雪。

39

大概晚上十点钟，刘晓踱接到安安的电话，安安问他还回不回来。刘晓踱说回去，给他留门。开着车他回想起安安说的话：其实，他已经逐渐将江洋忘记。这是事实。这么长的时间，他都没有想给她发短信或是打电话，是因为过去的事太伤神了。他回到安安那里，安安着急等车用，也没说什么就飞快地走了。

刘晓踱看着她的背影心情复杂，又是一个人了。他好想给朋友打电话，随便聊聊也好，只是已经很晚了。他打开电视看着电视购物广告，哪个台的广告他都挨着看，从洗发水到电脑，从内衣到化妆品，从洗衣粉到卷筒纸，等到电视剧开始，看了几眼，他就换了台接着看另外的广告。短暂啊，新鲜啊。他是镇定的，又是慌乱的，他拿了被子打开空调，蒙得严严实实的，可就是无法入睡，那就拼命想好了，大脑想累了，也就自然入睡。人是宿命的，应该睡多少觉，干多少事情，大概是命里注定的。

安安一夜未归，不知道去了哪里，她也不会说的。刘晓踱想：肯定是因为我冒昧地跟人家抢住处，人家觉得不方便才躲开的。

最近一个月，公司的事情搞得一塌糊涂，所有的事情都压在了刘晓踱一个人身上了。刘晓踱只好向陈沁求助。他没有办法，许多事情都需要秦玉东亲自去做。这个时候，小玉病情又有反复，可能要做第二次手术。秦玉东的情绪很低落，刘晓踱和安安心中很不好受。刘晓踱只能向安安诉苦，对她说自己根本就忙不过来。工商、税务和房租场租的事情都要秦玉东来做决定。安安听过后没有像往常一样听之任之，而是找到秦玉东认真谈了一次。秦玉东给的答案很明确，自己知道公司的事情刘晓踱一个人忙不过来，但他觉得自己欠小玉的太多了，无论如何他也要让她感到快乐才好。秦玉东又说，恐怕小玉的时间不会太多了。安安说，你就从来没想过我，想过我会不会痛苦。秦玉东却丝毫没有因为她的话而动容。

安安的饮食起居规律后，反而瘦了。刘晓踱经常取笑她："你就是享不了正常人的福。我们越是待着越是开心，而你越是待着越是烦躁，我都觉得你瘦得不成样子了。"

安安说："你要是受过我的苦，你就知道了，我愿意瘦一些。"

安安的行踪刘晓踱不能摸清楚。刘晓踱不明白，无论有多么重要的事情，安安每月的三十号都要消失一天。

刘晓踱只好安慰自己说：这是友好的空间，不能问。

在确定小玉时日无多后，秦玉东决定和小玉结婚。

安安是从刘晓踱那里知道这个消息的，安安靠着自己玫瑰色的沙发一言不发，然后猛然对刘晓踱说道："买包烟去。"刘晓踱爽快地答应了。他买回了一条烟而不是一包，他知道这一条烟她也就是一星期就抽完了。他对她有一种莫名的关心，因为她人太好，好的别人不能把她拒绝。他根本就不知道，安安是对每个人都这样好，还是出于一种习惯。

烟买回来后，刘晓踱发现安安的眼圈是红的，猛然间安安扑到了刘晓踱的怀里，痛哭着对他说道：“我还爱他，他为什么就这样绝情?!”

刘晓踱的脑子一片混乱，不知怎么安慰安安，就只能拍着她的后背说道：“安安，我觉得我们应该谈谈你和秦玉东的事情，我没有多管闲事的意思，我总觉得好像你们之间有什么难以告人的事情，你们的交流并不多，可总有一种已经达成好了的默契似的。这默契就是你对他的顺从。”安安因为刘晓踱的机敏感到恐惧，也因能够与刘晓踱交流感到激动和欣慰。刘晓踱对安安说：“你以前说过，秦玉东家里的事情，要靠你来解决，这是怎么回事?”

安安擦掉眼泪：“秦玉东对小玉的那种感情不叫爱，是同情。有些事情我能够决定，他要是想后半辈子不痛苦，要跟我结婚而不是小玉。”

刘晓踱还是没有听明白，仔细地追问：“为什么?”

安安觉得很疲倦，就说：“我明天带你去个地方，你就全明白了。而且我也有好久没有去过了。”

这一夜，安安睡了个好觉，因为多年的秘密与负担终于得以释怀，虽然没有完全说出，但也不至于那样的痛苦了。

吃过早饭，秦玉东打电话来，说要刘晓踱来公司处理一些事情，江逸宁有一个剧本很值得拍，况且这个题材就是秦玉东喜欢的古装剧，大家可以一起谈合作的事情。刘晓踱的感觉不好，他觉得江逸宁是黄鼠狼给鸡拜年——没安好心。

40

刘晓踱答应安安在先，就撒了个谎说自己有一件很重要的事情今天要处理。秦玉东说那他就看着办了，顺便让刘晓踱转告安安她的钱要有用武之地了。刘晓踱告诉安安，安安没说什么，就只是轻轻地说了一句：“我的钱就是他的钱，他想怎么用就怎么用。”

刘晓踱的心里暗暗地想：不至于啊，都三十岁的人了还这样心重痴情，人家不爱你了，你也不能这样自暴自弃啊。看来以前我了解的安安，是个假象。逐渐的，他才发现，安安不是性情中人而是有点呆傻。

安安换好衣服说：“我们去趟超市，我在车里等你，你帮我买点零食，越多越好。”

刘晓踱终于憋不住了，说道：“你吸烟还不够可以的了，还要吃零食？你状态不好，不然我们回公司跟秦玉东聊聊天，今天公司有事情，小玉不会来的。”

安安说道：“你不要废话，我的事情比公司的重要得多!”

车开了很久，好像要走出小城似的，到了一个很远很偏僻但环境很好的地方。

安安说：“这就是我要告诉你的事情。你看见前面那所寄宿学校了吗？你到二班去找个小孩子，叫宝贝。你告诉他，你是他妈妈的朋友，把吃的东西和洗漱的用品给他拿过去。告诉他，妈妈工作很忙，等放假的时候一定来接他。不然见到我他会哭的。”

刘晓踱听得满头雾水：“什么妈妈的朋友，你是谁的妈妈?”安安低下头眼泪掉了出来。刘晓踱赶快说道：“对、对不起，我不是故意的，你要把事情给我说清楚，不然我才不去什么学校给小孩子送吃的。”

安安哭着说：“宝贝是我和秦玉东的孩子。”

刘晓踱的脑袋嗡嗡作响，不知如何是好。他看到安安哭得更加厉害了，就拍着安安的肩膀说道：“不许哭了，好烦！不要哭了，我的天爷！你不要哭了，这到底是怎么回事，秦玉东他知不知道？回答我。”

安安继续哭泣着：“秦玉东他不知道。直到他和小玉要结婚的事情快成事实了，我才不得已把事情说出来的。刘晓踱，我不想让玉东和小玉结婚，不仅仅是因为我爱他，还因为这个孩子。”

此时，刘晓踱接到秦玉东的电话，秦玉东说合同已经签好了，说江逸宁很好说话，一部历史古装剧，一百万买的剧本。刘晓踱的第一反应是，一百万？什么样的好题材值一百万？可是没有容得他多说，秦玉东的电话就挂掉了。

刘晓踱接着说：“安安，你到底是什么意思？把话讲清楚了，需要我为你做什么？”安安继续哭着，不回答他。刘晓踱急得挠头，见她并不回答就只好拿着零食和洗漱用品先去了寄宿学校。

他没有见到宝贝，和蔼的班主任接收了东西，刘晓踱再三地感谢。

回到车里，刘晓踱继续追问：“安安，你到底想干什么？为什么把事情告诉我，让我感到有心理负担，让我难过。我以后怎么面对秦玉东和你，还有小玉。”

安安说：“我想让你帮忙。”

刘晓踱问：“我能帮什么忙？”

安安说道：“你帮我阻止小玉和玉东结婚，让玉东回到我的身边来。”

刘晓踱沉默了，发动了车子。

41

刘晓踱回到公司，箭步如飞跑到秦玉东的办公室。他直截了当地问秦玉东："什么好剧本要一百万？"

秦玉东说："是个古装题材的，我看了看故事大纲，很好，就签了合约。"刘晓踱将大纲拿过来，问有没有剧本原稿。秦玉东说："要先付一半的稿酬才给前二十集。"

刘晓踱说："你千万不要买这个剧本，现在毁约给他几万块钱毁约金了事。"

秦玉东奇怪地问："为什么？"

刘晓踱说："现在古装剧市场很不好，如果现在我们高价收购了，准定吃亏。我敢断定这个剧本不是他新近创作的，是在古装剧最风靡时的跟风之作，现在卖给我们肯定是坑我们。"

秦玉东听后很不耐烦地说："你又是听谁说的？是不是安安，她说的不一定对！"

刘晓踱说道："我告诉你秦玉东，你现在不听我的，肯定要吃亏的。这是江逸宁惯用的手段。"说完就拿起剧本的大纲要走。

秦玉东说道："你把东西放下，要做事情就要放开胆量，总是瞻前顾后的什么事也做不成！"

最终，秦玉东还是花了一百万买下了过气的古装剧剧本，而且他多方查找可以给这个剧投资的人，事情进展得并不顺利。

"我一直以来都认为你是个了不起的人，"刘晓踱对安安说，"可是我觉得你很自卑，你把你的外表和内心都装饰起来，为的就是最后让人同情吗？如果不是的话，也可以这样说，如果你没有什么阴谋，你就把你给秦玉东生了孩子的事情告诉他。”

安安沉默了，但最终还是说：“我去找爷爷。”

刘晓踱在爷爷家里看着安安给爷爷烧菜，并且一厢情愿地对他说着自己最近的工作和生活。爷爷很高兴听，只是这样的情景似乎已经习以为常。刘晓踱才明白，唯一知道安安给秦玉东生了孩子的人就是爷爷，这时的刘晓踱才知道自己真正应该拯救的人是安安而不是秦玉东。他仔细体会着秦玉东对小玉和对安安的情感，对前者亏欠，对后者信任，似乎秦玉东也知道什么。

秦玉东心情很不好，觉得头昏脑涨，回到小玉那里，他没有说话，径直走向厨房，拉开冰箱，里面只有半罐喝剩下的酸奶，所有的锅锅碗碗都是空的。小玉手握着鼠标半天，说道：“你这么晚才回来！你整天都在公司忙些什么？都快要结婚了，我们还没有婚纱照呢？”

秦玉东的心早就已经被病中的小玉掏空了，他没有别的可以再付出了，他不是成心想得到回报，只是想得到些许的安慰。当一个人总是给另外一个人付出的时候，他并非不想得到回报，而是更想得到肯定，在那人心中位置的肯定。

秦玉东说道：“我们不是说好的吗？出国一趟就好了，其他的都减免了。公司现在正是用钱的时候，我们签了剧本合同，前期的费用都支付不起。我们能省些就省些吧。”

小玉没有吱声，还是默默地玩着游戏，过了一会儿说道：“那结婚也免了吧。”她的平静让秦玉东出乎意料。

秦玉东说：“免了？是什么意思。”

小玉结结巴巴地辩驳着：“你公司的事情别以为我不知道。你说过多少次，你不会去和安安再有接触。”

秦玉东最怕小玉提起安安，他说道：“你知道什么?!”

小玉含着眼泪：“我今天上午去工商局，查了你们的注册合同，股东中有个叫安安的。难道不是我们认识的安安?!”

秦玉东说：“我一直照顾你，就是希望你能够理解我，可是你根本就不能理解我!”

小玉哭了：“我怎么才能够理解你？我觉得，在学校的时候，我就不能理解你。如果这一切只是个误会该有多好。你家里根本就不同意我和你在一起，他们一直看不起我，你不离开我的原因就是因为同情我！我只是觉得我欠你的太多了，我没有办法用量化了的感情来偿还你。而你和安安在一起就没有顾虑。我们之间的关系是取决于你的，你的付出很多，我有感觉我已经把你掏空了，你没有东西再给我付出了。而我到如今也不明白你为什么对我这么好，我的直觉告诉我，你对我所做的一切肯定不是因为爱我。你现在可以告诉我吗？你为什么对我这么好，除了同情以外。”

秦玉东的电话响了，他指着小玉，示意她不要出声。小玉见状就到另一间卧室把门关上了。

秦玉东接了电话，是安安打来的。安安劈头便问：“秦玉东，你的合同是怎么签的？你鬼迷心窍了。一百万你买了四十集电视剧?”

秦玉东拿起一支烟说道：“安安，你听我解释。江逸宁和我签剧本合同的时候，他的本意是，我们先把前期的剧本费用结清了。他拿着这笔钱去打通关系，寻找投资，他有把握找到五百万，也就是说制作的费用和做后期还有发行之类的事情我们都不用管了，我们只是投资了整部电视剧的五分之一……”

安安没好气地打断他：“秦玉东，你受骗了，来我这里，电话里我跟你说不清楚。”

秦玉东说道："安安，从小到大都是你说得对，你做得对，这次不一定是你判断的那样。我现在就过去，我的合同在办公室。你给刘晓踱打电话让他到办公室把合同带上，里面的很多内容都对我们有利。"

42

刘晓踱借宿在安安那里，对他们电话中所讲的内容听得一清二楚。刘晓踱对安安说："安安，我有个问题可不可以现在就问你？"

安安不耐烦地说："你先到我的卧室把我的补水喷雾拿过来。待会儿秦玉东就来了。"

刘晓踱看着状态不佳的安安心想：补水喷雾有什么用？还不如补习一下恋爱课。他走上楼在安安凌乱的卧室里找到补水喷雾，他发现安安的包里有个钥匙扣，那钥匙扣还是多年以前的那个，上面有一张她和秦玉东的贴纸照。刘晓踱和江洋也有一个，两人笑容甜美。那时的秦玉东显得好年轻，安安是那样的幸福。

刘晓踱的心情很复杂，也或许是种天性，善良的天性。他悄悄地把钥匙扣摘了下来，放在自己的上衣兜内，下了楼。

安安坐在沙发上，鼓捣着一个小钢琴形状的八音盒，显然她已经忘记了刚才说的话，让刘晓踱拿补水喷雾。她很有可能是想起了一件更有意思的事情，又显得很轻松了。当刘晓踱把补水喷雾递给她时，安安才恍然大悟："晓踱，你说我这样的想法是不是有些杞人忧天？或许这次的事情对于秦玉东来说，真的是个机会。是不是我想的太多了？"

刘晓踱说道："也有可能吧，因为我们和秦玉东朋友这么多年，我一直认为他压力很大，很难过。就拿小玉和他的事情来说，他们只能交往，不能在一起生活，这是最痛苦的。”

安安打断刘晓踱：“你知道秦城为什么不同意小玉和玉东交往吗？”

刘晓踱很自信地回答：“为了秦玉东的将来。”他考虑了一下，又接着说：“秦城对你也不是很满意，别人都认为你不是好人。我知道秦城想玉东和兰彤在一起，他想改变门风。”安安又一次陷入了痛苦，她的表情很安静，就像是冰。

“明天一早我去给你买老李家的红豆糖粥。”刘晓踱转变了话题。安安的眼神呆滞了，她真的是头一次听到这样直截了当的话，这样的真实刺耳和过瘾，她想抽刘晓踱一个耳光，但她的思维告诉她刘晓踱是真朋友。

安安说道：“我接受，但我不同意。你就是自作聪明。我自信我是好人，你不是说是别人认为的吗？那在你眼中呢，我是不是好人？！”

刘晓踱悬着的心终于平静了，他为了自己说的真话而感到后怕：“我认为你是个好人。”

安安说道：“是啊，我不在乎，我不在乎别人的说法，也不在乎别人说我是强人。我付出了很多，他还是不原谅我当初选择江逸宁的错误。我付出够了，我也偿还够了。我的心空了。我的命啊，太多的不确定，我不会感到失望，因为我从没有过希望。小时候爱唱歌，到现在只能是靠唱歌挣一点钱而已。人和人啊，要讲缘尽缘散的。我好累啊，我到楼上客厅去等秦玉东。”

刘晓踱在院子里把秦玉东挡在了门口，防止他们一见面就吵架。他拿出了装在上衣兜里的那个钥匙扣，递给秦玉东。

秦玉东说："你别被她表面迷惑了，她就像个巫婆似的，一会儿一个主意。你都不知道她想什么，心里很黑暗，还自以为是。"

"停停停停停，"刘晓踱有些恼了，"秦玉东，你知道安安有你孩子的事吗？"

秦玉东轰然地断了思路，忘记了接下来要说的话："你说什么，谁的孩子，什么孩子？"

刘晓踱说："六岁啦。在一家私立学校。"

秦玉东恍然大悟，他一把夺过刘晓踱手上的钥匙扣，径直走到房里去了。

刘晓踱拿出安安的车钥匙，发动车子，他打开秦玉东和江逸宁签订的剧本合同。自己嘟囔着："女人啊，只要沾上了男人，就是两个字——牺牲。男人只要沾上钱那就是两个字——自私。男人之间没有仇恨，只要能够利益均沾。我和安安待久了，早晚得疯了。"

刘晓踱开车到老李糖粥店的门口，那里一片寂静，他只有在车里凑合睡一宿了。好了，等着粥店早上营业了，给那女巫买一碗糖粥吧。我最大的弱点就是太心软。翻来覆去地在脑海中想一件事情，对他来说是最难受的。最终，他不由自主地把车开到了江洋原来住的地方——红星小区。

43

安安的房内，秦玉东和她四目相视，秦玉东几次欲开口却没有说出话。安安的眼泪掉成了线。秦玉东坐在靠门口的椅子上，缓慢又温和地问道："孩子，孩子是怎么回事？"安安抽泣着不能说话。秦玉东觉得自己这样和安安保持着距离有些残忍。他站起来走到安安身边，再也无法阻隔自欺欺人的痛苦。

安安紧紧地抱着秦玉东：“玉东，不是我的错，小玉被打伤的事情，不是我的错，我再也不能瞒着你了。我曾经发过誓的，我不能说，除非我不怕死。可现在我真的怕了。那不是我的错。是你爸爸安排人去打小玉的！外面的人都说是因为你不爱我了，我才报复小玉的。他们冤枉了我十年啊！小玉的爸爸得罪了你的爸爸，他们的错不是我们的错。可是我收了你爸爸的三百万，说心肝情愿做替死鬼。你却永远不会原谅我了。”

秦玉东说道：“安安，我明白了，是因为拆迁的事情，因为红星小区的事情。我印象很深，当年那里的民居拆不动，给了很多的钱，通融了很多的关系也办不到，就是因为小玉的父亲上告那块地皮的开发商没有给够居民最基本的安置费。他们这样做神不知鬼不觉，小玉受伤后，他父亲怕了，就不再上告。那时我和你分手，和小玉交往，别人认为小玉是你派人打伤，她是罪有应得。打小玉的人被关进了大牢，他一个人承担了罪名，没人会怀疑到我爸。好了，到今天为止我才明白，我是你们当中最傻的一个，或许小玉知道的都比我多。”

安安拉着秦玉东的手，跪在他的脚下：“对不起，对不起。这件事情发生的时候我根本就不知道。我并不知道最后那个去坐牢的人为什么把罪名都担了下来，说并没人指使。”

秦玉东笑了：“和你一样，他收了我爸爸的钱，还娶了我妹妹！我说呢，我怎么一直觉得家里人有事情瞒着我呢?！原来是这样！安安，红星小区我爸爸净赚了五千万。安安，你这样做不值得，真的。”秦玉东平静地说着。

“玉东，你会原谅我吗？你怎样才会原谅我呢？我什么都听你的，听你的安排，你让我怎么做，我就怎么做。我不会再违背你的意思了……你告诉我，我该怎么做?!”安安上气不接下气地说着。

秦玉东苦笑着：“我要和小玉结婚。”

“秦玉东，你不会得到她的，永远不会的。我去问过医生，她的脑病只是暂时恢复，时间不会太久的，你清楚这一切的。你要知道，家中有个王，那就是为你创造一切的父亲，如果你违背了他的意愿，只有两种结果——爆发或死亡。爆发你会被清洗，死亡你会毁灭。你家里人永远不会对你说真话的，因为你们本身就是利益对立的个体。”

秦玉东不耐烦地说道：“什么对立的个体?！好的，我就姑且信你说的一切。但我不会按你说的做的。放心，孩子的事情，我会处理的，我会养他的。”

安安大叫着：“秦玉东！这事情不是你养他那么简单，你欠我的情一生一世也还不清。”

秦玉东怏怏地说道：“你自己保重。”他把那个十多年前的合影钥匙扣扔在了安安的床上，关上门走了。

秦玉东发动车子，然后给刘晓踱打了电话，刘晓踱没有接。

44

不出安安和刘晓踱所料，那份关于剧本的合同就是江逸宁在耍他们。江逸宁根本不承认自己口头答应过秦玉东找后期发行商和制作投资的事情，只是一口咬定自己的剧本就值一百万，其他的事情合同上没有标明，并且一时间大家找不到秦玉东来当面对质。小玉的病情真的如安安所说，小城的医生没有把她的脑病治好，理由是她小时候得过癫痫，影响了手术的效果。

音乐公司封杀安安，她的专辑全面下架。最重要的是，她的身体状况已经再也无法接受新的工作了。

十一月，天又下雪了。安安的爷爷，对小城贡献最大的文化人去世了。

圣诞夜的时候，病重的小玉对秦玉东说自己要吃冰淇淋，秦玉东找了很多地方才买到小玉爱吃的草莓口味的冰淇淋，回来的时候，小玉已经永远地离开了他。

秦玉东独自在屋里待了半个月，不说话，不吃不睡。他病倒了。

刘晓踱来给秦玉东的员工进行遣散，公司已经没有人来上班了。刘晓踱尽全力稳住自己烦乱的心情，他想事情不会这样的严重。

这时，刘晓踱看到助理室的办公桌旁坐着个人，并且听到打字的啪啪声。“火上房啦，还有心思写报告啊！”他一个箭步走到了陈沁的身后，“我看看是什么东西?!”

陈沁平静地说：“我啊，在公司也呆了快半年了，总得写个报告啊！不然怎么向秦玉东交差啊！”

“你还有心情来写报告？秦玉东生病了，去看看他吧，”刘晓踱温和地说，“你走的时候看什么办公用品你可以用得上的，我明天还得过来处理这些家具，把它们卖了，抵一些房租。电脑你别搬啊！”

陈沁说：“你们破产，我又没有。我有些话对你说，你的电话要保持二十四小时开机。秦玉东在哪个医院?”

刘晓踱说：“我不知道。这件事得去问他的家人了。”陈沁没有说话，还是忙碌地写着报告。

刘晓踱不敢去秦家询问秦玉东的情况，他更放心不下安安。有一点他还是放心的，安安的车在他的手上，安安不会独自驾车走很远。他没猜错的话，安安应该还是在自己的家，如果这次的事情安安能够承受的话。

刘晓踱开车飞快回到紫园，进门后他放下了心，他听到了安安的歌声。

“安安说了真话遭到了秦城的报复，玉东又住进了医院，那小玉受伤的事情就一定和秦城有关。我是应该听妈的话退回到家里去，离开这是非之地，还是留在这女巫身边呢？我退回去，别人也知道我和女巫有关，把我当成巫师，我留在这里还是巫师，我不能违背自己的意志，不然对不起朋友一场啊。清者自清吧。我在这个时候离开安安，她就死定了，这么多年她受了多少的委屈，有谁知道呢？可这又与我有什么关系呢？我是不是爱上这巫婆了，真不好意思，我怎么会爱上这巫婆呢？不行！我得控制自己，不要胡思乱想，我只是想得太多了。”

刘晓踱悄悄地开门，径直走到了厨房，打开柜子找到了红豆和大米，尝试着按自己的印象给安安煮糖粥。他也不知道自己为什么要这样做，只知道也许他这样做会让安安的心情好一些，更不清楚为何心里开始在乎安安了。

糖粥煮好了。安安在黑黑的练歌房里不开灯，一遍一遍地唱吴莺音的《我有一段情》。刘晓踱把糖粥放在桌子上，想转身就走，可他听见了安安的哭声，于是转过身：“安安，不要哭。没事的。”

安安抽泣着说道：“为什么玉东只是在乎小玉的死活，不在乎我。你知道吗？小玉是个入侵者，如果没有她我们大家都是很平衡很快乐的。”

刘晓踱摇了摇头：“安安，你听着，我很烦你老是在我面前提起你和玉东的事情。你知道吗？我在你这里借宿了半年，只要我们两人都在的时候，你就必然会提起玉东，你让我的心很烦，难以平静。”

安安说：“你也嫌我烦。对了，你是属于江洋的。”

刘晓踱无奈地看着痛苦的安安：“我的天！你不会总是这样想问题吧。把我和秦玉东都贴上标签并告诉我们，随时随地提示我们，我们是属于谁的。我告诉你，那可不一定。我在你身边，我就是来照顾你的。不要给我贴标签，我不属于任何人。好了，你歇一会儿，吃点东西。我做了糖粥，里面有你爱吃的红豆。记住，你不会倒下的，他们这样做只能证明一点，他们是在报复，让你害怕，让你退缩。你不要顺从了他们的意思。还有，秦玉东的病一定会好起来，他从小就是这样的，我们都了解他的。你不要哭了，先吃点东西，睡会儿。对于那些记者的问题，你一个都不要回答，把你的手机关了。我不会离开你的，你放心，至少我们还有个地方可以躲，对不对？我们要冷静地想一些关键的问题，该怎样把眼前的事情处理好，要懂得孰轻孰重。你先吃东西，我洗个澡，想想我们公司欠下的房租和毁约合同款该怎么还，还有到工商注销公司的事情，公司家具该怎么处理，后天房子就到期了。你不要灰心，况且我有个感觉，陈沁她好像了解一些关键的事情，看她有把握的样子，我就确定。”

听到了这里，安安松开了手中的麦克风，走到了小桌子前把糖粥吃掉了一大半。

45

刘晓踱给陈沁打电话，让她下午三点钟到安安的紫园。陈沁没像从前似的，说很多不能来的理由，而是给他一个明确的答案：好的，等我。一定到。

陈沁带来一打啤酒和百事可乐。

安安躺在沙发上，刘晓踱坐在她的身边。安安见陈沁来了，眼睛里有了一点颜色和希望。

陈沁没有说别的，只是单刀直入地讲秦城的事情："秦城多次利用暴力强拆居民住宅，最终出了人命；秦城公司的偷税漏税现象也正在查办当中；秦城涉嫌多起合同诈骗案，并利用七姐文化公司洗黑钱……"

"你们不要误解我，其实我也是个旁观的人。我就是说一点我知道的事情，"安安压着嗓子紧张地说，"现在外界的传言对我很不利，如果我不妥协的话，将来还会有人因为小玉的事情再去坐牢。"

陈沁慎重地说："我想不会的，因为这件事情秦城已经找了替死鬼了，就是秦玉洁的丈夫，那个一直追求秦玉洁而得不到秦城认可的傻小子。"

刘晓踱说："那你的意思是说，我们只要听话，就不会被追究了。"

陈沁说："应该是的，我今天来是想要告诉你们，这件事情能够化解。安安，小玉已经死了，秦玉东现在已经神志不清。今天中午我去了福华医院，医院给他用了大剂量的镇静剂。你想要的东西，再也找不到了，不是吗？"刘晓踱明白陈沁的意思，想要的东西，不正是秦玉东能给安安的爱吗?！陈沁接着说："我们又何苦全军覆没？我在秦玉东的办公桌下面放了录音笔，他和江逸宁谈合约的那天，江逸宁的确承诺了要把制作和投资的事情包下来，并且买剧本的钱算作是给整个项目投资的一部分，还可以在收益之后得到分红。但是我去咨询了律师，律师说现在的录音不能算作呈堂证供，而且像这样来推销自己剧本的人很多，只能算作一种说法，不能算人家诈骗，因为在当事人谈判的时候并没有分辨出他的话对合同和项目有利与否。也就是说，这些话和合同无关，一切以合同为参考，我们吃亏了。可我们没有继续是最有利的结局。还有秦城的事情，一定会查个水落石出的。宋加伦已经去小城搜集证据了，他会把这些证据统统交给法庭，秦城不会逍遥太久了。”

刘晓踱说道：“这话是什么意思？”

陈沁看着已经明白自己意思的安安：“其实安安是理解的，安安的确收了秦城的钱，得到了很多实惠。我这样说请安安原谅。”

陈沁和安安都沉默了。

刘晓踱突然说：“陈沁，宋加伦现在在哪里？陈沁，你最好给宋加伦打电话，让他不要离开县里，找个安全的地方。”陈沁恍然大悟，安安呆若木鸡。刘晓踱说道：“我觉得宋加伦有危险。”

安安急促地说：“紫园的房子也是秦城赠予我的，房产证的名字是七姐江金玉。不信你们看。”她从书柜的一本相册中拿出了一本房产证，上面写着：房屋所有人：江金玉。共有情况：单独所有。

刘晓踱惊呆了：我以为我们是雄鹰，在自由的蓝天上飞着，其实我们只是标本，肚子里填充的是罪恶的钞票。

陈沁没有打通丈夫宋加伦的电话，也没有找到宋茂茂。

宋加伦那夜死于去小城的路上，因为下雪高速路封路，他只好冒险走山路，结果因刹车失灵而坠入崖底。宋茂茂在回学校的路上被一帮混混劫持，因为陈沁习惯把手机调成静音，收到电话先不接听，过后再给回复，她错过了与宋茂茂说最后一句话的机会。

秦城老谋深算却没有想到，宋加伦把他经济上的罪证全都给陈沁复述过，陈沁有惊人的记忆力，她将秦城的罪证加以整理，将他告上法庭。

根据秦玉洁丈夫的供词，法院确定了宋加伦车毁人亡与宋茂茂被绑架的主谋都是秦城。

短时间内法院无法认定秦城的全部经济上的罪名成立，趁着这个机会，七姐把账目上的亏空责任全都推到江逸宁身上，江逸宁的海外账户和住宅，对他洗刷自己的罪名相当不利。

46

陈沁独自开着车，在街上看着嗖嗖飞过的街景："人要是能从自己身上抽离出来，那该有多好，我也就不会像现在这样痛苦。我真的很自私还是很骄傲，还是命运的安排？"

宋加伦走后，陈沁总是觉得自己还有很多的话要和他说，难道这就是想念和伤心？陈沁自信地认为故事是可以写的，但是感觉不能写出来，这是种痛苦。那人离开的是那样的突然。宋加伦没有说出真心话，是陈沁的傲慢阻碍着。

陈沁的独立是命运给的机遇，这个机遇是那样的灰黑，那样的残忍。初升的太阳遮住了陈沁的光，只有在黑暗中才感到安全的她，终于觉察到没有了宋加伦是那样的可怕。大地的金黄色都已经成了摆设。

白天的天气很热，陈沁战战兢兢地在家里待了一天，在她的人生中从来都是做美好的梦，没想到，白日梦也是反的。快乐的梦到了现实中就成了痛苦的，痛苦那样惊喜。现实萎缩的时候，梦境成了好地方。

陈沁眼光中的执著和胆怯永远是她受伤的外化。只好这样吧，买张电影票，在最后最黑的位子里小小声音地哭泣一场，没有人关注，没有人怀疑，也没有人靠近了。这样，不好吗？

安安和秦玉东在一张桌子的两端坐下来，秦玉东还是恍惚着。不到五分钟的时间，他就慢慢吞吞地起身，要离开。是安安对他那种特殊的关怀让秦玉东不安了，触动了他敏感的神经，让他控制不住地想离开。

秦玉东在离开桌子两米处，停了下来，站住，然后看着自己刚才坐的位子，痛苦地微微皱着眉头，干站着不说话。安安的心就像纠结在了一起，秦玉东因为常年服用药物导致肝胆不和，脸色灰黑。安安的眼泪掉了下来。

安安说话的口气不带任何的爱与不爱，不带同情和偏见，只是平静温和地问秦玉东："玉东？你在看什么？"

秦玉东踌躇地回答："我怕掉东西。"

安安肯定这是复杂的病情导致的别人无法理解的话，安安理解。

安安沉默了两秒，用肯定保证的语气告诉秦玉东："玉东：我帮你看了，你没有掉任何东西。椅子上什么也没有，你放心吧。"秦玉东很快地转回头，从阳台走向了卧室。

就像是一本老账、坏账，要安安一个人不断地承受。安安的梦里请求秦玉东在自己的身边多留会儿，能够原谅她的一切。安安总在对别人付出自己的爱，别人却从来不曾留意过，她想这就是命运，她确实比自己想象的要坚强得多。不然这种生活是不会选择她来承受的，何况向她施压的人就是秦玉东。

冬天很冷，爷爷看着秦玉东从车上下来，秦玉东不知所措地看着他。爷爷老泪纵横："桃树都死啦，我该种樱桃啦。"

江洋做着她活着的梦。她红了不知多少年，也不知自己老了，因为她已经完全想不起来有个曾经教她弹吉他的男孩叫刘晓踱了。

樱桃熟了，安安和陈沁的歌舞酒吧开幕了。有时候，陈沁问安安：“安安，秦玉东不说话，心里想着什么？”

安安抿嘴笑了：“想我。不信你听。”

安安独自在舞台唱了首歌——《烟花》，秦玉东抬起了头。

你的纹路，哪怕偶然窥探，都是罪恶。

布满压力，没有孤独机会。

回忆，觉察身边环绕灵魂变迁的气息。

表面被覆盖着黑暗，强势冰冷。

体会到真假是一丘之貉。

有棱角的眼光，躲避无意识的赞赏。

正式谈论非正式的话题。

害怕烟花的光映到你的脸上。

既然如此短命，残酷地燃烧自己，也就该看清晰，她的狠心。

观看到她的彩色，也必然是在黑暗中。

体会到力量，不需要胆量。

直到如今，仍旧简单地在显示黑暗中的一点炫美。

她习惯，她的命运。

你躲开她，因她扎眼，你躲开她，暗喻她并不可怕。

你可能知晓她不平静的心已经被引火人控制，她不向往什么，她就是她。

被赋予了众多意义的烟花。

脚底的沙，手上的花，心中的崇高，眼中的徒劳。

仰头看烟花，低头只能悄悄说句心里话。

怕落下的花瓣让你的衣服破损，怕闪烁的光亮照清你的冷笑。

你不需要，你仰头看五彩斑斓，低头等待着登高。

你唯一体味：不一般的想象都要被扼杀。

地上有没有一种花，转瞬即逝，灿烂夸张，放肆龟裂，自我埋葬。

如果有，那是上帝的话。

And God said，Let there be light and there was light.（世界应该有光。）

除此之外没有花。

一番斗争后，终于见到了光明，原来黑暗最喜欢狭隘的心灵。一次痛苦的哀嚎后，终将解脱不了解的怒火，原来仇恨最愿追随幽怨的泪水。一遭失意后，才会得到永恒的欢快。

原来风波最喜爱挑唆事端的短处，只有动心的火焰，能将狭隘的心灵照亮；只有温柔的火焰，能将仇恨的泪水烤干；只有热烈的火焰，能将好是非的人震慑。

爱情平淡还是跌宕？爱情就像是蒲公英执著地亲吻着大地，并不知道那块土壤会收留它。那是下意识的一种，也是命运安排的一种。如果赎罪没有被原谅的可能，那只有坚定自己的错误和命运之路，在窈窕的坑坑洼洼的泥湿地里匍匐着。

没有人会真正原谅一个有罪的人，就像乞讨者不会真正感激施舍的人。生是不是陌路，不肯定；言语是否真实，不能保证；体能是否能承受，不敢妄言。只知，在没有被伤害之前，曾经那样的洁白无辜。

既然得不到原谅，就背负着错误，生存。不勇敢也不争取，默默地做命运的仆从，随着时光穿梭，在缝隙里流淌！生，不是为了愿望和可笑虚伪的尊严；生，是为了自己那固执的诺言。

命运安排的路，无心与之作对，只是默默地等待着一切谜底被揭开。

既然不能讨好命运，那就彻底地不看它。它比起自由和坚定的心灵只是一支羽毛，轻飘飘，不足挂齿。

或许错不全在年轻呢。命运只是怨恨春天的香花，夏天的雨露，秋天的枫叶，冬天的飘雪和无知又自知的我。

再见吧，赎罪的年轻。

2014 年 8 月 15 日定稿

天涯

云雾深处，天的尽头，有一个国度。黄金玛瑙铺地，白玉砌成台阶，紫玉制成亭台楼阁。纯白纱帐被冷风吹拂萦绕楼宇之间，紫烟朦胧温润柔美，雨水中玉竹林流光溢彩。宝树结出红色石榴石，天河流淌奇珍异宝。锦缎配置车马，黄玉制成车轮。太阳光没有燥热，晴朗天空干净祥和。黄金造城池，冷水似碧玉，烈火如彩云，香花成宝物。干燥土地极为罕见，眼目之下广阔无限。墨绿山川，莹白雾霭，星光闪耀，月宫明亮。

蜜汁水果享用不尽，甘泉美酒应有尽有。神仙府邸，锦帛珠玉财富如山。踩万种香花玉珠出行，路过之处尽留芳华。

忘记他物与自我，难忘挚爱情愫。清清白白，香花为友，彩云为伴。歌声与丝竹，相爱与无助，黄金与匹夫。幻影常酣梦，生老病死苦，死时提不动。水在火中飘，醒时尽逍遥。真爱世间少，哪怕逍遥宫。谁人懂来世，抚却离别伤。

1

天界仙乐飘飘，神仙们每天清晨整理好华美衣饰，簪好柔顺美丽的头发，身上一尘不染。将香气萦绕聚集在一起，到天雨阁欣赏最美好的舞蹈和音乐，玩各式各样的游戏。

娱乐让他们忘记时间和空间，忘记自己以及身边的事物，就像失去重心的云彩。待到日落，他们燃起色彩斑斓的莲花灯，在月宫的光亮下玩投掷游戏，一直到天明。

天界并不是每天都有快乐的事情和生活。他们也有苦恼，尤其是作为天帝的金殇。

天帝金殇因书库中珍藏的《界度全章》丢失而整天烦恼。神官们都说这本书意义重大，关系到天界的兴亡。天帝每想到这件事情都会心中不悦。

在天帝看来，他统治中的天界没有这本章法就岌岌可危。但是并没有神官懂得《界度全章》中书写的符文。传说《界度全章》是从观音属地流传出来的，无论偷走《界度全章》的是谁，此人都有不可告人的欲望：企图统治整个天界、冥界、云水国、火王属地、鹤王领地，甚至控制神心和神念。

据说《界度全章》记载着天界各个关卡的守备要领和治理方略，上写着能使天河水倾泻的咒语，注明了神仙们的前世今生和未来去处。这部天书切实关系到神仙们的安危。

神仙们不断地议论这本书的内容，实则是他们心里不断发虚，不知道关系重大的《界度全章》到底流失到了哪里。他们又不敢过分议论《界度全章》，为了远离这个棘手的问题。

神将白神在水边嬉戏时逮到一只乌龟。白神年少，觉得乌龟样子可笑，就拿它当成了玩具，敲敲乌龟生硬的壳子，乌龟没有反应，在它生硬的壳上踩了又踩。白神是无心的，可这只乌龟受伤了。

帝母的侍女鹅女看到那将死的乌龟觉得可怜，就劝白神放了它。鹅女把乌龟饲养起来，在它伤好后将其放回了天河。

单纯的白神和善良的鹅女并不知道，乌龟吃了众神都不敢看也不敢动的金汤水修炼多年，受尽万般痛苦折磨化成神形，丑陋、凶残，被惧怕它的神众唤作“龟陀”。正是龟陀偷走了《界度全章》。

乌龟很难被度化成精灵，它的野心和想法路人皆知，神众提起龟陀的时候非常憎恶，它的恶毒，神众无法想象。由于天界对它的忽视和排斥，龟陀对天界充满怨恨。挑起战争是它的愿望，削弱天界的实力，最终统治天界，是它蓄谋已久的事情。神众对龟陀没有好感，僵持到一定的程度后，龟陀开始行动，开始了反对天界的阴谋。

2

神官和神将们对天帝金殇不信任，认为他是个无所作为的王，但是由于金殇有三个已经懂事掌权的儿子，神官们不敢有冥祖那样的胆量，公开与金殇叫嚣。

神众最为恐惧的是有心机的二王子金玉吕。

一次朝会上，有个神官顶撞天帝金殇，因为云水国洁净水源管理的问题。那神官毫无顾忌地对天帝金殇说道："我家的老姓氏就是金，这水源最初是我家发现并管理的，如今你做了天帝，就应该让我到云水国去做王，那水源本来就是我家的。"

天帝金殇压抑怒火勉强说道："既然都姓金，我们就不必计较那么多，水源对天界非常重要，比黄金要贵重。不然这样，你就到云水国去看管水源吧，到年终时，天界会发给你应有的俸禄，不好吗？"

金姓神官听后勃然大怒："你大权独揽多年，一无是处，从来不重视我们这些金姓的远支，你以为你姓的金是天上的金？不过是个偏妃生的无用之人！早晚有一天，我们会要回属于我们的权力！"天帝金殇的脸上青一阵紫一阵，神官吓得不敢看他一眼。

这时，一道剑光洒在金姓神官的身上，杀死他的人正是只在朝会列席的帝妃华玉十五岁的儿子金玉吕。这件事情惊呆了天帝金殇和在场的神官们，金玉吕的哥哥金子素心中升起了忌恨和胆怯。

为了消弭这件事情造成的坏影响，金玉吕承担了天帝金殇的金鞭。满身是血的他却没有说出一个求饶的字。在仙姑们心目中，二王子金玉吕成了维护王权的英雄，在火王女儿灼邑的心中，金玉吕更是独一无二的。

成年后的二王子金玉吕风度翩翩、精于处事，别的王子不能企及。帝母伍素为了笼络这个一表人才的王子，为他和火王的女儿灼邑保媒，促成了他们的婚姻。况且金玉吕也认为和灼邑联姻是他在争取帝位过程中有利的筹码。

天帝金殇心中喜爱二王子金玉吕，表面上却对大王子金子素千依百顺，为的是天界的体统和祖上传下来的规矩。金殇表面对金玉吕很冷淡，他明白金玉吕的想法和对权力的渴望。为了不让二王子金玉吕野心膨胀以至于兄弟互相残杀，天帝金殇给了金玉吕最富饶的封地，给他最有权势的联姻，同意他迎娶火王唯一的女儿灼邑。

要继承王位的大王子金子素是个愚钝的王子，平日里不苟言笑，神官们都惧怕他。习武是金子素的最爱，他力大无比鲁莽行事，处理天界的事情非常武断，从来不肯听从神官的意见，这一点天帝金殇最担心。大王子金子素没有仁心，不能领众；没有智慧，不能服众。金子素这样的处世态度潜移默化中动摇着他的地位。

三王子金羽嵯整天在寻访名山和医药仙方。大多数时候，仙姑们围坐在他身边仔细地听着他讲人参、白芷、茯苓、甘草等的药理作用。金羽嵯年纪轻，做事却很糊涂，通常分辨不出朝中神官的名字和地位的高低。神官们看到他的时候，他定是拿着本《医药通》在仔细地品读。喜欢他的仙姑经常问他些他喜欢听的问题，比如：怎样使皮肤白皙，怎样容颜不老。他总是很负责任地把仙方告诉那些仙姑们，并且告诉她们取药的地方。对于他沉浸在医药仙术中的事情，天帝金殇很担心，怕将来他的三儿子修学了道派而离开天界的家。金羽嵯还小且不问政事，他的单纯可爱，使神官们都联想到了一个亘古不变的规律，王子中必有一个不理朝政随仙而去。金殇眼中的金羽嵯永远都是需要保护的孩子，金殇是爱他的，给他的封地长满了取之不尽用之不竭的药材。

3

潇洒俊美的白神是先祖最宠爱的神将，年少时受观音娘娘点化，智慧勇敢，驻守天界重要的关卡。因为他酷爱白色，清清白白，善良大度，喜欢布施，大家都叫他白神。白神在天界的地位是让人敬畏的。在人间无粮雪灾肆虐的十年，大地寸草不生、河泽枯竭的时候，他把上好的纱衣和洁白的米糕送到人间并不要任何回报。

白神思想单纯，洁净平和，没有一丝杂念。观音娘娘曾说：即使是在天道轮回的神众也有烦恼和前世业习带来的障碍，这些是烦恼的根源。白神善良洁净，没有任何心灵的债务，因此，他能够活得平静且安逸。他喜欢打猎，他的猎物全部布施给没有吃食的凡间贫苦百姓，剩下的皮毛，他留给天界弱小的仙女和仙姑。古董街上的老先生喜欢和白神做生意，他从来不和老先生讲价。老先生把最好的丝麻衣服卖给他，他布施给不太富裕的神众。白神一贯做得多，得的少，品格端正，不骄傲，不退缩，堂堂正正的心引领他走在神圣的天界中。因为他的优秀，帝母伍素一直想认他为干亲。

帝母的侍女鹅女心地善良，深爱着木王的儿子木由术。鹅女没有神位，没有仙骨，与木由术地位不同，不能顺理成章地嫁给他。帝母伍素要她去服侍木由术，只要她在当差的过程中认真履行职责，不犯下任何错误，待侍女生涯圆满后，帝母会将她化生成美丽的仙姑，给她神位，让她永远留在天上，留在木由术身边，并与这位脾气怪诞无人爱的六王爷木由术成为眷属。

鹅女爱木由术，这是不寻常的事。鹅女对他的爱，神众不能理解，因为木由术的丑陋和怪诞。鹅女的坚持让神众明白爱的真相，爱本来无法解释。鹅女真心相许，甘心在天界做最卑下的侍女，为木由术付出一生。

有帝母的认同和帮助，鹅女和木由术的爱情应当有好的结局。然而，意外发生了，凶残的龟陀将鹅女伤害，白神赶到时，鹅女已经奄奄一息，龟陀则逃之夭夭。帝母把鹅女带到转生池，可惜她受到极大的惊吓，魂魄已经散掉。天界的帝母伍素也无能为力。

鹅女只能下凡到人间，善良的白神不想让可怜的鹅女独自到人间受苦，为了弥补自己未能救助鹅女的过失，也为了一点私心，他决定下凡保护苦命的鹅女。

白神下凡之前来到木由术的府邸，木由术对他说："我想这是天意，是对我的考验，不要挂在心上。如果不是我在天界的义务不能推脱，我会和你一同去人间保护鹅女。她心地善良又胆小，很多事情不能理解，也不能处理。你到了人间后一定帮我保护好鹅女，要小心龟陀。想想他为什么会伤害鹅女？我想是因为鹅女懂得符文。"

白神回想起当天的情况，知道凶残的怪物龟陀定是另有目的，天界的神众都知道鹅女是木由术的侍女，不会随便伤害她，龟陀这次到底想要做什么？木由术说道："龟陀不断地骚扰伤害鹅女，是为了达到控制鹅女让她认读符文的目的。小心龟陀，这是我对你的忠告。"

木由术本想把他的伤心担忧告诉二王子金玉吕，可如今金玉吕很繁忙公事缠身。二人如今的地位不同了，有了隔阂。木由术只好强抑住孤单和寂寞，死啃那过时的诗词歌赋。在鹅女走后，他很伤心很担心，他小心翼翼地将鹅女用过的东西收藏起来，怀念她的一切。木由术从不接触报信童子，这回也给了报信童子一些好处，让他及时把鹅女的消息告诉自己。

4

木王是天帝金殇的弟弟，他有六个儿子，他与五个儿子都死于抵抗冥界叛乱的斗争之中。叛乱平息后，天帝金殇念其有功，追封木王五子为天界金将。只有被木王收养的六王子木由术没有战死，失去养父和兄弟的木由术脾气性格变得非常古怪，与神众不能融洽，得不到仙姑的喜爱，没有妻子。这个丑陋的神仙，他的苦恼无从说出。

战争过后，木王的儿子就只剩下木由术一人，天界的神官们都不能理解，有很多流言蜚语。木由术更加没有信心真正融合在神众中。

不知是战争，是与生父的界度相隔，还是自己的爱情得不到默许，木由术的丑陋孤僻给他的生命建造了一堵墙，看到这堵墙的神众就和他有了隔阂。他只能孤单度日，读书，写字，用剪刀剪出双人舞的图画，因为没有仙姑和他翩翩起舞。

天帝金殇为了安慰伤心的木由术，赐福给他，允许他在天界打猎、娱乐。帝母伍素将鹅女赏赐给他做侍女，待到鹅女报恩之时，就能化作仙姑与他共度一生。

木由术是平和安详的，甚至不爱大声说话，也从来不主动发表意见。尽管他的俸禄很少，在天界的朝堂更是怀才不遇。他不会主动与其他的神官接触，谋划一些所谓前途的事情，他孤独地生活着。尽管有特别的权利可以在天界打猎娱乐，可他哪里也不去，每天只在府邸做该做的事情。与他常来常往的是天界二王子金玉吕，他们有时在一起谈诗词歌赋、神仙舞曲、医药仙方、仙姑、前途。他们之间有着一种说不出的和谐与矛盾。他们的内心是相似的，他们的智慧是相当的。他们的矛盾不是为了地位而是为心目中一种自尊。他们之间的较量就是将来对权力的控制。谁都不会明白地说出来，彼此心照不宣。

在木由术心中有一个不敢言说的秘密，就是他一直对灼邑的喜爱。仅仅是喜爱，木由术没有非分之想，也不会表露。他知道，神众都爱慕灼邑的美丽。这种喜爱与对鹅女的爱不同，爱鹅女是他的责任，喜爱灼邑是他不能实现的向往。在炙热的灼邑面前，他总是六神无主，平静的他偶尔会现出慌张的神态。可灼邑早已在成年后嫁给了金玉吕。

神众们跳舞游戏的时候，木由术掩饰不了对灼邑的关注。他知道这是对鹅女的不忠诚，辜负了鹅女对他的痴心。神仙也是有情的，一颗心也会有不同的向往。可是这样的喜爱会遭到好事者的猜忌和挑拨，客仙女就是其中的一个。她从一些蛛丝马迹中看出了木由术的真心，告诉了帝母伍素。

正月十五华会那天，在观看舞蹈时，木由术的座位紧挨着二王子金玉吕。帝母伍素派人移开了木由术原来的座位，为了避嫌。木由术找不到他的位置了。正巧华会那天二王子金玉吕去云水国的水源处办事情，没有来参加。木由术知道他的座位被移开，就从容地坐在了金玉吕的座位上，不用怀疑，这个举动是木由术在报复好事者的猜忌。歌者和舞者都看出了眉目，却没有一个人敢站出来让木由术让位，包括帝母伍素和天帝金殇。

这件事情过后，木由术了解到自己在天界的地位是如此的卑微，不值一提。表面上他赢得了别人的敬畏，实则他已经与神众为敌。

5

灼邑是火王的独生女儿，她的怒火就是天地最大的灾难，没有谁可以平息。她倔强的内心中有一份对金玉吕的忠贞和顺从。

木由术爱恋灼邑，灼邑也看出端倪，她一反素日对木由术的常态，开始冷言冷语地对待他，希望他能够放弃这个荒唐的念头。这样一来就增加了天界对木由术的反感。没有人能够理解木由术。他仅仅是爱慕，而他却没有爱慕的权利。

灼邑的感情记忆中从来不曾有过什么木由术，甚至对他都不正面看上一眼。她对木由术爱慕她的传言感到慌张。为了化解这件事，她故作傲慢地说："这奇怪吗？天界当中，还找不出一个不爱慕我的男子呢！"

尽管这样，灼邑对木由术也多了些注意，她享受着这种无形的爱。可她对木由术的冷漠态度从未改变过。她这种性格的仙女高贵专横，不在乎木由术的感受，就算是金玉吕的内心，她也很少去感受，尽管她内心中的火焰是为金玉吕燃烧的。

这样的情形就苦了木由术和二王子金玉吕。金玉吕私下里对木由术说道："你不会是认真的吧？"他表情假装严肃，带着由于比木由术年少而出现的尴尬。

木由术拨弄着自己的衣袖说道："我不是认真的，只是敬爱她，你会不会介意？"

金玉吕有些茫然说道："我很介意，不要以为你不值得一提，不要否定自己，不要丢了本真。你还要等鹅女回来，不然她一哭，你又受不了，到时候，看你怎么收场？还有，不要觉得灼邑什么都不懂，助长她的骄傲，也破坏你我的感情。正月十五的事情我要是到场了，你该怎么办？”接着，金玉吕忧郁地对木由术说：“那可不就成了天下一等一的笑话？我是看到他们移开了你的座位，就故意说我到云水国去。谁和谁不和睦，我们都要和睦。我们有更重要的事情要做。”

木由术理解金玉吕说的话。他们默契地笑了。木由术把桌子上的茶杯缓缓地拿起来，盯着里面旋转的茶叶，微笑着说：“你说的是，不过客仙女的确很让我挠头，总搬弄是非。你最好疏远她，不然以后就算我不抢走灼邑，别的神众也不会罢休啊，因你的不专一。”

金玉吕平静地笑了：“是我糊涂，以后关于我和客仙女的事情不许你再提，我也不提你和灼邑的事情。今晚我请你吃酒怎么样？今晚。”

木由术说：“我有事，我还得去玉竹林，我已经很久没有去过玉竹林了，我不在，他们不认真干活。我不想负责任，但是也不想让天界的俸禄白养活我一千年，哎……”

不知何时，在金玉吕和木由术半真半假对话的时候，天雨阁下起了雨。玉竹在微风中刷刷地舞动，悦耳，犀利，伴有风的簌簌声，非常美好。木由术在玉竹林淋着淅沥沥的小雨，簌簌地流下了很久没有流过的泪。他想念鹅女。

有谁能够理解他？他是有一半冥祖血液的人，神众不会真心地爱他或是恨他，因为他们认为木由术和神众格格不入。他冷漠的面容下掩盖着的善良，神众不知道，只是小心防备着他，认为他的本来面目与冥祖一样的凶残冷酷。

二王子金玉吕有如山的珠宝，黄金的亭台楼阁，他的衣服都是金丝织成的，头上的冠是各色宝石装饰的，他的车辇是玛瑙和珠玉制造的，他的餐具是叮当作响的宝石。这些富贵是天帝金殇给予的，是地位的象征。金玉吕注定拥有这一切，而木由术什么都没有。

6

龟陀偷走《界度全章》后投靠了天界以外的冥祖，想利用冥祖的势力达到它的野心。龟陀不仅是个虚伪狡猾的怪物，又是个荒淫无度的恶魔。他喜欢生吃动物的肉，梦想着有朝一日，月宫仙女为它舞蹈，仙姑与它为伴，所有的天兵天将都拜服在它的脚下。以前，它最会骗取小仙姑的信任，若天界走失了小仙姑，定是龟陀做的恶；哪位年事已高的神仙丢失了贵重的财宝，也定与龟陀脱不了干系。

冥祖不会轻易相信龟陀的诡计。虽然《界度全章》已经在龟陀的手上，但没有谁能够阅读其中的内容，在龟陀的口中《界度全章》被魔法般地神话了。

天界最初形成时就一直受到冥界的威胁。冥祖凶残、冷酷，有着推翻金殇统治的打算。他想要把天界的神众全都赶到生存环境最差的凡间去，那里整日黄土飞扬干燥缺水，人们饥肠辘辘没有吃食，不敢奢望美好的生活。

如果不怕水火的冥祖统治天界，他会灭亡天界的神众，神众的灵魂也就永远不能回到天界，最终成为冥界的奴隶。

冥祖与天界神众的仇恨并不仅源于血统的差异，而是一段相爱又不能实现的爱情。冥祖常说：“真爱，多无缘。”

老神仙们记得，天帝金殇的妹妹久合公主是冥祖的妻子。在冥界天寒地冻无吃无穿的时候，久合公主带着冥祖的心愿来恳求天帝，求他借给冥界最粗糙的食物和能够御寒的衣服，同冥界修好，并承诺冥界再不会对天界发动战争。

久合公主对天帝金殇说明了冥祖的意思后，天帝勃然大怒，指责自己的妹妹：“你知道你的命运为何这样的苦？就是当初你没听我的话，被冥祖迷惑。冥祖既然有心讲和，为何不交出冥军让我来统治他的属地?！我看，你既然回来了，就住下，永远不要回去了，省得我还不断地牵挂你！”

在受到拒绝后，久合公主想要赶快离开天界，回到丈夫冥祖身边，她这时怀有身孕。天帝却将久合公主永远扣押在天界，直到久合公主死去也没能再见到丈夫。

久合公主离开冥界十个月没有消息，冥祖了解到天帝金殇非但不借粮反而扣押了怀有身孕的久合公主。

久合公主在天界生下她和冥祖的儿子，自己却死于难产。临命星君主张将冥祖的儿子处死，天帝金殇也有处死这孩子的意思。木王坚决反对他们的理由只有一个，久合是我们的妹妹，孩子是我们的侄儿，他有一半的仙骨和神的血液。

木王把冥祖的孩子收养，让他和自己的五个儿子一同习字练武并且告知天界神众，关于孩子的身世不许再提起，木王给孩子取名木由术。大家都唤他六王爷。直到冥界和天帝的第二次战争过后，木王的五个儿子都死于冥祖的归心术，而木由术只受了轻伤没有伤及性命，神众才意识到，木由术有一半冥灵的血液，才没有像木王的五个儿子一样死于归心术。从此神众都开始疏远木由术。

为了防止久合的魂灵回到冥界，临命星君将她的尸体用化生水困之，最后形成了九颗夜明珠，冥祖进犯天界时，持有夜明珠的神官就可幸免于难。

7

白神到凡间后对以前的事情忘记了许多，保护鹅女的事情却牢牢记得。

帝母伍素在天界，看到白神降生不禁心中难过。这个在天界英勇的神将，为了前世不能拯救的一个侍女放弃了做神的权利而降生到凡间，令她寒心，让她敬佩。如今像白神一样的神将不多了。白神转世的白玉云诚恳执著，有神的感情和使命。

鹅女下落到凡间，在一个清苦的村落出生。凡间到处是荒凉的村庄，干枯的树枝，恼怒的狼烟尘土。生育鹅女的父母因为穷困养不活她，实在没有办法，就把她放到一个大户人家的门口，希望她能够活下来。

鹅女漂亮，安静从容，总是低垂着一双心事重重的眼睛，乖巧谨慎，善解人意，冷静地旁观事物，却有善良的态度。收留她的白老爷和白夫人把她视作亲生。

“如果没有白神降生，鹅女的一生会很苦，”报信童子悄悄地对帝母伍素说道，“我看过转生谱中的记载，如果，鹅女能够渡过这一劫，就会和天界的木由术结为眷属。但是我担心龟陀，它知道鹅女下凡到凡间会迫不及待地追过去。白神预测得没有错误，鹅女会受到很多的考验。”

帝母低下头默默地流泪：“神也舍不掉‘情执’二字。鹅女本属于观音属地，是因为爱上了木由术，才会经历许多不平坦的命运。”

报信童子又对帝母说：“木由术又在劈柴了，只是嘟囔了句，

‘不就是一个侍女吗?’可是他却已经有四十九天没有上朝了。他一定是想念鹅女了。他对天界的事情有什么不满意时就会有这种举动。”

对于木由术的遭遇二王子金玉吕屡次对天帝金殇提起，希望天帝能给他增加俸禄和福禄，毕竟他是曾经抵抗过冥界的有功之臣。可金殇并不允许，金殇就是为了维护天界的平衡才这样做，他对木由术很刻薄。

鹅女到凡间，没有在天界引起什么动静。《界度全章》丢失，却引起天界的惶恐。帝母伍素想要天帝金殇尽快将这件事情解决，抓到龟陀寻回《界度全章》。

天帝的时间都在贡妃那里消磨了。贡妃是龟陀的妹妹，这也是天帝不急于缉拿龟陀的一个原因。金殇整天和她厮守在一起，被她迷惑。贡妃的目的是给龟陀争取最有利的时间去找寻到并俘获鹅女，以便让鹅女认读《界度全章》中书写的符文。

帝妃华玉传召儿子金玉吕来见她，言简意赅地对金玉吕说道：“《界度全章》的事情，你不许参与，其他的事情好自为之，比如，客仙女。”

8

凡间村子里有这样一个传说：白家的女儿是捡来的，不是亲生，是有罪的仙姑投身到凡间的。白老爷把她抱过来同白家的公子一起养活，对白公子没有任何好处。

白老爷慈悲，并不相信这种说法。以他自己的判断，鹅女心地善良，举止和善，并不像别人传说的那样。

白老爷为人敦厚，他的母亲却是个多疑古怪的老太太。她一直认为她的孙儿白玉云身体不好是鹅女与他相克造成的。

白玉云从来都像对待亲生妹妹似的对待鹅女。如果他读书，就要鹅女同他一起；他有的东西，尽量也要给鹅女。对于祖母做的决定，他一概不知道。

鹅女十三岁时被老太太许配给村东一个铁匠，为的就是让白玉云早些摆脱这个不吉利的女子。这个铁匠相貌可憎，天生愚痴，力大无比，经常欺负人，谁都知道他罪行累累，但没有人能够制服他。铁匠就是转生到凡间的龟陀，他早早地来到凡间等待俘获鹅女。

二王子金玉吕并不听从母亲华玉的告诫，暗地收买报信童子，要求报信童子务必将鹅女、白神和龟陀在凡间的情况及时通报给他。一旦发现鹅女真的能够识得符文，他就会即刻通过临命星君将鹅女的寿命更改，让她离开凡间，重返天界，暂时交还给木由术，但是最终要由他控制。

大王子金子素，在天界找遍古董街和古书场，凡是有符文迹象的书籍都统统收回。这种做法，引起了天帝金殇的注意。本来金子素就是个有勇无谋的王子，对于自己的野心毫不加以掩饰，他找《界度全章》的做法之所以能够公开，就是借天帝的名义。金子素是将来的王位继承人，他有这样的举动似乎在情理中，不然他会受到质疑。天帝了解到，为了《界度全章》，王子和神官们蠢蠢欲动跃跃欲试，事情将要走向极端。天帝金殇对《界度全章》的寻回与否开始紧张了。

老太太一直都说：鹅女命硬，只有找一个同她一样命硬的人才不至于被她克死。白玉云根本就不相信奶奶说的话，对善良的鹅女一如既往，同时白玉云对鹅女在凡间的命运有某种不好的预感。

白玉云知道鹅女要嫁给幻化成铁匠的龟陀的时候，睿智的眼神中闪现出一种先知先觉的灵光。他放下手中练习的兵器，来到母亲的房中，给她磕头，并向母亲汇报了所有的事情。

白夫人平静地说："若她命该如此，谁也不会有更好的办法；如果不该如此，那么一定会有转机。我也不希望鹅女毁在龟陀手里。听说龟陀吃生肉喝人血，玉云，不要紧张，母亲会想办法救出鹅女的。"

"不如这样，"白玉云的母亲坚定地说道，"我年少时候努力勤快，被帝母选中做天帝长子金子素的侍女，而今，不知道大王子是否还认得出我？你拿着我给你的信件和这支金蝴蝶到京都，应该能够见到每年八月初十来凡间私访的大王子。"

到了京都，报信童子对白玉云说："白公子不要着急，大王子去庙坛斋戒去了。你恐怕要等他几天。"白玉云点点头。

大王子金子素是个执拗和迟钝的神，平日里他很少发表意见。比起才华横溢的二王子金玉吕，他像块木头，然而，他表面像块木头似乎心中有数。

金子素并不是去斋戒，他是有意避开白玉云，一个新的计划正在金子素的心中萌芽。金子素命令报信童子，如实向帝母伍素汇报白玉云来京都的目的。帝母伍素深知救出鹅女不是白玉云想象得那样简单。

9

天帝的宠妃贡妃是下凡前龟陀的妹妹，在这个女子眼中再也没有比她哥哥更好的了，他们兄妹俩有着同样的心机和企图。她妖媚，善用毒计，天界里的侍女都惧怕她。

一个侍女不小心弄丢了她的一只耳环，她便在那侍女的脸上狠狠地打耳光，那侍女原是帝母伍素的侍女，从未受过这样的侮辱。仙姑最怕容貌有损，贡妃就故意毁掉她的容颜。

侍女样貌受损羞于见人，躲在马厩吊死了。贡妃并不认为这是自己的错，而是笑着说道："侍女的脸有我哥哥留给我的纪念重要吗？你们不要拿帝母来威胁我，我奉劝你们最好对我也同样尊重。今天你们不小心丢了我的耳环，明天会不会不小心伤了我的命啊？"

贡妃本来有着姣好的容貌，美丽的体态。从前，她还讲道理的时候，是个让人怜爱的女子。她在天河边游玩的时候，见到潇洒的白神，心生爱慕。白神没有拒绝她，接受了她的爱。而天帝金殇给予她的贡妃的地位和尊贵的享受撼动了她那颗本来淳朴的心。她也曾哭泣，也曾怀念，只是眼前的享受和富足掩盖了她爱慕白神的心。

贡妃多少有些小看帝母，她认为帝母的儿子金子素被她的雕虫小技迷惑。的确，金子素对贡妃所做的事没有任何戒备，但是帝母毕竟在天界很多年，虽然失宠，却对贡妃这样的女子见得很多。帝母准备好和贡妃战一场了。帝母制服敌人的方法，有两个极端：不是对她好到极致让她顺服，就是干脆将她铲除。

天帝金殇和贡妃整天厮混在一起，没有空闲管天界大小事物。贡妃的美色诱惑着这可怜的天帝，连算平日里最受他疼爱的帝妃华玉，都被冷落了，但天界的事物处理却间接交给了华玉为他所生的金玉吕。

神官们明白这是对华玉的一种补偿，金殇对华玉有感情，聪明的华玉并未有过不同的意见，她忍耐惯了，不想惹是生非。她对贡妃也无可奈何，生性软弱的华玉没有任何的主意对付贡妃，这是她与帝母的不同。她的出身决定她不能与任何嫔妃作对，她不希望参与那些复杂的斗争改变生活的平静。她明白自己不笨也不软弱，她的心中有种美好的愿望，希望一切都能够太平。对贡妃的跋扈，她也一笑了之。此次贡妃得罪帝母，华玉不得不开口嘱咐金玉吕，让金玉吕站在帝母这边。她看出了帝母这回没有宽容的微笑，而是每天都到果园采摘些新鲜的果品，派人送到天帝那里。这是帝母不顺心的标志。

金玉吕勉强接受了母亲华玉的嘱托，也明白他不能违背了帝母的意愿。如果帝母不顺心，母亲华玉势必被帝母划到贡妃那边，在帝母眼里，华玉也是受宠的。

帝母虽然不信任金玉吕，但也要利用他，只要能够除掉贡妃，帝母不惜维护金玉吕。帝母把利害关系摆出，金玉吕何等聪明，明白帝母的意思，即刻扮成普通人模样，悄悄动身来到了凡间，助金子素一臂之力。

10

帝母告诉报信童子，把她的意思秘密地告诉金子素，一定不能让龟陀得逞，更不能让贡妃得逞。帝母知道贡妃很快就要为天帝生下孩子，这件事情是不可以成为现实的，如果让贡妃生下孩子，天帝就会更宠贡妃，会动摇金子素的地位。单凭狠毒，帝母斗不过贡妃，如果贡妃生下的是儿子，帝母更不能保证金子素将来的地位能够稳固。

金玉吕心里明白他们各自心中的要害。金子素听完报信童子的话后没有做出任何的反应。他知道应该做什么，他有自己的决定。

金子素、金玉吕与白玉云见面，和他有一次谈话……他们拟定了三项计策处理掉贡妃。

第一，利用善用毒物的客仙女去毒死贡妃，但是以金玉吕和客仙女的关系，恐怕金玉吕难以承受。又怕客仙女本是天界金将客将军的女儿，到时候客将军一定会追究，不好收场。也怕事情越闹越大，连累帝母。

第二，金玉吕亲自去设计贡妃，让贡妃就范，金玉吕再用谎话利用灼邑对贡妃的仇恨将其除掉。这个方法可行，但是也有风险，牵扯到灼邑，万一灼邑知道丈夫利用她，她定会伤心欲绝。在金玉吕的心中，灼邑是有位置的，他不愿让她卷入是非。

最后一个办法，金玉吕若有所思地看着白玉云。

白玉云说道："王子，请你们放心，你们留在世间是做大事情的，而我生来就是为王效命的。"

而金子素与金玉吕并没有答应白玉云即刻动手去除掉贡妃的计划，因为白玉云现在凡间，没有天帝的手谕不能返回天界，一时不能将除掉贡妃的计划付诸实践。金玉吕要求白玉云在凡间等待时机，他先行回到天界，想办法对付贡妃。万一失手，再由白玉云最后解决。

金玉吕先一步回到天界，他安排客仙女在七月初八这一天为自己庆祝生日，特意嘱咐客仙女要请贡妃到场。客仙女对金玉吕没有任何的怀疑，只是心中泛起了醋意。对镜梳妆时，客仙女拿出了自己最珍贵的首饰，穿上了她最漂亮的衣服，希望她能够在金玉吕的心中有个位置，就像灼邑那样。可是客仙女不知道，在金玉吕的心中，占有地位的女仙只有一位，不是她，也不是灼邑。

金玉吕把贡妃安排在了前排的位子，自己坐在她的右边。金玉吕知道怀有身孕的贡妃是不便来这种场合的，但贡妃认为接近王子金玉吕，与他攀上交情对自己未来有好处，因此她对天帝金殇扯了慌，私自做主来参加金玉吕的庆生会。她并不知道善用毒物的客仙女也会到场。

贡妃虐死过侍女，侍女们都心有余悸。来到金玉吕的府邸后，金玉吕把服侍贡妃的侍女都换掉，换成了客仙女来服侍贡妃。侍女们害怕这样重要的场合会出错，受到贡妃的惩罚，也就同意了金玉吕的安排。

客仙女身上长年带着毒物，对金玉吕利用她的事情蒙在鼓中，她满心欢喜接受了服侍贡妃的任务。

金玉吕心想：如果能除掉贡妃，天帝金殇追究起来，罪名将全部推给一无所知的客仙女，也顺便给那个不懂事的客将军敲个警钟，让他不要整天和我作对，明着暗着都追随着大王子金子素。

狡猾的贡妃，自己早有准备，当随身侍女都不在场时，她格外小心。贡妃对客仙女常年炼毒的事情也略有所闻，在给金玉吕助兴的舞蹈进行到一半的时候，她就感觉身体不适，观察其他的人都没有异样，她就怀疑是自己中毒了。

她发觉金玉吕身上佩戴着一块香囊，贡妃恍然大悟，没等歌舞表演结束就立刻提出要到金玉吕的内堂去看那幅闻名天下的云水连山图。金玉吕迟疑了一会儿，但最终还是答应了。金玉吕心想：完了，恐怕是我低估了贡妃。然而，他没有显露出丝毫慌张，而是有礼有节地引领贡妃来到内堂去观看。此时金玉吕知道，除掉贡妃只有靠白玉云了。

到了内堂，贡妃贴着金玉吕的耳根低声说道："金玉吕，我以为你是我这边的，没想到，你也是帝母一类的。"看到此情此景，侍女立马去请夫人灼邑，说金玉吕和贡妃在内堂，似乎有不明不白的意思。

没等灼邑到场，贡妃就掠走了金玉吕的香炉，从后院逃脱。那香炉里放的正是客仙女给金玉吕的解药。

灼邑对其中的事情不清楚，她知道贡妃来过金玉吕的内堂，心中不悦。她认为金玉吕对贡妃有什么企图，便走到金玉吕跟前，重重地打了他一记耳光。金玉吕把灼邑推到一边，没有理睬她，金玉吕不想辩解，也不能够辩解。灼邑躲到玉竹林哭泣了很久。这是骄傲的灼邑从小到大头一次哭泣。

11

灼邑对天道中的尔虞我诈不了解，从小她就是万人追捧的公主，是父亲火王的掌上明珠。所有险恶的事情因为她的地位，大家很少告诉她；也因为她的高傲，没有谁乐意告诉她。她有独特的处事的方式，很少有神主动接触这个自以为是的灼邑。

随着年龄的增长以及与金玉吕的相处，她明白了许多，有勇无谋是不可以的，她慢慢地融入到复杂的神的旅途中去了。

两项计划都已经失败，唯一的希望就是白玉云了。这也是白玉云早就料到的。

白玉云见到金子素和金玉吕。

金子素说道："白公子，我相信从您母亲那里您已经知道天界的许多事情了吧。"的确，白玉云再也不能隐瞒他对前世的记忆了，他的母亲白夫人在他很小的时候就告诉过他。而最终令他彻底相信的就是今天这次谈话。

“白公子，你的前世曾经是帝母身边的神将，我相信你还能回忆起过去的事情。其实我们和鹅女都非亲非故，只因观音娘娘对帝母说过的一些话，让帝母一直保护鹅女至今。到如今，我们也该尽些义务维护帝母了。有很多事实也印证了帝母的话。我们都知道龟陀上世造恶，只能为天界的众生做苦役，但狡猾的他每次都能够逃脱干系，还把他妹妹，那个刁妇送给了父王。我们不得不对他保持警惕。如果要彻底解决鹅女的事情，就必须对龟陀兄妹斩草除根。”

说完，金子素拿出斩魂剑。这是金子素假传天帝金殇的旨意，从神仙山老道仙那里请来的宝剑。白玉云不无迟疑地接过斩魂剑，低垂下双眼等待着金子素说话。金子素双手扶在他的肩膀上：“你肯定是要受到天帝的惩罚的，我会想办法留住你的魂魄。记住，不要让贡妃看见你的眼睛。请你相信帝母、相信我、相信鹅女。”

白玉云想起鹅女的时候不由得泪湿了眼眶。“那我的生母？”白玉云迟疑地询问着。金玉吕说：“她已经先你一步回到天界去了，她把保守一生的秘密告诉了你，就必须返回天界，不能再在凡间逗留了。”

金玉吕说完，转身对着窗口：“或许我们都有私心，但我们做出的事情是为了大局。”说完这些话，金玉吕看着金子素，金子素微微地点了点头。

12

十一月初九，一个大雪纷飞的日子，通往求子观音庵的路很干净，为了迎接天帝的宠妃贡妃来观音庵做最后一次朝拜。她马上就要生产了。

精选出的天兵天将守卫森严，求签过后，贡妃拿着签走到侧室去见解签的师父，她没有看到解签师父，反倒看到了一个潇洒的背影，那人一身白衣，头戴白色的纱帽。贡妃在自己的记忆中有着这样一个印象，难道他是——白神?!

正在她努力回忆的时候，一道剑光从她的身边闪过，她没有感觉到疼痛，只是感到自己的血从心中流出。此时她看清楚了那背对着她的瘦高身影，英武的脸没有任何的表情，贡妃嘴唇翕动着说："我想过我会死，但为什么会是你？我一直憧憬的神！"

白玉云杀死贡妃，金子素将婚姻谱改变，鹅女逃脱掉嫁给龟陀的厄运。白玉云等待着回天界受审，天界的神官们一片混乱，谁都希望这个魅惑天帝的女人贡妃死，但谁也没有想到会这么快，关于杀死她的人是谁有诸多的传闻，神官们都通过自己的猜测判断着事情的结局。

久远劫以来，龟陀一直都是恶名昭著的怪物。他不择手段勾引鹅女，怂恿她偷吃了仙姑的蜜汁。龟陀告诉鹅女："只要你吃一口仙姑的蜜汁，我就能通过我的仙力，告诉你并且让你看见你最想念的人。"仙姑的蜜汁是给新婚前的仙女吃的，让他们忘记前世的恩怨，幸福地和自己爱慕的男人生活在一起。

龟陀告诉观音：鹅女偷吃仙姑的蜜汁是为了同它在一起。龟陀把单纯的鹅女祸害了，鹅女不得不离开了观音属地，去天界成为了一个赎罪的侍女。观音娘娘不放心鹅女，就嘱托帝母照顾她，帝母通过自己的权力让鹅女暂时能够摆脱可恶的龟陀。为了洗刷自己前世的罪业，鹅女付出很大的努力，承受着莫大的耻辱和自责。

鹅女离开观音的属地，她的痛苦开始了。龟陀想得到鹅女的顺从和她的一切，可鹅女真心爱的人只有帝母伍素心里清楚。伍素就是当初冤枉并惩罚了鹅女的仙姑。在没人的时候，伍素经常默默地垂泪，愧疚和悲悯令她夜夜不能安睡。

帝母伍素最担心的仍旧是自己的地位是否受到威胁，这是在那个环境中特有的痼疾。她预谋并支持金子素杀死贡妃，毕竟还是怕贡妃威胁到她的地位。

白玉云安然地坐在金子素的内堂，并没有看出他对即将受审的恐惧。他平静地对金子素说："我还是不放心，不如我将龟陀这恶魔也一同杀死，你可以再借我斩魂剑一用。"金子素蓦然笑了："白玉云，如果一连两条性命是被你所杀，我和帝母都不可能救你。凡间的婚姻谱就在我手上，是我的职权范围内的事情，鹅女的事情不会再有变化了。她已经列在升仙谱之中而且位居最为富贵的天界。请你放心。"

白玉云心想要斩草除根，不然依龟陀的恶毒它定会再对鹅女下手。

时间已经来不及，天帝的命令下达到凡间，正式缉拿白玉云。白玉云想：如果再不动手就没有机会了，为了鹅女能毫无顾虑地回到天界，我一定要这样做。

白玉云换上黑袍，将头发整齐地梳成一个髻，戴上黑的纱帽，骑上父亲在他成人时送给他的骏马。

此刻，他的心里很清楚，不单单是因为贡妃是个魅惑天帝的女人，更重要的是贡妃的存在阻碍了帝母伍素的地位和权力。如果贡妃生了男孩，影响的将是帝妃华玉和白羽的权力和未来的地位。这件事情的全过程，帝妃华玉虽然没有参与，但是金玉吕给报信童子的一切好处都是由她来承担的，而帝妃白羽也从中做了很多周旋。

一场恶战之后，白玉云斩下了龟陀的头，他所用的宝剑不是金子素的斩魂剑，他只能杀死龟陀的肉身，龟陀的灵魂随即被冥祖带回冥界。

在冥界，冥祖对龟陀说道：“你老毛病又犯了，千不该万不该意图去娶鹅女，你就不会动动别的脑筋？你还是舍不得那点事情，整整二十年，你在凡间都干了什么？真糟糕！你到现在还不明白，她早晚还得回去啊。”

龟陀疑惑地问：“回哪里？和谁？”

冥祖沉默片刻，说：“就这样说吧，龟陀，你的赖账太多了，也许到某一天你自己都觉得你是有罪的。你当心，天界的事物你根本就不配参与，但是你必须在他们中间搅和，你知道你的价值啦？以后再有什么妹妹之类的不要往金殇那里送。你别忘记，我还有个儿子在天界受苦呢。”

龟陀拿出偷来的《界度全章》给冥祖看，冥祖看着上面的符文，微微一笑，说道：“好好留着，对你有用，对我用处不大。我看金殇也该是时候反省了。”

冥祖的出现惊动了临命星君，这位神官首先看到了天界被一团黑气覆盖，他知道冥祖出现了，他带走龟陀的目的也是想要得到《界度全章》。

13

天帝刚刚从失去宠妃的痛苦中解脱，就派人查找凶手是谁。天帝金殇当着满朝神官的面号啕大哭：“你们这些失职的东西，我的贵妃啊！你的命好苦啊！从小就没了父母，到如今又死得这样不明不白。我好悲痛，如果能和你一起到那无人居住的仙地去，我定会再和你恩爱一场啊！”金殇从自己的眼缝中偷瞄着帝母伍素，伍素表情黯然，说道：“苦命的贡妃啊。”顺势眼泪也落了下来。帝妃华玉、白羽都微微地低下了头。三王子金羽嗟，若有所思。

天界金将客将军连连叩头说请罪，与此同时偷偷窥探着帝母、帝妃们的脸色。她们身边分别站着大王子金子素、二王子金玉吕、三王子金羽嗟。金玉吕微微地挪动了一下脚步。客将军明白了他的意思，似乎不敢再应承什么。只听着天帝金殇在那里叨叨过去的一些往事，什么他是孤家寡人，没有天上的善缘，这些个话都是为刺激帝母伍素发怒而说。但是帝母就像吃了定心丸一样，坐在自己的位子上，纹丝未动。

神官们除了承认自己的过失和要求赎罪之外没有人回答天帝的问题：到底是谁杀死了贡妃。天帝怒不可遏。

临命星君吞吞吐吐地刚要说话，金玉吕轻轻地咳嗽了一声，临命星君就把话咽到肚中。金玉吕的表情以及金子素的不表态代表了全体的意见。

没有神官继续告罪，只听到管理凡间的王子金子素说：“事情是在凡间发生的，我已经命令人去查。父亲，您请放心，凶手一定会受到惩罚。”

天帝金殇停止了怨恨的絮叨，压抑不住怒火：“事情都过去这么长时间还是没有查出结果。你们，你们……”他指着三个儿子：“这都是你们背着我干的好事！贡妃死了为什么找不到魂魄？这肯定是你！金子素！如果不是你去老道仙那里请来的斩魂剑所为，还有谁？”

三王子金羽嗟迫不及待地说：“这把斩魂剑天地之间只有一个神官能够用它斩断仙人的魂魄！”这时帝妃白羽大惊失色地说：“你住

口!"帝母伍素精明的眼睛充斥着烈火紧盯着金羽嵯。

天帝金殇恢复了平静，温和地说："你说下去，不要怕，我的儿。"这时金玉吕默默地低下头，耐人寻味地笑了。

帝妃白羽平日里不苟言笑，她恳求金羽嵯说道："儿，性命关天，不准乱说。"十五岁的金羽嵯，疑惑地看着母亲，又看看父亲，迟疑但肯定地说："天地之间只有白神能够用这把斩魂剑!"

帝母伍素悬着的心终于落下，而帝妃白羽却深深地叹了口气。

天帝金殇有气无力地说："临命星君，去查转生谱，找出白神的下落，立即将他捉拿归案。"

"今天的朝会怎么拖得这样久呢?"有一个女子，生得高挑利落，美艳无比，身上的黄金饰物发出了清脆的响声。她的手里抓着白神白玉云的头颅。她是灼邑，火王的女儿。

"天帝，我已奉二王子金玉吕的命令将犯人白玉云缉拿归案，他蔑视天界的法律，我已经将他处死。"

金玉吕无奈地抬起眼皮，一脸惊愕地看着灼邑。

"事情的经过由报信童子向您仔细说明。朝会……还是尽快地散了吧！有一些要紧事您要先解决，鹤族又到云水国抢水了。"

报信童子随天帝金殇到配殿汇报缉拿白玉云以及审问的情况。朝会则在神官们的疑惑中散了。灼邑一把拉过金玉吕："我的神，快去凡间追回白玉云的魂魄，白玉云自知逃脱不了审判，自己结束了生命。追回魂魄，以后的事情，另有计划。别担心，报信童子什么都不知道。追回魂魄要紧。"金玉吕立即派心腹侍者阿错去办理此事。

晚间，金玉吕问妻子灼邑："你是怎么知道——我们的事情的?"

灼邑微微地笑了，说道："我的神，你知道的，你是我的一切，你做什么我都跟随着。只有给你帮忙的灼邑，没有给你带来麻烦的灼邑。”

金玉吕紧紧地抱着她：“那你不再生我的气了?”

灼邑微微一笑：“我永远不会生你的气。”金玉吕心中的担忧消失一空。

没有人的爱比灼邑更热烈，没有人的情比鹅女更专一。没有神像她们那样为了维系自己的爱而愿意留在多事的天界。如果能到凡间，她们会多么自由快乐，可她们不惜一切代价留在多事的天界，就是为着能守候属于自己的神，直到永远。而她们的神却不惜一切代价在保全权力和地位。

夜半，灼邑披起袍子，靠在金玉吕的身边，说道：“你不要骗我，你是不是和客仙女在一起?”

金玉吕迷糊着双眼，浅浅地笑着说：“我没有。没有。我心里只有你。”

灼邑掉了眼泪，说道：“那她用来解毒的香囊和香炉怎么会在你这里?”

金玉吕说道：“好玩呗，她给的，我怎能不要？你别多想。”

风雨阁的小雨总是淅淅沥沥下个不停，给温暖的天界冷冷清清的感觉，给潮湿的凡间增加了繁冗。

14

白玉云的魂魄堕落到凡间，他不再有神仙的语言和形态，不能够辨认。他忍耐着焦灼的烈火，没有谁记得他，也不会有谁来帮他。

金子素认为杀贡妃的事情已经结束，天界不会再追究，况且报信童子已经把白玉云的供词和认罪的经过都交给了天帝金殇。

金子素不理解这件事情灼邑怎么会知道。白玉云被处死是肯定的，但是处死白玉云也应该是我金子素的事，什么时候轮着你灼邑充头功。你太张狂了，甚至口口声声是奉了金玉吕的命令。灼邑的葫芦里卖的什么药？根据金子素的判断，灼邑一定在凡间有眼线，金玉吕还不至于将什么事情都告诉灼邑吧。金子素这样琢磨着。

自从贡妃死后，天帝金殇就装病不起，天界朝中事物陷入混乱，鹤族不断骚扰，边界的神众们受了很大痛苦。

金玉吕正在看一本叫作《神的旅程》的书。

灼邑悠然地躺在榻上，她肯定的语气中带着一些命令的口吻："玉王，我们必须尽快动身到凡间去找回鹅女。我的探子在边界抓回了一个冥祖身边的人，拷问后，他说出了冥祖将龟陀的魂灵带回了冥界，且他们都在寻找鹅女，这其中定有原因。帝母一直想把鹅女留在身边也一定有她的目的。一个侍女有什么特别，会让白玉云和金子素去做交易，会这样大动干戈杀一个怀有身孕的帝妃？你觉得呢……你，有没有在听我说话？"

"哈哈，太好笑了，木由术真的是个有意思的人，他说这本《神的旅程》有意思，还真的有意思。我出去走走了，灼邑你继续你的猜想吧。有什么不知道的，给报信童子些金子，让他告诉你不就行了，何必问我？不过你可不要过分相信报信童子，收买报信童子的罪过可是不轻的啊。"

说完他披起外衣走出内堂，到门口金玉吕深深叹了口气，自顾自地嘟囔着："要有大事发生了。一定的。"他发现自己的手中仍旧拿着那本《神的旅程》，不由自主地笑了笑，信步走到外堂叫侍从准备了车马。他去了金羽嗟的府邸。

金玉吕刚刚躲过一劫顾不得那么多，他想以后的情况还是要精心应对。这就是他，一生为着权力而烦恼的神。

见到了三弟金羽嵯，金玉吕温和地笑了笑。金羽嵯年岁小却是个坦诚的王子，好似他只是个贫民家的孩子，没有奢华享乐的习惯，那些富贵的神官的取乐他从不接触。

金玉吕怜爱地看着三弟，说了些客套话。金羽嵯把府中最好的茶拿出来招待金玉吕，笑着说："哥，我自己都没舍得喝一口，就等你来了，给你沏，你才真正懂得品茶！"金玉吕的心暖暖的，微笑着喝了一口云水国的雪山中播种出来的珍贵雪山茶。

"哥来找我，是不是因为那天朝会上我多说话了？"金羽嵯怯生生地询问着金玉吕。

金玉吕起身踱着步子："还有雪山茶吗？"

这位十五岁的王子金羽嵯懵懂地看着金玉吕许久："有的，还有几两没有用过。"

金玉吕明亮的褐色眼睛欣赏地看着金羽嵯："送给我吧？我拿它去为个人，怎么样？"

金羽嵯舒了口气，大胆地说："当然啦！"说着便命人去取茶。

金玉吕说："三弟，你的外公是药仙，他的神方现在已经没人能够求到了，他的学识技艺也不会传给外人，现在天界那些医官的方子连我都不大信服。你善良诚恳，从小就与世无争，又懂得行医的道理。不如去学吧，对你有好处。况且你还小，你是王，这是你的血统，谁也不会否定这一点。我这里有本看着玩的小书，叫《神的旅程》，不知是从哪里传下来的。有空的时候，你读读，朝中的事情暂时与你还没有关系。茶叶，我拿走了。"

金玉吕说这些话是不是真心的，他也不知道，他固执地认为，善良的人，没有必要参与争斗，包括天界朝堂之上的争斗。由此他想到了鹅女，她更不应该参与到他们中间来。最好是走一条自己认为开阔的路，这是天性使然，没有别的选择。

金羽嗟接过这本《神的旅程》，默默地看着金玉吕，此刻，金羽嗟突然间明白许多。然而金羽嗟的命运之所以能够改变，也是因为他听从了性格复杂的金玉吕思维中善良的忠告。

三天后，金羽嗟穿着素服带着包裹，来到金玉吕府邸前："哥，书我看完了，送还给你。我决定去鹤梅山，见外公。请您保重。"

金玉吕没说话，只是默默地点点头，没有正视金羽嗟的眼睛，待金羽嗟转身离开时，金玉吕目送着他的背影离开天界。

金玉吕飞快地回到内堂："快传我的神将。"侍者阿错将神将带到金玉吕府邸："玉王，有什么紧急的事情?"金玉吕命令神将："带上十个侍卫，向鹤梅山方向，暗中保护金羽嗟到达药神那里。出了错提着脑袋来见我!"

金玉吕担心天帝金殇和帝妃白羽根本不知道金羽嗟离开朝堂去药仙那里修道，万一事情做得不严密，被金子素知道了，他很可能要加害金羽嗟，然后把罪名推到自己身上。到时候自己就无法收场了。这一点金玉吕心中明白，金羽嗟平时对金玉吕就没有任何的戒心，对金玉吕的话言听计从，这一点一直是金子素厌恶的。三天后，帝妃白羽染重病死了，她没有来得及过问儿子的事情，就离开了天界。

她的死不蹊跷，是很普通的病情，但是也不免让人怀疑，为何不早不晚偏偏是金羽嗟离开的时候？这件事情与客仙女关系重大，客仙女一直以来都在做对金玉吕成为天帝有利的事情，为他铺平道路，扫清障碍。

15

客仙女给金玉吕送信说见他有重要的事情，金玉吕收拾好衣装，随便给灼邑安排了些事情，就到客仙女那里去了。客仙女告诉金玉吕，帝妃白羽的死与她有关，她在帝妃白羽的供果里放了毒药，这是两月以前的事情，毒药慢慢发作，就像是常人得普通的病一样。听过这话金玉吕很惊讶，金玉吕问客仙女为什么要毒死白羽。

客仙女说道："我是为了你，才这样做。你当初让我用毒给贡妃的事情，我没有帮到你们，如今我可以帮你们杀了帝妃白羽，如果白羽活着的话，定不会让金羽嵯去药王那里修道。有了她这个做母亲的阻碍，就不会有玉王你将来的地位。"

金玉吕听完这段话以后，不由地倒吸了一口冷气，他万万没有想到，原来他的野心客仙女一清二楚。他不由得惧怕起这个平生中最为亲近他的女人来。金玉吕说道："既然你这样心急，那你告诉我需要什么回报，世间稀罕的物品或是金银珠宝华服美食，都可以给你。"

客仙女走到金玉吕的身旁，伏在他的肩头，默默地说道："我什么都不要，只要你能像爱灼邑那样爱我，我就可以为你付出一切，你的一切就是我的一切，玉王，我爱你。你的命令我都会接受。你只要答应我，娶我就好。"

金玉吕最担心的事情发生了，他后悔平日对客仙女的暧昧，只好眯起眼睛温和地说道："这事情关系重大，我不希望另外的人知道，如果你爱我，你就要保守这个秘密，不同你的父亲客将军提起这件事。"

金玉吕话刚说完，客仙女就掉下眼泪，她说："我知道，你不会真心接受我，我不像灼邑那样美丽高贵，我的父亲不是王，只是个给天帝戎马一生的将士。我没有灼邑的出身，不竭的财富，更没有她的胆识和魄力。我只有一腔爱你的血，你想要我的血吗？让我看着你的双眼，我会让血从心里倾出，请给我你的温柔；我有一颗属于你的心，让我攥着你的手，挖出我的心，请给我你的爱情。”

金玉吕轻轻搂住哭泣的客仙女，看着她那由于常年炼毒而发黑的脸庞，对她温和欺哄着说道：“客仙女，我……我不值得你……这样对我，对我。”

“只要你答应我，给我一点爱，我就会很开心。”客仙女的脸庞微微露出笑容。

金玉吕轻轻地说：“以后我不会让你这样的痛苦。我知道你没有怨恨，都是为了我，可有的时候，事情并不像你想象的那样简单。你必须答应我，不要再去伤害任何仙人。更不要再自作主张，炼一些你自己都不知道解药的毒物。”客仙女依偎在金玉吕的身旁，温顺得没有了平日里的冷静。

金玉吕离开客仙女，急忙来到帝母伍素宫中，毫不留情地将客仙女用毒杀死帝妃白羽的事情告诉帝母伍素，并建议她召集神官请观音为白羽超度，让她能够顺利地回到观音属地，完成下次的轮回。

金玉吕答应帝母永远不和客仙女来往，客仙女到死也不相信是金玉吕将她杀害帝妃白羽的事情告诉给帝母的。

当帝母知道客仙女用毒心狠手辣的时候，就将客仙女的一切毒功用咒语来破解掉，并且暗示客仙女的父亲客将军，他的女儿早晚会毁于毒功。客将军听过这些话后就明白女儿已经断送了他在神官中的地位，为了不让客仙女再次惹祸，就将客仙女囚禁在自己的府邸。

客仙女炼毒有很多年了，她并不明白炼毒是为了什么，她觉得将人置于死地的各种毒药留不下血痕，比刀剑来得温和来得隐秘。就像她的血管中一直流淌着深爱金玉吕的血液一样，只是年深日久，这血液已经有了毒。

客仙女生命中最痛苦的事情就是她从小就爱慕的金玉吕和她忽远忽近，殊不知她爱的这个玉王根本就未曾爱过她。客仙女自认为对金玉吕的付出是使她恶名昭著的证据，她是为了金玉吕，为了得到金玉吕的爱去做恶事，不会有谁理解，也根本不能被理解。

如果一开始就爱错了，以后无论做出什么都是必然的错误。客仙女恐惧灼邑，又压抑不住对金玉吕的爱。这岂止是一个神仙的错误，是今世的孽缘！

金玉吕整夜未眠，他想着客仙女的眼睛和灼邑的面庞，他无法摆脱两难的境地。他知道客仙女的衷心，灼邑对他热烈的爱，他不能够平静。“我拥有的还不够，我的愿望就是将金灿灿的王冠戴在头上，这是我的心魔，如果我不顺从，就会失去平衡。出卖客仙女，保全自己，我只能够这样，让客将军平日依仗金子素表现出来的威风彻底扫地。客仙女，别怪我，爱对于我来说像是美酒中的蜜汁，可有可无。”

听风楼前的柳树和竹子哗啦哗啦地响着，风雨欲来，有的树木竟然被连根拔起了，所有的神都躲进了自己的府邸。

16

灼邑亲自到凡间接回鹅女，要求帝母伍素查看了婚姻谱，帝母告诉灼邑：“这次鹅女如愿了，她和木由术可成眷属了。”

鹅女和木由术新婚那天没有典礼，没有来客，没有酒席，没有献礼，仅是帝母将婚纸亲手交给木由术和鹅女，尽管这样鹅女还是心满意足。厄运很难因为事物表面的喜悦而改变。新婚之夜过后，木由术不辞而别，不知去向，没有给鹅女留下一句话。

灼邑煞有介事地说：“事情不会就此结束，木由术还因为当初的事情耿耿于怀。这说明传闻是真的，他根本就是自己母亲和冥祖通奸生下来的怪胎。”

金玉吕深深地叹了口气：“你不许乱说。像你这样口无遮拦会闯出祸来的。事情够多了，收敛些，别总给我添乱。你知道木由术的事情，难道比我知道的多！”

鹅女走在玉竹林中，她清醒平和。当她看到别的仙姑快乐嬉戏时，鹅女又自卑又惶恐，动作都慌乱了许多。她明白，其他神众心里定认为她是被木由术抛弃的。

她从来就不是神众中的一位，而是个已被龟陀祸害过的女子。她觉得自己应该惭愧才对，居然还与木由术完婚。她越想越是烦乱，越胆小自卑。鹅女心情复杂，千丝万缕，没有一点头绪。她有许多的话想要与木由术说，木由术却不辞而别。鹅女心想：木由术他爱过我吗？难道对我的感情就只是一点的怜悯和慈悲？

木由术心中一直有着鹅女，他知道他的爱有限，他心量也有限，但是他心中有一部分永远是属于鹅女的，那种真心是其他事物与感情取代不了的。木由术离开是有更重要的事情。

17

鹅女承受着难以负荷的压力。她思念木由术，没有他的日子很难过。鹅女没有天界供给的俸禄，只有想办法去谋生路。苦苦哀求灼邑后，她得以在天界的玉竹林中劳作来养活自己。鹅女从未怨天尤人，只是苦苦地忏悔，希望得到原谅和理解。

鹅女对仙姑们有一种畏惧，因为木由术的离开，她总觉得自卑。她倾其所有拜托报信童子将信送给木由术，无论木由术在哪里，也无论他能否回来。报信童子觉得鹅女实在可怜只好答应她。

木由术：

你离开后整个厅堂都显得那样的冷清，每天我都感到很无助。看到天界的彩云，暖暖的阳光，仍旧感觉到寒冷。想你的日子很麻木，没有你生活充满恐惧和担忧。翻看你留下的诗稿，清晰的字迹成了我想念你时唯一的安慰。我按捺不住心中的思念，我了解的你，不会不辞而别，也不会忘记你的鹅女。

你为何离开？是否因为我的过去对你有不利的影响，你很在乎？抑或是你根本不曾爱过我？在我是侍女的时候，你也没有狠心将我抛弃，为何今日能够照顾我了，你却对我不理不睬。还没有来得及报答你对我的好，你就匆匆离开。为了我的事情，白玉云丢掉了性命，你丢掉了尊严，我却还活着。我不能够赎罪，心里很难过。我知道我不配和你有推心置腹的交谈，但是我还是要说出我对你的想念与关怀。

如果你是那蔚蓝天空，我想我愿是一片云彩，紧紧挨在你的身边。很久以前，在观音阁，我见过你有说有笑地和自己的弟兄们来祈福。你早就不记得把观音像前那只荷灯点亮的我，可我记得你。你是那样智慧又显得彷徨。我想你心中所想，我默默地在观音像前许愿：如果有来生，请让我接近这位神，他是我看到的、想为之付出所有的神。我记得你手中佩戴着一枚红宝石戒指，戒指显得古旧但又沾染了你的气息，我好想牵着你的手走在云端。

请你回来，回到我身边。只要得到你的允许，我会倾出我的所有。你不要我了，告诉我理由，让我能够安心。你的离开如果有其他原因，我不能够帮到你，亦不会拖累你。我定要等到你回来。与你告别后，我会离开。这样的离开鹅女会更坦然。木由术，鹅女等你回来。

鹅女

天界有关于木由术的种种流言蜚语：有的说木由术已经回到冥界冥祖那里；有的说木由术去了神仙山修道去了；还有的说木由术可能知道了身世自惭形秽，没有颜面留在天界了；也有的说，定是二王子金玉吕对木由术讲出了实情……神众这样议论着，从中挑唆着。

鹅女不知所措，每夜都被噩梦惊醒，她多想知道木由术的消息。鹅女每天都在想：木由术是根本不想和我在一起，还是我哪里做错事了？她找不到答案，也没人给她答案。报信童子把那封鹅女给木由术的信丢进了天河水里，因为报信童子根本不认识去冥界的路，纵然知道，他也不会去可怕的冥界，为了传递一封在他看来毫无价值的信。

鹅女真心爱慕木由术，她越爱越觉得孤单和孤立。她总是围绕着爱与不爱进行思考，而木由术却是在思考爱以外的事情，他确信鹅女对他的专注，认为鹅女永远不会变心，也就不会像从前那样用心力了。

佛在《无量寿经》中语：爱欲之中，独生独死，独来独去，苦乐自当，无有代者。

18

金玉吕从疲倦的游戏当中解脱出来，他恨透了烦乱的思维。本来今天他想去见父亲，汇报鹤族在边境滋扰一事，但又听说天帝已经给凡间派去兵马。他的事情好像天帝不是很重视。

想着想着金玉吕却不由自主地被前堂的舞乐所吸引，他是位多才多艺的仙王。他的母亲曾经是为天帝歌舞的仙女，或许是因为血脉的原因，金玉吕生得就像个高贵的舞者。他走到前厅，乐师奏响了金玉吕最喜欢的乐曲。金玉吕把舞蹈用肢体全都体现，他觉得无比的快乐轻松。

这使他想起了那本《神的旅程》中快乐舞蹈的仙女，多么的让人羡慕啊！想起那本书他就想起了出走的木由术。他思念这位他从来不承认，但确实是他真正知已的怪人。他想：木由术在，天界的事情就有人商量了，他也不会这样的孤立了。

这时灼邑也委托报信童子去查找木由术的下落，事实上是受到的帝母伍素的暗示。在朝会中灼邑冒昧地处死白玉云抢功，她一直心里发慌，怕帝母怪罪她，但是灼邑一直不知道帝母并不希望白玉云死这个事实。灼邑是谁都不敢冒犯的女仙，火王的女儿，但她仍旧恐惧着帝母的威严。

天界中，帝母出身名门，有不可一世的权威，那些老臣都受过帝母父亲的恩惠，天帝最信任的仙官临命星君是帝母父亲的死党。尽管帝母的父亲已离开天道多年，去往了神仙山，但仍旧与那些老臣有着密切的联系。

帝妃华玉出身寒微，在宫中曾一度得宠，这种宠爱，是天帝出于真心的疼爱和关心，这种真心才造成必须有的距离。金玉吕显示出与众不同的天赋后，帝妃华玉在宫中的地位才不断地提高。那是一种含而不露的尊重和重视，比起帝母的位置，华玉更加舒适。

金玉吕对宫中的事情故意表现出不屑一顾的态度，在他看来一切问题都是那样轻而易举地就解决了，包括铲除朝中阻碍他做事的异己。可金玉吕的内心非常疲惫，他承受了多大的恐惧只有他自己明白。金玉吕筋疲力尽，在他的成神道路上似乎有一种叫作天意的东西。他从来不相信别人说的话，每次他遵从别人的意思办事的时候都会失败，每次他独断专行的时候却都是成功的。

这一点就算是灼邑听过后都觉得奇怪。大概是心理使然，这种微妙的感觉，令他分外孤独。事情说给别人听，他就要办错；如果不说给别人听，他就要自己承担了。

那一年冬天，雪下得特别早，神官说糟糕了，粮食没有收完。金玉吕不慌不忙地说："你放心，收不完也够神众用了。"

神官们不相信，就把情况一五一十地汇报给了天帝金殇。金殇听说，不仅水不够用，连粮食都不够用，他大怒，不但没有给划拨粮食，而且还把神官和金玉吕大骂一顿。

过后金玉吕却哈哈大笑。到了第二年秋天上报收成的时候，粮食不但够吃而且还有结余。

金玉吕有个习惯，每在春天播种的时候，他都要到神仙山找老道仙来观测天象，看今年的雨水和气候是否对粮食的收成有利。他豪放的笑声背后，已经做好了对坏收成的贮备。当年六月，他得知收成不会太好时，便听从木由术的建议，带领豢养的神将，将藏身在各个仙山中的魔王和妖道进行剿灭，并不向天帝金殇请功，只将这些反逆的私藏收缴在自己的仓库，以备不时之需。这一点金子素想不到更做不到。金玉吕是天神的宠儿，这一点每个神都是认可的，在他事事顺意的背后却付出了非常的代价。

木由术的心态金玉吕略知一二。他两人要好，不只是表面功夫。金玉吕心里清楚：我成功需要木由术的帮忙，坏我事的恐怕也还是他木由术。这种猜忌让金玉吕一直都与木由术保持着距离。

19

神官们手中的夜明珠开始发出微弱的光，冥祖思念妻子久合，神官们都不敢点灯。天帝金殇感到危机四伏，王子们都聚集在他的身边以防不测。

狂风大作，神官们都命令家眷不准离开府邸半步，神众都聚集在一起。年岁稍长的神官们曾经经历过这种情况，告诉年少的神众不要吱声，天亮就没事了。

冥祖痛苦的哀嚎，震撼着整个天界。冥祖的心灵正承受着巨大的痛苦，他没有办法让爱妻回到身边，抱憾终生。黑暗的乌云席卷着天界的一切，让神众感到摇摇欲坠，无处安身。

可怜的鹅女害怕地蜷缩成一团，她首先想到的是：在这冰冷的夜晚有谁来照顾木由术？木由术就像游荡在天界的不知名的魂魄，谁都对他绝口不提，好似他犯了不该犯的错误。鹅女的担心使她的孤独更加明显，几近崩溃。她好想能够依偎在木由术怀里，度过这可怕的黑暗之夜。

鹅女不由得想起帝母的话，神位不容易证得，地位不容易树立。虽在天界也是有尊卑贫富的区别，爱恨交织的情感，将来不免再堕轮回。

鹅女在凡间遭受了种种痛苦，父母的遗弃，老夫人的冷眼，龟陀的欺辱，经历了重重磨难后终于可以与木由术在一起，而他却不辞而别。

仙姑们都有美丽的外表，尊贵幸福的家族。鹅女没有，她太清醒，清醒得一定要找自己爱的人。她太糊涂，糊涂得一定要看清和得到世间已然不存的真爱。

20

情况并不像神众想象的那样简单，第二天清晨仍旧不见亮光，天帝金殇召集自己的神官和王子在黑暗中商量对策，谁都看不清天帝的表情，他的气息隐藏不住内心的惊恐。

天帝厉声问道："临命星君，还有多长时间冥祖的把戏才会结束?!"

临命星君支支吾吾不敢大声说："大概、大概还得有一天，依臣观测。"

客将军说道："天帝，鹤族开始蠢蠢欲动，天边有许多鹤王的探子，云水国的水位不断上涨，天界的边境，黄金所筑的城墙开始塌陷。"

天帝愤怒地说："我不听现在的情况，我要听解决的办法！金子素，你觉得应该怎样?"天帝金殇急迫的眼神盯着大王子。

金子素急忙回答："我已命令金兵神将随时备战！"

"随时备战！我的金兵神将原有二十万，你掌握兵权后连年同冥界开战，现在金兵神将不到十万。再这样下去恐怕连我这条老命都要有危险！"

金子素急忙跪地："父亲请给我一次立功赎罪的机会，让我带领金兵神将打到冥祖的老巢去，取下他的首级，让您从此再不担忧。"

天帝浑身颤抖地指着金子素："我还会相信你吗？杀自己人你有本事，在那些冥灵面前你就是孬种！我问你，老三去神仙山是不是你逼的?！去就去了，你还不满足，为什么半路还有杀手截击他?！帝妃白羽突然病死又是怎么回事?！你们什么都瞒着我，在我背后做的那些蠢事以为我都不知道吗！"天色愈加黑暗，雷声隆隆，暴雨将至。天帝金殇怒不可遏："报信童子传我谕旨：金子素带金兵五千，战冥祖，胜归，败死！"

帝母伍素慌忙站出来，跪在天帝面前："天帝，请您收回成命，天界遭难，不单是金子素一人之事，三王子金羽嗟还小，不用召回，二王子金玉吕既然在天界豢养神将就应该与兄弟同仇敌忾。"

神官们鸦雀无声，所有的目光都盯着金玉吕，好似每位神官都听到了云水国水位上涨的窸窣声，无声却紧迫。

金玉吕不慌不忙地站出来，用稳妥有力的声音说道："我，可以带上我的神将，同金子素一同作战。"说完他整理着衣袖，冷冷地看着帝母，眼光中充满仇恨，而后接着说道："只恐怕，我的神将不如父亲的神将威猛，让他们看家护院还可以，去打冥祖还恐怕胜任不了，情况紧急，我斗胆接旨，如若战败，我受同等处罚。"金玉吕眯着眼睛看着帝母伍素，脸上出现了嘲笑的微笑。他走到金子素身边，扶住他的肩膀说道："哥，我们并肩作战！"

天界的神官们提心吊胆听从命令，灼邑那火一样的眼神盯着帝母伍素，伍素感到脊背发凉。盛怒过后，天帝金殇感到一阵眩晕，他看着愚钝的金子素，再看看金玉吕，摆了摆手："去吧，一起去，胜败都归，灼邑也随他们同去。"

天界一片寂静。在黑暗安静的朝堂中一个神官听到女子的歌声，那歌声孤清柔弱。先是两个神官听到，到后来全部神官都听到了。每一句，每一字都听得那样的清晰：

苍天在骗人，独个艰辛的摸索。
云海中徘徊，谁才是最终最爱。
没谁在称颂，卑微在等候执著。
平淡的旅程，走不停留的钟摆。
长长的路程，翻不过去的土丘。
放不下的你，没有尽头的伤感。
带泪的信纸，书写着多少无知。
那样一首诗，写生存不能冒失。
迎一缕阳光，等待般若的航船。
一生绝对爱，到头来不如落花。
痴痴的等待，好似心魔在作怪。
永远的关怀，来自竹林和云端。
新鲜的花朵，看似朦胧又失落。
镜中的你我，双足被荆棘刮破。
满怀希望等，如同被嗔恨诅咒。
不到头的爱，醉眼模糊睁不开。

谁曾真心地为这对苦命的鸳鸯着想过未来，血统和禁锢的内心阻碍木由术对鹅女的爱，而鹅女的自卑却同样阻碍着她对木由术的付出。

本是相爱的，却因着种种的障碍不能放松地在一起，待到回头的时候，那时间和地点就都已经不合乎条件了。

木由术害怕自己的血统会给鹅女带来不幸，鹅女同样固执地认为她过去的遭遇让木由术嫌弃，这种无法改变的交流障碍，使得他们不能够像别的夫妻那样自信地成为伴侣，不能自觉地产生爱情，是因为众目睽睽之下他们把真心隐藏，怕将来彼此的结局被那些不了解他们的人言中了。木由术的心没有一刻离开过鹅女，这是鹅女不知道的。木由术从不表达。他们的恐惧来源于不相干的神的诅咒。这种诅咒很厉害，在不知名处就会显露出来，让鹅女和木由术最脆弱的神经遭受惊扰。爱情并不是都有爱神守护着，这好像是个事实。

21

灼邑专注地听着那歌声："是鹅女在唱歌。"朝会散了，神官们小心翼翼退出朝堂。

金玉吕对灼邑说："借我用一用你的金麒麟，并且交给你一件事情——想办法把鹅女带上。不要说出去。"

灼邑点点头，看着丈夫的身影急忙说道："你的金甲！我立刻去拿！"

金玉吕回过头温存地笑了："我不用盔甲。"他温和地看着妻子，坚定地离开灼邑的身边。

木由术会不会回到天界，鹅女并不知道。帝母极力劝解鹅女到观音庵剃度出家好能够赎清罪过，并假心假意赏赐给鹅女许多好处。帝母唯恐天下不乱，要赶鹅女走，她始终看不上鹅女的卑微出身，也想掩盖利用鹅女惹出来的麻烦。

帝母说："我希望她离开天界，是让她减少痛苦，神众对感情的态度是玩乐，鹅女对感情的态度则认真得荒谬。"

鹅女没有办法，接受了这些安排。鹅女准备去观音庵剃度那天，观音娘娘出游。观音娘娘什么时候回来，离开的时候没有交代。鹅女暂时回到了木堂，安静地等待木由术回来。帝母伍素的诡诈用心，一刻都没有平息过。

在天界的边境，冥祖率领自己的冥军与天界的金兵神将对垒，冥军军阵被冥灵的阴气围绕保护着，金兵神将无法靠近。金兵神将各个武艺高强，却抵挡不住冥祖的归心术，被杀死者居多。

金子素没有了朝堂上的勇气，他恐惧地窥视着金玉吕，好似冥祖的阴气覆盖在金玉吕的脸上一样。

金玉吕的座驾是金麒麟，金麒麟有灵性，能够躲开有杀伤力的归心术，幸免被归心术打入无底深渊。金玉吕明白冥祖的想法，因为天界无法调动云水国的天兵，用水来冲散冥灵，也无法调动自私的火王，用火烧掉冥灵，所以冥祖就用归心术力量阻止金兵神将，并不真正与天界短兵相接。

冥祖毫发无损，他杀害的金兵天将被归心术控制后，神志昏迷就能够为他所用，反过来自相残杀。金玉吕早就料到，冥祖第一回合用归心术，第二回合就要派遣火灵放火烧死天界的金兵金将，最后用水灵引来苦水，冲垮天界的堤坝城池。

22

冰清玉洁的云水国孕育着最为纯洁和美丽的仙女。只有每月初一、十五才能看到云水国的仙女们身着白袍向祖先祈福，其他时候只能见到汪洋的玉湖。

这里的主人是云水姑娘，她一身素服，清净高雅，有着水一样的胸怀和理想。年幼的时候，喜好玩乐的年华，她曾经和灼邑是最要好的朋友。

在玉湖，灼邑和云水游戏的时候，云水不小心跌落湖底，在湖底的水宫中看到母亲和鹤族的首领鹤王在一起。

云水平时从不主动去母亲的水宫，要不是这次不小心跌落湖底，她永远也不知道母亲的秘密。

云水回想起年幼时，父亲病重，想要喝水，指着桌上的水看着妻子，云水的母亲根本不予理睬。在云水的心灵中，这一幕反复出现，她想这个世界上是父母和我最亲，那最亲近的就应当是父亲和母亲。为何他们之间就像仇人一样？

她跌落湖底的那一刻终于明白了一切。

灼邑见到云水跌落湖底，许久不见踪影，便赶快去找金玉吕。金玉吕打趣地说："云水姑娘，没关系的，她就是在水中长大的，全身上下都是水做的，不会有事的，你根本用不着担心。就像你一样是火做的，永远也不可能怕火。你等着我到水宫去看看，也许她在逗你呢。"

金玉吕到玉湖水宫，和云水看到了相同的一幕。云水让金玉吕保证永远也不会告诉别人。金玉吕答应了她，并确实保守了秘密。

三年后，云水的父亲死了，由于他们无子，云水继承了父亲的王位。她继位后，在云水国大行杀戮，杀死异己和对她不顺服的神官。

她母亲要阻止，传话给她，如果再不停止乱杀无辜，就将剥夺她的王位。这时候云水正闭关修炼云水剑，她没有理会母亲的斥责而是将剑法练到炉火纯青。待到她出关以私通鹤族为由将其母囚禁，那年她二十岁。

金玉吕腼腆地向云水表达了爱慕之情。他说道："这天界再也没有比你更加会舞蹈的，你是水做的，心像水，身更像水，我一直都想拥有你，就是想抓抓不住，想捧又溜掉了。"

云水浅浅地一笑，并未答应他。她知道这世界上有另外一个美丽的像火中水晶一样的女子比她更爱金玉吕。云水退出了。

云水说："为了权威，我杀死很多的神官；为了自尊，我囚禁生母；为了爱，我不想再伤害任何人。"从此她再没有离开过云水国，没有见过深爱着她的金玉吕。

在天界缺水的时候，曾用黄金换水，有的神官见过云水姑娘，他说天界再也不会有女仙的容貌比她更美丽了。

金玉吕恳求灼邑让他去请云水搬来救兵。灼邑痛苦地拒绝，不准金玉吕见云水。

报信童子回来说："玉王，云水姑娘说你亲自去，并且交出鹅女和《界度全章》，她就同意派兵。对天帝下达的命令她根本不看。"

金玉吕看着灼邑，皱紧眉头说道："我去。"

报信童子说："天帝也有这个意思。云水姑娘只是冷笑，她说，看似是金，实则比水轻。"

金玉吕知道云水这样心狠想要得到鹅女和《界度全章》是因为她想杀死鹤王，她的心目中永远有个结，就是父亲被辱没的尊严。

冥祖开始放火，没有神将能够抵挡。

灼邑停止了哭泣，坚定地说："命令神将骑金麒麟，冲过火墙，消灭冥祖，看他还敢作孽?!"

金玉吕低垂下眼睛："你说的多半是对的，可是你想过没有，烧死了金麒麟，我们还怎样返回天界，火墙不止一座。"

金玉吕镇定地对报信童子说："你去冥祖那里告诉木由术，我知道他在冥祖那里。他要再不回来，我就杀了他的鹅女。”

随后，金玉吕为自己说过的话感到有些后怕，但是他了解木由术，他知道，木由术不会不管鹅女的死活。如果木由术真的只有一半冥祖的血，他定会来见鹅女。

灼邑看着金玉吕坚定的眼神，不由得脊背发凉。灼邑想：一个可怜的鹅女，竟会生出这许多是非。看来我们这些平日里被羡慕的神仙，也有着鲜为人知的一面。

灼邑可怜鹅女，想把鹅女放走，让她赶快去到观音娘娘那里躲避，可她不知道在行军的过程中金玉吕将鹅女留在哪个营帐中了。

23

报信童子带着金玉吕的命令来到冥界。

木由术坐在冥祖身边，阴暗的眼光中透出疲倦，他们的手中拿着那本龟陀偷来的整个天界都在寻找的《界度全章》，他看着上面的符文只言不发。

冥祖愁容满面，他俊朗的面容并不因为年龄而褪色。他问道：“报信童子，你看得懂符文吗？”

报信童子说：“我不懂。”

冥祖又问：“谁懂？”

报信童子说：“鹅女懂。”

冥祖笑了：“那你来是代金玉吕向我投降的？”

报信童子说：“不是，是带来了鹅女的消息。”木由术回过神来盯着报信童子。报信童子说：“鹅女病重，在营帐中呼唤木由术的名字。金玉吕说，你若不归，他就杀了鹅女。”

木由术一惊，想要追问，看到父亲冥祖的脸色，又平静下来：“两军开战，为什么带她来？”

报信童子说：“我不知道。”

这时，阴狠的龟陀说道：“这书中的符文只有鹅女能够看懂！”木由术厌恶地看了一眼龟陀。

冥祖说：“我还是原来的意思，书中的内容有谁能够看懂对我并不重要，我只要金殇答应我的条件，给冥界供应米粟，给十万两黄金作为供奉，天界物阜民丰，为何挤对我这冥灵之国？看不懂那《界度全章》，我冥祖也有把握破坏他的天府。”

木由术趁着冥祖专注说话的时机，用唇语告诉了报信童子他的对策，报信童子低垂了眼睛。木由术明白，报信童子全都听懂了。

木由术说：“冥祖。”

冥祖深深地吸了口气：“叫父亲。”

木由术迟疑着改口：“父亲。请让我带上龟陀去边界战场，我将带回鹅女，让她来认读《界度全章》。我要交出龟陀换回鹅女。”

龟陀大惊失色，连忙跪倒在地，请求冥祖放他一条生路。冥祖冷笑着，拂袖而去，把龟陀交给了木由术。

24

报信童子火速前往天界的兵营，见到金玉吕后他悄悄地将木由术的计划向他传达。

金玉吕明白后很为难：当初白玉云杀死贡妃的事情到今天也没有了断，他死后魂灵堕落到凡间，我们根本不知道他的去向啊！这时灼邑走到营帐中，温和地说：“鹅女可以找到白神。”

金玉吕从灼邑手中接过她沏的雪山茶说："鹅女病得很重，她的身体虚弱。可是，也没有其他的办法。木由术的意思肯定有道理，顾不得那么多了，我先带上鹅女去凡间，木由术已经在返回边界的路上了，还押来了龟陀。"

灼邑听到这里明白了一切，她立刻恢复了精神："马上去，带上鹅女，到凡间去。一定要小心，现在整个凡间都在鹤王的控制之下。"

金玉吕说："不管那么多了，灼邑，你必须在这里等候木由术，见到他，就拖延时间直到我们找回白神。金子素根本不是冥祖的对手。你要赶快给你父亲火王消息，告诉他这里的情况危急，要他发来救兵。待我从凡间回来，亲自到云水国，我想云水对我们面临的灾难不会袖手旁观。"

灼邑说："你放心，我马上请报信童子转达给火王战场上现在的情况，如果这次我们打不败冥祖，云水国仍旧不敢与我们来往，鹤族也会乘人之危。你一定要平安回来。"

鹅女的神志已经有些不太清楚，身体软得就像棉花，无法骑马。金玉吕将她放上金麒麟，扶住她，她勉强坐稳。金麒麟去往凡间，神将紧随其后。鹅女的意识已经控制不了语言，不住地唤着木由术。

金玉吕轻轻地将头伏在鹅女的耳边说："鹅女，别怕，玉竹林的事情我都知道了，仙女们倚仗权力总是与你作对，这些我知道；临命星君的儿子总是对你不尊重，还不断恐吓要将你送回凡间，还有帝母劝你离开木由术到观音庵去，这些我都一清二楚。别总以为我看不到也听不进去，这些都是小事情，你一定要坚持住。等我们到了凡间，找回白神，他还会像从前一样保护你。"

鹅女的头微微地动了，好似听得到金玉吕说的话。金玉吕继续说道："木由术走后，我曾经好几次想去木堂看你，想给你送件厚点的衣服还有吃的，我没有去，我怕引起神众的闲话。我知道你爱木由术，我也肯定木由术也一样的爱着你。还记得很早以前吗？

"你还是在观音庵的时候，我们兄弟几个，那时木王家的五兄弟还没有战死，有我，还有木由术，其实还有白神，他跟在我们后头，我们带了很多的贡品去观音那里祈福，其实我们根本就不是为了什么天界大事，都是为了姻缘去许愿。

"你看上了最有城府的木由术，他那时一心喜欢着灼邑，只是灼邑不爱理他，木由术没怎么注意你，我们走的时候，白神从供果中拿了一块点心想给你。我们都取笑他，把他拦住对他说，人家是观音娘娘的人，不稀罕你的吃的，这里的姑娘都不食人间烟火。说完众神都笑了，那时我们都好开心，没有烦恼，以为这天界再也没有比我们更快乐的神了。

"我告诉你个秘密：其实真正喜欢你的神是白神。那天我们返回天界后他还提起你，问我们知不知道那个替我们点香的姑娘是谁。我们又把他取笑了一番，他还真的不高兴了。我知道这么多年，他一定有心事，不然不会这样沉默和痛苦。

"多年后我们都有了妻子，我们许下的愿望也多没有实现，不怕你笑话，那天我许下的心愿是请观音保佑我娶到云水国的云水姑娘，别人我不知道，我的愿望并没有实现。

"鹅女，把你心里的话告诉我，我知道你一定有原因。其实你不说，我和木由术也能猜到一些。别怕，如果真的像帝母说的那样，木由术是冥界的生灵，你们永远也不可能在一起，我会收留你，保证再不会有任何人欺负你。"

25

鹅女的眼泪从紧闭的双眼中流出，冰凉的手紧紧地抓住金玉吕。金玉吕将她搂在怀中，金麒麟发出了哀鸣。鹅女缓缓地睁开眼睛，看着金玉吕："是我的错。"她的话是那样的无力，"都是我的错。"

金玉吕扶住她的肩膀："没有人是对或是错，事情已经发生，能挽回一定要挽回。"

鹅女好似用着全身的力气和勇气："玉王，都是我的错。我小的时候偷听了观音和帝母的谈话，关于是否处死木由术的事情。我知道观音阁中有一本书是不能给我们这些侍女看的，是关于天界将来地位到底归谁所有和怎样取得地位的符文书。我小的时候识得一些符文，我想到天界去找木由术，但我不是天界的仙姑，到了天界没有神位，也很难看上他一眼。但是我知道所有的仙姑都是帝母给的神位，我便背着观音拿了这本书。当初帝母来见观音就是想向观音求得这本书，可是观音说：万法自然，不可强求。帝母还说了什么我就没听到了。我就是觉得帝母需要这本书，如果我给她这本叫《界度全章》的书，她就可以给我神位。帝母有了《界度全章》也就不会杀死木由术，甚至还会给我神位。后来……"鹅女呜咽着不敢看金玉吕的眼睛。

金玉吕听了鹅女的话沉默着，看着自己怀中这个忠心耿耿又糊里糊涂的女子。金玉吕明白，是鹅女从观音那里取走了《界度全章》，想要从帝母那里换取神位，但帝母怕担责任，就先收了书，又暗地里答应龟陀把鹅女嫁给他，让鹅女永远也不能够说出真相。可是龟陀知道《界度全章》比女人更重要就从天界偷走了它，只可惜他看不懂，又四处寻找鹅女。帝母害怕自己的机关被旁人猜透，就只好又貌似好心地将鹅女送给木由术。木由术的不辞而别，又让帝母有了危机感，帝母就不断规劝鹅女返回观音庵。

观音来天界找自己的徒儿，从未提起过自己丢了东西。帝母便大胆起来想掩盖自己当初去求《界度全章》并且被不懂事的鹅女知道了取来给她的过错，帝母找《界度全章》也无非是想要让她愚钝的儿子金子素顺利登上帝位。

观音只是说丢了不懂事的侍女，没有丢其他什么东西，帝母就想不如成全了这苦命的女子，反而还能积点阴德，这倒是成了善行善举。

金玉吕回过神继续问道："鹅女，不要怕，这事情只有我一人知道，观音慈悲从来没有怪罪过你，据我所知，你在凡间的那几年，观音曾寻找过你。你告诉我，你在观音那里时的名字是不是叫'从惠'?"

鹅女听到这个名字后痛哭不止："我对不起观音娘娘，对不起木由术，我对不起，对不起……"说着又昏厥过去。金玉吕看着鹅女那可人的脸庞，将她搂在怀中，温暖着她冰冷的身体。

鹅女好像有些知觉了，微微地睁开了眼睛："玉王，你会不会因为我偷观音的东西，而厌弃我?"鹅女不停地咳嗽，让金玉吕的心都揪在一起。

金玉吕试图努力摆脱烦乱的思绪："没有人会怪你的，放心，鹅女。还有一件事情我不太清楚，你看得懂那书中的文字，我可不可以问一问，那书真的那么神奇吗？写的内容就真的那么重要?"

鹅女自嘲地微微一笑："那书中的内容，如果我跟你说了，你不会取笑我吧？那书中根本没有什么界度的法规和秘密，它讲的是一个女子成为神的过程。我千辛万苦地把书拿来，又把书中的内容记住，就是不想让帝母因为木由术有一半冥祖的血而歧视他，我想如果木由术听了我给他背的《界度全章》就可以逃脱厄运。可木由术和我新婚的那天，我告诉他书中的内容，他很惊讶地说：这本我看过的，根本不叫《界度全章》，叫《神的旅程》。内容是一样的。”

金玉吕的脑“嗡”的一下子，他明白了一切。鹅女接着说：“我对天发誓，我说的是真话，我总是唱那里面的句子，就是想告诉仙人们，那里面的内容仅仅如此。”

26

金玉吕紧紧抱住鹅女，好像要把一切都交给她，让她有勇气再继续活下去，他默默地说：“你的错误不算什么，要我说的话，你根本就没有偷到真正的《界度全章》。只是因为我们的贪心而酿成了大错，如果我分析的没有错误的话，那本《界度全章》至今仍在观音娘娘那里。既然事情已经这样了，我们没有办法挽回，而今后的我们要努力守住。你一定振作起来，你很快就可以见到木由术了。”

为了得到一个人的爱，鹅女付出了能够付出的一切。听过这些话以后，金玉吕真正明白这世界上有一种挥之不去的眷恋，就像鹅女对木由术的执著。木由术改变了鹅女的起点和将来，恐怕鹅女没有办法解脱，除非木由术在她的生命中根本不曾出现过。

凡间的土尘很重，狂风吹得金麒麟不敢前行。金玉吕见鹅女稍稍清醒了一些，就接着说：“如果我再告诉你一件事情，希望你能够承受：在凡间时白玉云为了不让你嫁给龟陀，答应金子素和帝母的条件，杀死我父王的宠妃贡妃，只有这样他才能够从金子素那里拿到斩魂剑，在杀死贡妃后，金子素就将斩魂剑收回还给了老道仙，而白玉云虽杀死了龟陀的肉身却没能斩掉他的魂魄。木由术在冥界，马上你就能够见到他，但你必须从凡间认出已经带着魂魄堕落成动物的白神。只有这样才能彻底杀死龟陀并且让他的魂魄散掉，不能再在天界继续作恶。”

鹅女微微地睁着眼睛问道：“既然那本《界度全章》根本就不在他们的手里，我给帝母的那本符文书就没那么重要，为何还要给龟陀治罪？”

金玉吕深深地叹了口气：“无论龟陀有没有拿到真正的《界度全章》，都一定要死，他把妖艳的妹妹送给父王祸乱朝纲，他几次三番寻找偷窃可以统治天界的书，目的已经很明显。有些事你不懂。这几次我们与冥祖之间的战争都与他有关系。如果这次不把他处理掉，将后患无穷，况且他不死也无法向帝母交代。毕竟帝母向观音娘娘求取过那本《界度全章》。”

金麒麟不住地回头看着主人，风沙太大，它无法前行。这样的恶劣的天气在凡间也是很少见的，冥祖扰乱天界对气候带来很坏的影响，天界现在也暗无天日，神众都乱作一团。如果这次战败，天界恐怕将由冥祖来统治，到时候神众都要沦为冥祖的奴隶，过黑暗的日子。

金麒麟落到一个较高的山冈。金玉吕说：“我们没有通知鹤王就来到凡间，恐怕他要找茬，要尽快找到白神。”鹅女为难地看着山下的动物，她并不知道魂灵和动物之间的关系，金玉吕让她在山冈上等候，自己驾驭着金麒麟，穿梭在动物之间。

鹅女看到怒吼的狮子，一群豹子追逐一群鹿，这群鹿中最高大的头鹿领着一群小鹿竭尽全力地奔逃，只有一只毛色纯白的鹿站着不动，甚至没有丝毫逃跑的意思。

鹅女看着这只鹿，心想：赶快逃吧，后面的豹子马上就要追过来了。那只洁白的鹿却没有任何的恐惧，好似有灵性般看着鹅女。

金玉吕带上鹅女驾驭着金麒麟来到这只鹿的身边，鹅女跪在鹿身边，那只鹿并没有逃走，而是睁圆了眼睛看着鹅女，鹅女凑到它的耳边，轻轻地唤道："是你吗，白神？"鹿并没有反应，只是低下头啃着地上的干草，前腿不住地抓挠着干涩的土地。鹅女看看金玉吕，生怕他怪罪。

金玉吕拉着鹅女飞快地骑上金麒麟："我们得赶快离开。木由术小看了鹤族，这里的动物之所以没有任何反抗他的意思，是因为只要堕落在此，就只能做愚痴的动物。找回他也没有用的，他再也不是天界唯一能用斩魂剑的白神了。我们快走，惊动了鹤王，我们就回不去了。"

鹅女近乎疯狂地喊道："我要带他回去！"

金玉吕一惊，原有的温存消失得无影无踪："你要带他回哪？！"

鹅女不加考虑地说道："回天界。"

金玉吕说："带他回天界，他也不再是白神，而只是一只愚痴的动物。既然是动物就是属于鹤王的，与我们无关。"

鹅女流下了眼泪："他不是动物，他是我的哥哥。"

金玉吕说："不行！"

鹅女挣脱了金玉吕的手臂，跌下金麒麟声嘶力竭地喊道："你不会帮我的，木由术去了冥界，我就留在这里陪着白神。"

金玉吕说道："你疯了！"看着忍受痛苦折磨的鹅女，金玉吕只好拿了根缰绳套住了那只鹿。"好了，这下你满意了，把它带回天界，我们大家一起死。也算我对得起你和他了。”

鹅女给金玉吕磕头：“玉王，我没有疯，他为我死，我却活着，我是卑鄙的，我为他疯，他才不枉愚痴一场。”

鹅女对白神的感情里有着太多不忍心和亏欠。在凡间，鹅女从小到大，只要一有困难就会想起他，可每当她有着那为数不多的快乐时，她想到的只有木由术，从未想到过身边永远有着白神的影子。这个影子无形当中给她的支撑和保护，直到今天她才明白。

有很长一段时间，白神禁止自己靠近鹅女，因为他知道鹅女是木由术的，可是无形当中流露出的关心却那样的敏感。他不知所措，他无数次告诉自己要与鹅女保持距离，但是他不能自欺，他明白鹅女是他生命中最重要的。他无私地爱着她，同时希望鹅女不误解，他只想保护鹅女，别无其他。

27

木由术从冥界带回龟陀，木由术没有见到能用斩魂剑的白神，所有神官神将都慌了，金子素拿出佩剑与龟陀搏斗，但他根本不是龟陀的对手。金玉吕并没有慌乱：“既然都是来讲和的，没有必要动刀动枪。我先答应送粮食和金子，但是如果要带走鹅女，我还另有条件。你们姑且再多留一日，让我好好款待你们，也算是给鹅女送行。我先要提醒你们，鹅女给你们的答案或许会让你们失望。”

龟陀得意地大笑着：“玉王，你小的时候，我还背过你嘞！我管书库的时候，你是最爱看美人图的一个，金子素反而爱读古书！今天当然是你最与我和睦，回去告诉你父王，他的儿子我没有白背，哈哈哈！”

愤怒的灼邑拔出佩剑向龟陀砍去："你大胆！"龟陀轻轻一摆手将她推倒一边。木由术见状赶快将灼邑扶起。龟陀并不罢休，胆大包天地对着灼邑说："你这脾气也太大了，怪不得玉王总是惦记着温柔的云水姑娘！"灼邑受辱，火辣辣的眼泪沾湿了她的脸庞。

金玉吕平和地笑了："云水是我的妹妹。"

龟陀是狡猾的："哪里啊！玉王收集的美人图不是不够三千吗？玉王只要收了云水的心就等于有了三千啊！只是玉王还有个妹妹可以惦记，而我的妹妹却……"说着这可憎的龟陀居然呜呜地哭了出来！泣泪涟涟地说道："不是我不想与你们天界交好，杀妹之仇我是一定要报的！"神众都气得咬牙切齿。龟陀继续说道："我知道这事情与不爱王权爱美女的玉王无关。"灼邑的怒火冲到了头顶，她的眼前一片漆黑，昏倒过去。龟陀还不罢休："读书多的金子素，就是心毒。"龟陀煞有介事地娓娓道来："我只看上了鹅女，不知道玉王是否能忍痛割爱？啊？"

金玉吕仍旧微笑着说："天下美人多的是，这事情你要和我好兄弟木由术商量了，木由术和鹅女是拜过堂的！"说完金玉吕收敛起笑容，阴郁地盯着龟陀的眼睛："不如明日我们安排了酒席再叙。如何？"龟陀并不示弱轻蔑地躲开了金玉吕，大笑着走出了营帐。

龟陀走出营帐后，金玉吕劈头便问木由术："木由术！我记着你今天欠我的一笔账，你出的是什么馊主意？白玉云转生成了一只鹿，还怎么用斩魂剑?！你的鹅女就拱手送给龟陀吗？你是个懦夫！"木由术沉默许久，开口说道："我知道一件事。云水姑娘闭关多年，修炼出一种毒药——云水鸩。如果有可能，你去向她讨。我早已经知道白神成了一只鹿！"

金玉吕没有别的办法只得说道：“我的忍耐是有限度的，我再相信你一回，每次下棋的时候，你都不按规矩对峙，但最后赢的总是你。你去缠着龟陀，他要找鹅女，你就说鹅女在我手上，让他多等一天。”

金玉吕立刻动身赶往云水国云水湖。他到达云水湖底，侍女云吉对他讲，云水王闭关多年早已不见外人，金玉吕有些亏欠地对云吉说道：“当初是我不好，让你的脸上留下了伤疤，如今我真心地赔罪，希望你能够原谅。”云吉回忆起年少时与金玉吕的误会。

炎热的夏天，美丽柔弱的云吉无家可归，她的衣服被泥浆沾湿，不安地看着身边的一切，她好想改变。她现在的处境又一次令她放弃了无知的想法。

云吉似乎听得到身边的人们在议论，好漂亮的女子，怎会落得如此处境？只是议论着，却没有谁来怜悯，大多数人只是匆匆一瞥或作出自以为是的评价。即使最卑微的仙官见到她之后脸上也会露出轻蔑的一笑，认为她是个沦落红尘的女子。他们可以平视世间的一切，而云吉只能仰视，她来自凡间，是被父亲撵出家门的，有着成神愿望的普通女子。

云吉羡慕不言不语的花，花的香气使得所有的仙姑和仙官们都愿意接近，无言的花草能得到赞慕和笑颜。有些仙人还把它们怜惜地摘下来，拿在手中把玩，久久不舍得丢掉。而云吉是被赶出家门的不孝女儿，不会被谁注意，她静静地走开，到一个没有神仙经过的地方躲起来。

天边是最卑微的神官们聚集的地方，这里的气候不好，但也衣食无忧。云吉来到这里，就是为了逃避她的婚姻。

十六年前在凡间，云吉的父亲是个落魄的生意人，祖辈的积蓄由于生意不断亏损而所剩无几。这时有个声音洪亮、气度豪迈的王员外给予了他很大的帮助，为他提供了一些资本，让他的生意重新打鼓另开张。没过多久云吉父亲的生意红火起来，家境逐渐复苏，连本带息还了王员外的本钱。

后来，很久没有联络过她家的王员外突然有天来到云吉家中。他们没有别的目的，是来给傻儿子提亲，相中的对象就是美丽的云吉。酒宴中，王员外先是好言相劝，然后旁敲侧击，直抒胸臆，到最后威胁利诱，再后来恐吓威逼，目的就是让云吉与他的傻儿子定亲。云吉的父亲是个精明的生意人，却软弱得经不起恐吓，当王员外抬出他与地方官员相交深厚，并暗示云吉父亲在灾年违法囤积粮食之事他一清二楚时，云吉的父亲彻底让步了，答应了这门亲事。云吉万般无奈没有带任何行李从自家的后园独自走向神仙山的方向。她没有天帝的手谕擅闯仙地，就只得落魄流浪了。走了四十九天后，她迷了路，辗转到达了云水国。

云吉离开了熙熙攘攘的街市，看着高贵神官们骄傲的眼神，她顿时觉得好笑：你们高高在上，平视着自己的世界，你们可曾低头看一看可怜的我，如果你们给我食物和怜悯，我将感恩一生。可神官们高贵的头从来就不曾为这可怜的云吉低下过，如果偶尔云吉阻碍了神官们的行走，他们只会顺势踢一脚厌恶地呵斥她躲开。天界对这些“迷路”的凡间人很不客气。云吉顺从了一切。

云吉努力地想着应该去的地方，在天界有个白云缭绕的地方，那里充满的仙气，叫作神仙山。云吉低着头默默地向那个地方走去。到了山顶，潮湿且明媚的天气让云吉感到了一种回家的感觉，她觉得流浪的日子太久了，痛苦就要结束了，可以有归宿了，这是她在天界命运的开始。她走了多少天已经记不得了。

神仙山上有一个打坐的老道仙。云吉轻轻地走近他。不料，道仙开口说道："走了多远？比你想象的要远得多吧？既然回来了，就不要走了，听我给你的劝告。你既然回家，我就为你指点个去处，云水国的女王云水姑娘，心地善良宽容，你可以去投靠她，把你的身世告诉她，她会同情你，给你安置，你要精心照顾云水姑娘，洗涤前缘，做一个合格的修行者。"

云吉领会了老道仙的意思，就继续行走，她知道了终点在哪里。云吉路过了寺庙，看到了出家人在布施；路过神仙官府，看到里面的官员在清点着天帝分发给他们的俸禄；路过农庄，看着可怜的农夫在劳作。

云吉实在是走不动了，她晕倒在了云水宫殿外头，她不知道这是哪里，她只知道老道仙对她说一直向西不许停下。蒙眬中她好像看到了一个窈窕美好的身影和几个侍卫在门前说着什么。

不知过了多久，云吉感觉到身体温暖了，全身离开了阴湿的地面了。她听到有女子的声音吩咐侍者说："她定是走了很远的路，试试熏香能不能让她清醒。"云水姑娘收留了她，几年后，云吉就成为了云水的贴身女侍，但是她没有神位，受到神众的歧视。

空旷的原野上，神众在散步。云水姑娘的侍女云吉追了上去，她看到金玉吕手中来自凡间的柳枝便跑上去向他索要。金玉吕不耐烦地说道："哪里来的不懂事的侍女？"他手中细长的柳枝抽在了云吉的脸上顿时成了一道血疤。神众不敢吱声。

云吉的眼中含着泪："来到天界，我从来都没有见过这样漂亮的柳枝。这柳枝只在凡间才有，我只是想看上一眼，没有对玉王不恭敬的意思。"说完哭了起来。

此时，云吉对金玉吕说道："玉王，你当初留在我脸上的伤疤，让我的容颜有了缺陷，没有神仙和我成双入对，我的痛苦你了解吗？”

金玉吕看着痛苦的云吉：“你不要伤心，我会给你珍宝和俸禄，以补偿我犯下的过失。”

云吉微笑着说道：“玉王，我什么都不要，我只要能够找到我爱的人，得到他的忠心和爱慕，如若有一天，我爱上了某位神仙，你要应我，让我们长相厮守。”

金玉吕很奇怪，云吉为何嘱托这件事情给他。不久，金玉吕想起，在云水国有一颗姻缘石能够预测前世今生的姻缘。恐怕是云吉从姻缘石那里已经了解到将来，而且这件事情与他有关。金玉吕默默地点头，答应了云吉的请求。云吉这才带金玉吕去见云水姑娘。

28

云水姑娘的容颜未改，多年的离群索居让她已经讲不出一句完整的话。她呆呆地看着曾经深爱自己的金玉吕，嘴唇翕动可已经讲不出话，或许她想对他说的话太多，或是想说的话已经忘却。金玉吕看着头发已经成棕黄色、脸色煞白的云水，他的眼泪倏地流了下来。他紧紧地抱住了憔悴的云水，亲吻她那翕动的嘴唇。

云水没有作声，静静地躺在金玉吕的怀中，她想永远留住他，让他拥抱亲吻爱抚，听他轻柔的呻吟和话语，这话语告诉她，他没有忘记她，他始终爱着她。许久，金玉吕沉重的心事已经写在了脸上，那忧郁的眼睛告诉了云水，她的梦想永远是梦想。

云水轻柔地说：“玉王，我每年的冬天都能梦到你，你知道，梦中你都跟我说什么吗？你说，你在观音阁里许了愿。你可以告诉我，你真的在那里许愿了吗?”

金玉吕止不住的眼泪流在云水的肩上，他紧紧抱住心爱的女子，不愿意开口说是为了那瓶不吉利的云水鸩而来，让这次相见结束在这个话题。

云水见他面露难色就不再往下问。她离开金玉吕的怀中，从颈上摘下一个精美的小玉瓶：“这是你想要的东西，我知道这瓶东西留在我这里，早晚会害了我自己，请你不要记住它有毒，要记住这毒是我的，答应我。我的仙女们个个都善良单纯，如果有一天我去了，而你当了王，就给我的仙女们证得神位。并且告诉鹤王，我永远流着水神的血，我的母亲被他欺骗，我永远是他的对手，我父亲的尊严就是我的尊严。你走后我就去见鹤王，与他算清我们之间留下来的旧账，是为了我自己也是为了我的父亲。我继位后不敢与天界多来往，就是怕鹤王认为我要复仇，为此我的将军们都不理解，如果我有得罪天帝的地方，请代我向他赔罪。不要担心，我是水做的，你看到水的时候就看到我了，有水的地方就有我的身影。你回吧，灼邑要担心的，这么多年没见，她一定认为我已成了杀人的魔头，而始终不敢来看我，真遗憾。”

金玉吕披上衣服，握紧那个玉瓶，含着泪说道：“我确是去过观音阁许愿，许的愿是……”云水的呜咽打断他的话。她转过身背对着金玉吕轻声说道：“快走，快走……我知道你许的愿，所以从那以后你再也不相信观音了。”说着她像孩子一般，笑了。金玉吕也是……

金玉吕回到天界的战场上，他连夜将玉瓶中的毒药给鹿灌下，鹿柔弱地挣扎着，但并未发出声音，而是顺从地闭上了眼睛。

龟陀嗜食鹿肉，当他见到丰盛的宴席中有一只整鹿，不由得暗暗得意。他欢喜地认为金玉吕已经答应把鹅女交给他。这就是龟陀的愚昧。他那腾升的欲望又一次将他拉入幻想的世界，他幻想他统治的天界是多么的美好，幻想着天界的全部都将收入他的囊中，黄金铺成的路让他随意践踏，珠玉簇成的花让他随意采摘。

这时听见金玉吕镇静而有力的话音："我杀了一只鹿。他的肉定当被已死的贡妃的亲人撕碎……"龟陀明白了一切，他吃的肉就是杀死他妹妹的白神的肉，他贪婪地近乎疯狂地看着那盘中的整鹿。他吃光了那肉，啃食了白神的心和血肉。

观音娘娘落泪了，金玉吕落泪了，有着一半冥祖血液的木由术也落了泪，盘中的肉曾经是他们的兄弟，曾经和他们一同到观音庵许愿求良缘的兄弟。

没过多久，可恶的龟陀化成了污血。

29

坏消息又一次经过报信童子传达给了金玉吕，云水国云水姑娘未得到天帝金殇的允许私自征讨鹤王，她不是鹤王的对手，云水国的神众死伤无数。得到消息的天帝金殇将身边仅剩的金兵神将都派去了鹤族和云水国的战场。

鹤王说道："云水姑娘，你的一身本领难道就是为了给你那软弱的父亲复仇吗？很多年来，我没有侵扰过你的云水国，就是在赎罪，不然你也活不到今天！"不堪凌辱的云水斩断了父亲留给自己的云水剑，坠入了云水湖底。

金玉吕亲自送病重的鹅女和木由术去了冥界，与冥祖谈判。冥祖那阴冷的宫中没有女人，只有一颗已经暗淡无光的黄色夜明珠。

冥祖比金玉吕想象的要英俊阴冷，金玉吕曾经问过自己的妻子：“这天界谁最美、最英俊?”灼邑说：“非你莫属。”到今天他才知道了，他们说自己美，是因为他们没有见过冥祖。

这一刻，他明白了他的姑姑久合公主为什么以心相许。冥祖说道：“我的冥界，不能种植粮食，子民大多是有罪的愚民，他们没有技能不识礼数，这样成了恶性循环。天界接济是暂时的事情，索要黄金是我在故意和天帝金殇作对，当初我爱上你的姑姑久合时，他向我索要十万两黄金作聘礼，我冥界哪里有黄金，我只能去求，求不来，我就只好去抢了。你们最好把散落在天界和民间的夜明珠全都归还给我，那是我妻子的身体。让木由术永远留在冥界，他是我的亲子。别的我不再说了，你看，天界有亮光了，我遵守了我的誓言，你和你的父亲也要一样。”

木由术在阴冷的冥界抱着深爱着他的妻子鹅女，可鹅女没有冥灵的血液，根本受不了木由术身体的阴冷，她的神志也不太清楚，她的身体变得羸弱，病痛不断地折磨着她。

夜晚，木由术把她紧紧地搂在怀中，他身上的血在这一刻是热的，他的手臂是温暖的。木由术讲了一件以前的事情给鹅女听，他说在天界的时候，他和金玉吕之间经常互换书籍来看，有一本书叫作《神的旅程》。金玉吕看过后爱不释手，竟然不还给他了，也不提那档子事了。

木由术问鹅女：“你知道那本书我为什么一定要拿回来吗?”

鹅女低下头轻声说：“我不知。”

木由术不好意思地说道：“那书，那书是我从观音阁那里偷的。小时候，我们一起去许愿那天偷的。”说完，竟然笑了起来，像孩子一样。

然后，他默不作声了，许久后才说道："那时有金玉吕、白神，还有我的五个哥哥。我们都偷了观音的东西，只有白神禁得住诱惑，没有拿观音阁的任何东西……那天观音不在家。"

鹅女哭了，伏在木由术的怀里，木由术欣慰地笑了，轻轻地拍着她的肩膀。他怕鹅女夜半醒来害怕，就永远给她留了一盏灯，在冰冷的冥界中。

蒙眬中的鹅女听到木由术说着："我记得书中有一段是这样写的：

> 金铺地，无足迹。老孤松，望平地。清澈玉湖，谁哭泣。火光熠熠，燃尽千秋罪。土龟裂，无福无寿，万事休，冷冰洒落一地。帝高位重，无欢谑。妃美得怜，有余祸。公卿风流，无始终，昏烟绕绕，袭前世华光。红烛红，无因无缘，千簌泪水飘若潺湲。石若玉光，登楼堂。
>
> 月如玉盘，百果香。竹似锦鞭，罚苑囿。铃铛清脆，引过往痴醉。难离别，生生不智，错把果拿，石成挚。金成朽，松干涸，玉湖成汤，火于渊，土丘洒芷花。玉有光，道无常，月与花逢，花有霜，冬竹空心肠。念旧人，等今宵，饮陈酒，别于云海中。望后来，等离人，食枯草，难把天边忘。

……"

鹅女问："我们还能回天界吗？"

木由术微微地笑着："你愿意，可以回到天界去，你的身体不好，在冥界早晚丢了性命，你回到天界我会更放心一些……"

鹅女闪着泪光："我不想离开你，没有你的护佑，我形单影只，我很怕。既然谁都没有拿到《界度全章》，是不是就没有罪过了？"

木由术低垂下眼睑，轻轻地叹了口气，好似自言自语地说道：“我们没有拿到，不证明别人拿不到……”

30

水声滴答滴答地响着，掉在黑湿的古旧的岩壁上，阴冷昏暗的环境里，鹅女终日呼吸不畅干咳不止，似乎穿上多少衣衫都不足以保暖，听着滴答的冷水声，本来平静的鹅女也心生了烦恼。

木由术终日在吸烟，形如枯槁，显得让人心疼。但他又是不可人心疼的，他又变得忧郁了，这似乎和他离开了神道有关。英俊且不会衰老的冥祖不理睬儿子的烦恼，更不用说他也不太喜欢的鹅女了，毕竟鹅女没有给他带来什么切实的利益。在利与爱的关系当中，多少凡夫放弃了爱，神也不例外。

冥祖津津有味地吃着仙草，也不忘记和木由术商议着他的打算，他们知道鹅女忠诚，也就不对她有所保留。冥祖说道：“如果说上次的战争是有缘由的，为了你的母亲和我的尊严，这次的战争就是没有硝烟的，不为了任何人，而仅仅为了我们有栖身之所。我明日要去神仙山，找老道仙，问他一百年后的前程和斩魂剑的归属。你随我同去，鹅女就不要去了，你抓紧时间把米酒酿出来吧。困了，我先歇了，你们也早些睡吧。”

鹅女根本睡不着，冰冷的玉床渗透出寒气变成水珠，木由术有一半冥祖的血液，他虽然不舒服但也不至于不适应。鹅女是仙体，根本无法忍受这样潮湿的地方，她的神经开始紧绷，意识渐渐模糊，在这里看不见太阳光，每天用火光和玉光来照亮。鹅女抓住木由术的手，木由术猛然哆嗦了一下，转过身：“你是不是睡不着？如果是，我就回去睡，这样你可以安静点。”鹅女已经没有力气点头，不久就昏睡过去。

睡梦中，鹅女看见一个白衣白袍的男人，向她微笑。那男人的背后有一团暖暖的光，他没有说话只是微微地笑了。鹅女猛然从睡梦中惊醒，大声地叫道：“白神!”待她真正从梦中解脱的时候，她的心都要裂了，很痛。她知道是在做梦，因为白神已经永远地离开了她。鹅女支撑着越来越重的身体勉强起身，才发现木由术早已和冥祖出发去了神仙山。

冥界的生灵大多数是没有住所的，他们全部集中在黑压压的空隙当中，没有食物和水，多年以来就只是冥祖靠着掠夺给他们争取来食物和水，他们对冥祖的恩德就只等战争一爆发拼死回报。

新的一天开始了。天界歌舞升平，众神逍遥自在，像往昔一样。黑暗的冥界没有任何神来关注和关心，他们就像永远驻扎在生与死边缘的恶鬼一样，没有任何出路。

腐败的食物鹅女难以下咽，她忍受不了这样的生活。有一天，她独自走到冥祖寝宫后面的酿酒坊，闻到一股扑鼻的香气，她似乎又找回了原来做仙女时的感觉。

她把身子微微前倾，闻着扑鼻而来的香气，实在是饥渴难耐就毫不犹豫地喝了坛中的米酒，她睡着了，睡了一个来到冥界之后最好的觉。

待到她醒来的时候，木由术已经回来。她看着木由术，不好意思地说：“我喝了父亲的米酒居然睡着了。”木由术说：“那米酒是医治病痛用的，不是随便就能喝的。我平时都不敢喝上一口。”说完他笑了，并没有真正责备鹅女。木由术从自己的衣兜里拿出一束小花，给鹅女，鹅女很高兴。木由术说道：“天界什么都好，好的不得了，有花有草还有树，有衣有食还有酒，就是没有我们的位子。”说完后就独自走过厅堂，到自己的屋中去了。

31

冥界有个巫医，她是个没有子嗣的老人，满脸褶皱，有着被肮脏的东西腐化了的贪婪眼神。冥祖有命令不准任何人到她那里去看病，有病的人，只要是通过木由术就可以得到冥祖给的一盏米酒，喝过后病可痊愈。可是由于最近没有米的来源，酒是越酿越少，米酒糟都被分发下去，真正能得到冥祖赏赐一盏酒的冥灵也就是冥祖身边的人。

气候越来越坏，这些冥灵就只能够去找巫医来看病。巫医给他们念咒，他们就可以暂时缓解痛苦。给巫医的回报，就是最为干净的水。这天，鹅女和木由术一起在冥灵聚集的地方给无家可归的冥灵发放食物。

木由术不注意的时候，巫医凑近了鹅女，悄悄地对她说：“你的男人变了心，你还在给他卖命，真是可悲啊。”鹅女手中拿的食物一下子掉落在地上。鹅女上气不接下气，质问道：“你是谁，你凭什么这样说?”巫医阴险地笑道：“你今晚去，看看你的男人不去你的寝宫在做些什么?!”

鹅女听信了巫医的话，急急忙忙回到了寝宫，待到晚间她从回廊来到木由术的窗下，见到昏暗的房间内有一片红光。她惊愕地看着眼前的这一幕，不知如何是好，但理智告诉她，要仔细看清楚一切再做决定。那片红光中出现了一个女人，这女人在舞蹈，那不是别人正是灼邑。

窗外的抽泣声惊动了凝神观舞的木由术，木由术赶快收起那颗发光的宝石。顿时屋内一片漆黑。伤心的鹅女退后了几步，踉跄地回到了房内。许久，她也不见木由术来找她。到了第二天仍旧没有来。他俩就这样僵持着，等待着对方。许多年以后，鹅女问起木由术那晚为何不来见她。木由术哭着说道："我怕我伤了你的心，我不敢去。"

鹅女通过一些素不相识的冥灵找到了巫医。巫医告诉她这宝石是天界的禁物，这世界上只有三颗。一颗在云水国的天界宝库中，一颗现在木由术手上，还有一颗在她的手上，是她帮助那些想要占卜的冥灵办事情用的。这颗宝石是那些痴男怨女的真心化成的，很是灵光。巫医一生孤独，害怕死后无人继承她修炼的一切，她劝说鹅女离开木由术，来做她继承者，离开男欢女爱的俗世。她貌似诚恳的诉说激怒了鹅女。

鹅女说道："我受惯了苦，不想做什么巫婆。我不是佛，现在也不是仙，我的心里只有我的木由术。"说完转身就要走。

巫医说道："你看这是谁?!"那宝石的红光又一次出现在了鹅女的面前，这一次，她从宝石的红光中看到的是白神。她愣住了。不由自主地伸出手去触摸。不想那光猝然消失了。

鹅女说道："这是骗人的，根本就是幻觉，白神已经死了，而且灵魂也散落了，根本就不可能看到他。你在骗我。"

巫医笑了："哈哈！你太简单了！神的灵魂是不会消失的，只要还有一个人的心里有他，他的灵魂就不会消失。"

鹅女苦心经营的爱情似乎到此告一段落。

木由术深深地疼爱着鹅女，这种疼爱来源不知，他也没有对她厌倦，仅仅是在鹅女心中他的地位太高了，他不想打破这种地位给他带来的尊严，也更不想因此而给自己增加无形的束缚。所以他在鹅女面前有些不随意和拘束。

日子过去了近一个月了，木由术终于到鹅女这里来了。他不能表现出任何的愧疚之心，还强装着可恶的尊严，这回他没有想到前情的可贵啊。

鹅女背对着他默默地流泪，木由术心中酸楚。他说道：“鹅女，我不该这样做，我知道你一直很爱我，我也是爱你的。都是我不好，我的心里只有你。让你受苦了，如果你愿意，我带你到神仙山去逛逛吧。那里的空气很好，对你的身体有利。如果你不愿意去，我把宝石交给你，再也不拿回去了，我的一切都是你的，我不想失去你，我在这世上没有别的了，只有你对我最真心了。不要哭了，我不想让你伤心，你不要哭，不要哭。”说着，木由术也跟着掉起了眼泪。鹅女被木由术紧紧地抱在怀里，他们拥吻着，说着似醉非醉的话，这样他们终于在冥界这个不见天日的地方看见了一线光。

巫医到处蛊惑人心的事情被木由术知道，鹅女很诚实地告诉木由术她也曾经去过巫医那里。木由术气上心头，狠狠地训斥了鹅女。

冥祖知道后说：“鹅女啊，就是头脑太简单了，我若告诉她——”冥祖看了看木由术的脸色就犹豫了，可是他怎会顾忌儿子的脸色，他接着说道：“这个巫医，我一直想要处置她，看她年事已高，就没有动手。鹅女如果越陷越深就没有办法抽离，将来定会随着已死的灵魂而去。”

鹅女抽泣着说：“那影子如同真的。”

木由术说道：“你懂什么，你做仙姑的时候，帝母没有教过你吗？无论出现什么事情，都不可以去找巫医占卜，巫医能知道什么，巫医能大过天道轮回吗?！你连这规矩都忘记啦！”

鹅女受到了这样的待遇，很苦闷，她不知道为什么她这样的爱一个人却得不到他的理解，她终于明白，两个人在一起，爱是次要的，最重要的是规矩，那一成不变的规矩。她流着眼泪离开了厅堂，回到了房里。

木由术对父亲冥祖说道："她没事的，她不能带头去巫医那里看病，尽管我知道她病得不轻，我去看了御医，御医说鹅女本是没有度化好的仙体，她不能生育。"

冥祖听了后抖开衣袖，说道："那不正好，把她送给金玉吕去，你就解脱啦，她也就解脱了，做过仙姑怎么能回头再做冥灵！况且我还真的需要孝子贤孙呢，不能因为她不能生育，就破坏了我唯一的梦。再说，这样也好，我们就没有什么对不起她的了。她留在这里郁郁寡欢，我心里也难过。我们没有必要养她一生一世。老道仙说的话不要当成儿戏，天界已经一千年没有过水灾了，这一回恐怕连我也逃不掉了。生在冥界死在冥界是我的诺言，可你不同，你有一半仙人的骨血，你要把它传承下去。只要你心里有我这个父亲，我已满足了。"

看到冥祖转身离去，木由术才悄悄地来到鹅女的住处，看着她独自一人在收拾衣物，木由术的眼睛湿润了，他明白，违心地做事才能够在这纷繁复杂的仙道生存。

木由术是要鹅女恨他，永远不再见他，他的大事才可能办成，这一点他和冥祖的心里都有数。他们要为自己的将来做打算，冥界已经不是慈悲善施能够度化的了。

鹅女忍受不了没有木由术的日子，她不敢说已失宠，只能说她太笨，不知道迎合随顺，但她最终还是不明白木由术为何疏远了她。

她终于又一次到了冥祖的酒坊偷喝了那珍贵的米酒，因为只有这样她的心才可以平静，可以透过气来。

32

巫医一次又一次用白神的灵魂诱惑着鹅女，她告诉鹅女只要能偷来米酒给她喝，她就让鹅女在每夜梦中都能见到白神。鹅女瑟缩着答应了她，并且开始了真正的令所有冥官都厌恶的偷窃历程。

每日清晨，鹅女醒来在冥官们都没有出现的时候，她拿上自己的杯盏从回廊走出冥宫。看样子是出去了，可她从后宫仆人专用的小门再次回到自己的住处，然后就不会有人来给她送茶，这样她就可以在不酿酒的时间去冥祖的禁地，取回一盏酒。在午后冥界气温开始下降的时候，她小心翼翼地带上自己的战利品，偷偷地来到巫医那里，把酒交给她，自己便可以利用巫医的法术看到白神。

巫医能喝到冥宫里的米酒法力日益上升，逐渐成魔，连木由术和冥祖都不放在眼里。冥祖对这件事情心中狐疑，他想：如果我是这个冥界最为清醒的人能抵抗这里的恶劣环境，全靠的是那米酒，那么巫医都已经寿数近百，她怎能这样公然与我对抗呢？他“哼”了一声，不由想到：“那个鹅女的老毛病又犯了，偷了我的米酒。”事情被冥祖知道，也就意味着鹅女的命运要有所转变了。

冥灵受到了魔鬼巫医的鼓动全部回想起了冤屈的前世，都要返回天界去复仇，天帝金殇警告冥祖要他在三日之内平息冥界的叛乱，可是冥祖已经没有任何办法，冥界的生灵全靠归心术控制，一旦他们清醒，任何的咒语都没有作用了。冥祖焦急中想到了一个人，那人便是鹤王，可是他与鹤王已经多年没有过来往了，只有鹤王的紫香能够让冥界的冥灵再次昏睡，忘记前缘。除此之外，就是用火烧死他们或是用水把他们永远封住。只是恐怕灼邑的火焰烧死不了那么多的冥灵，天河之水也无法淹没那么重的怨气。为何事情总是这样的突然，难道我们没有做善事，我们没有把握好自己的行为？不是的，只是因为业缘太多太深了，已经无法解开，纠缠不清。

鹤王听到了这个消息后说道："冥灵是你们冥界的事，与我不相干，我在没有粮食的时候给我的鹤子鹤孙喝我的血液，我的一身单衣穿了近百年怎么没有谁来问问我是否温暖，没有谁想到我是死是活？"

冥祖没有办法只能一条一条地答应魔鬼巫医的条件。把鹅女送给她做徒弟，这一条是冥祖死活没有答应的，他心里明白，鹅女心地纯善，如果被巫医引导，将来定是谁也制服不了的祸害，他不能害鹅女更不能害了天界众生。他写了封信给金玉吕的妃子客仙女，为的就是让鹅女永远离开冥界。

33

自从有了天道的争端后，许多的仙女都收敛了身上的专横和跋扈。只有一个仙女依仗着父亲的权势对自己的阴谋信心十足，并不把神众们放在眼里。无论是做事还是说话，她都学着灼邑的样子，不留余地。她这样做已经不是单纯为了让别人注意她那么简单，而是从中得到信任，让神众以为她现在强大了，让更多的神众信任她，帮助她，以便以后神众为她行更多的方便。这就是客仙女。

客将军威胁金玉吕，不迎娶客仙女就将劝诱三王子金羽嗟去神仙山修道以及杀死帝妃白羽的实情告诉天帝金殇。金玉吕只好迎娶了被囚禁的客仙女。

客仙女的出身和鹅女是差不多的，只不过客仙女有个可以依靠的父亲客将军而鹅女却没有。在众多的争端之中，只有这一条是她能够保身的条件。客仙女嫁给了金玉吕，她并不开心。

没有金玉吕的爱就像失去了一切，她对金玉吕说的话唯命是从，无条件地接受，尽管如此金玉吕仍旧不太愿意和她说话，好像话都咽到了肚子里去了，或者是和别的女子说了。金玉吕了解她是怎样的一个女子。

天界分发俸禄，金玉吕的宫殿里堆着很多的布匹和衣服，金玉吕无精打采地看着侍女们在整理，忽然他看见了一套红色的纱衣，就不由自主地走了过去，对客仙女说道："你穿上，我看看。"客仙女高兴地流出泪来，她赶忙把纱衣穿上，在金玉吕面前转了个圈，含笑问："好看吗？你可满意？"金玉吕说："我不满意，你脱下来吧。"说完就低下头默默地走开了。

"不是谁都能够解释我的心，我想要什么只有我心里知道，你们都下去吧，我很累，不要打搅我，我的丹药用完了，你们谁可以去鹤王那里给我找来些紫香，让我能安安稳稳地睡上一觉？我已经很久没有睡过了，很痛苦。看舞蹈，听歌曲，甚至是吃最好的紫檀珠我都无法安稳地睡觉。都是你们搞的！为什么每天的生活仅仅是这样？想知道我的后来是如何的，是什么样子，或许能比现在更好些，你们有谁知道？"

金玉吕是骄傲的，他的不满就是母亲的出身使他不能承袭天帝金殇的位置。有这么一天鹅女对金玉吕说过一段话："你要不是神该有多好，我就可以大大方方地说我很欣赏你的美，你的一切。可正是因为你是神，是王，这些话我就不敢说，也根本就不能够说，因为会被别人取笑。你的优点很多，你是神就更显得完美，如果你有平常的心，没有权欲的心，你就是这宇宙中最为完美的神，但是神要准许自己有缺陷……”

想起这些，金玉吕不禁咧嘴笑出了声音：我到底有一颗怎样的心啊？为何这么多年神的生涯却滋生了我的骄傲和嗔恨？我定不会成佛，我的私心太多、欲望太多，放不下的净是些细枝末节。如果我再经历一次生死的考验，或许还能回想起自己想要什么、痛恨什么。

他无端的猜忌和古怪的发怒，客仙女能够了解，因为客仙女知道，鹅女在金玉吕心中是有位置的，因为鹅女的美丽和卑微，鹅女是他的心能够得到真正肯定的地方。

在众多的宫中侍女中，客仙女是幸运的。左右逢源的性格是她的优势，逢迎和顺从是必要的。她逢迎相同等级的神官得到同盟，她顺从地位高的神官得到信任和利益。冥祖要顺理成章地把鹅女遣回天界，需要她的帮助，她乐此不疲。

她有了这样一个主意，既能把鹅女要回来，又不让金玉吕丢失颜面。客仙女每年都会给报信童子金子，报信童子就会把第一手的消息告诉她。她知道了鹅女已经失宠，而且木由术经常会去神仙山修道。

看来鹅女的命运就要掌握在她的手上了。

鹅女收到了报信童子给她的信件，是客仙女命令报信童子给她的，鹅女收到信的时候很是感激，她已经忘记了客仙女对她的刁难和种种不好。拆开信，她看到的不是客仙女的字迹而是金玉吕的短诗：

烟花暖手旧心寒，风筝异断伊人怨。

此情此景成残烟，何时何地能相见。

吕音低吟律无横，相见时是月宫寅。

金玉吕这封信让鹅女没有办法控制情绪，她拿起笔草草地写了回信：

茉莉有白昙花紫，水滴成曲风在驰。
海棠树直兰花现，山涧土青桃花面。
风筝已断残情旧，孤雁凋敝入君怀。

报信童子拿到回信就立即离开了。

鹅女想金玉吕给她的信要客仙女转送，应该是为了掩人耳目，躲开木由术。她在寒冷的月宫感受了金玉吕的爱。同样的信使，不同的信件，同样的情感，不同的男子。鹅女悲切地想她理应受到木由术永远的惩罚。月宫的相见结束后，鹅女把灵魂永远地封锁在木由术给她的仅有的美好回忆中，从此不再对谁敞开心扉。

鹅女是需要精心呵护的女子，谁与她的相处都会感觉到身心疲惫。她对过去的经历和身世的卑微经常感到怨恨自责。她受冲动的蒙蔽在月宫和金玉吕私会后，自责的心理就更加严重。她认为自己唯一可以自豪的对木由术的忠诚已经被金玉吕带走。她恨不得结束生命，但是她清醒地认识到心中白神的灵魂不断在提示她，要坚定地走到最后一天。谁说权位和爱情不是生命的表象，谁又能够将幸福和快乐的感受延续？痛苦是生命的主体，烦恼是一生的主题。大概只能将烦恼痛苦用幸福的期望压制。鹅女这样想着。金玉吕在月宫拥着鹅女的那一刻说了一些让鹅女痛苦不堪的话。

他说："鹅女，你的红袍子都旧了，回来我给你一件新的，你的脸庞也不像从前那样美丽了。我知道你想要平凡的生活。如果我不是王子，我会给你平凡的生活，木由术给了你平凡的生活，但是他不平凡。他做的是我想的，他想的是我做的。我们两人的外在和内心错位了。"

金玉吕说完这段话，微微地仰起头。鹅女看到了他的眼泪。

金玉吕看着鹅女的眼睛继续说道：“可怜的鹅女，多希望你是我的妹妹，那样我就可以顺理成章地永远照顾你，不被怀疑和误会。你也就不用再穿旧袍子，你可以有云水的倔强，灼邑的热情，甚至有客仙女的刁蛮。你的卑微是没有爱造成的，不要认为木由术不爱你，就算全世界都不爱你，至少我会牵挂你。这是我要对你说的真心话。想想我的一生还从来没有如此真心过。”但是他犹豫了一下，眼神很快变得冷峻不可亲近：“那么好吧，鹅女，告诉我符文该怎样认读。我会给你你想要的一切，我会想尽一切办法给你地位和荣耀。让天界的每个神都尊重你，你只要告诉我怎样认读符文，你将来就会是云水国的主人。但是你先要让我成为这天界的主人。”

金玉吕用犀利的目光注视着鹅女，咄咄逼人，鹅女听完他的话心灰意冷，她不仅丢失了甘泉也丢失了水源。她想起了观音娘娘的慈悲，观音阁的清净，贡香的香气，佛缘的珍贵。她似乎顿时就明白了许多。她推开身边的金玉吕，疾步离开月宫。金玉吕高声说道：“鹅女，六王爷木由术并不爱你，只是因为可怜你，也是因为你识得符文，他和我没有什么不同。”

鹅女停住了脚步。回头轻蔑地对金玉吕说：“我知道，我错了。所以我不会错上加错。”

金玉吕疯狂地对她喊道：“鹅女，我不希望你再穿旧袍子，你不接受我的条件，你会后悔的！现在你没有退路，你已经给了我，你再也回不去了。你不让步，你就永远是天界最可悲的孤魂。你会后悔的！”

鹅女哭出了声音，哽咽着对金玉吕说道：“我不会后悔，你不会得逞的！”

34

月宫的一次幽会彻底打破了鹅女平静的生活，她无法忘记金玉吕那双忧虑的眼睛和那浑然的思绪。月宫的娘娘认识鹅女有许多年了，她给鹅女讲了一个故事：从前，有位将军在一望无际的海洋之心的枯城里藏匿了许多的兵器，就等时机一到将昏君铲除。将军的妻子并不知道他总是去海洋之心做什么。王知道了这件事情就用了一个计策，收买将军妻子信任的神官去告诉将军妻子一个假的消息，那消息就是：将军在海洋之心藏匿了一个绝色的美女，每日到她那里与之享乐。将军的妻子被骗后就给将军的酒中放入了毒蛇胆汁，王没费吹灰之力就把将军杀死了。

鹅女听后明白了月宫娘娘的意思，但是现在悔过已是来不及了。她饮米酒成瘾，她忍受不了木由术的疏远和负心。她一直蒙在鼓里，不知道为何木由术对她不理不睬，她不会怨天尤人，她只会怨恨自己，把自己当成唯一的敌人来对待。

鹅女终于又去找已经成魔的巫医，白神在一个雨夜再次通过宝石幻化，回到鹅女身边。尽管那不是真的，却给了无限自责痛悔的鹅女的心灵短暂的安慰。

鹅女懂得了天道中的人人事事，鹅女是真的该报仇了，但是她只对自己下手，她想要改变自己，改变是她唯一的希望和计谋。可这一切也要有个能为她做主的人来帮她实现，这个人根本就是不存在的。

鹅女知道的事情对她是不利的，知道了生活的苦涩是一件残忍的事情，每个神的使命终将结束，鹅女并不愿意带着怨恨和悔过继续对某个神报以终身的崇拜甚至是无条件的爱。

月宫娘娘引导她来到海洋之心。鹅女看见了传说中将军藏匿的大量的兵器铠甲和盾牌。正像月宫娘娘说的那样，那位将军并没有藏匿女色而是在自己的心中藏匿着一个巨大的计划。月宫娘娘说，那个将军就是白神的前身。那个受王欺骗了的将军妻子化成了悔恨的泪水，永远流淌在了海洋之心。

木由术把鹅女叫到身边，对她温和地说道："鹅女，我们的缘分是不是到了尽头了？我是爱你的，你应该把事情都告诉我并且永远不去做对不起我的事情。对吗？"他拿着报信童子传递的情诗，问道："这是什么意思？鹅女。"木由术沉默了片刻："你去见金玉吕了，对不对？"说着木由术转过身子背对着鹅女，并不想让鹅女看见他严厉的表情。

鹅女心情烦乱地对木由术说道："要不是因为你变心，要不是因为你冷落我，要不是因为你心里一直有灼邑，我根本就不会这样做的。我是负了你，但我没有负你的心。"

木由术不想听鹅女吱吱呜呜地哭下去，就派人把她看管起来，用原来的态度对待她。他们互不原谅。鹅女只想把白神的灵魂放归海洋之心，只有这样才是永远的解脱，才可能有平静的生活。错过了这次机会，不知道是否又要等上一千年。木由术见她如此固执就没有再抱什么希望了，他已经付出了认为应该付出的一切，他决定要以一定的方式收回对鹅女的感情。

金玉吕知道这些后满心欢喜，想到事情已经成功了一半了，实则他却被客仙女和冥祖握在手里。在这一局的较量中，他以为已经胜利，就派人去找木由术，对他说："鹅女已经是我的，对你已经没有任何的留恋，你不如顺水推舟将她还给天界。这样我们两家都省得再为她担心，什么魔鬼巫医我来帮你把她处理吧。"

木由术说道："金玉吕，你太简单了，鹅女的心是我的，你带走了人又有何用。不如我们两个人交换吧，你把灼邑给我，我再把鹅女还给你?"金玉吕气得两手发抖，终于和木由术动起手来，木由术从来没有和金玉吕动过手。

冥界大乱，唯一能够安抚他们的就是那鹤王的紫香。

35

鹅女不愿受到木由术和金玉吕的摆布，她唯一的出路就是相信月宫娘娘的话，只要她能够到海洋之心去，把白神的灵魂还给大海，她就可以解脱，并且还可以对未来有更美好的憧憬，离开天界做普通人的愿望就能够实现。

木由术不得不听从了父亲冥祖的决定，冥祖说道："冥灵众生越来越多，可我们能用的粮食却越来越少，金玉吕教唆金子素克扣应该给予我们的粮食和俸禄，是想把我们逼上绝路，让冥界内部爆发争端。不如把鹅女交给金玉吕，再让金玉吕去和鹤王周旋得来紫香。"

木由术在厅堂内踱步很久，说道："父亲，金玉吕把鹅女要回去肯定有他的想法，您相信金玉吕对鹅女的情意吗?"

冥祖说道："不相信。"

木由术看着手里的玉壶："那您觉得他是为了什么?"

冥祖愁眉不展地说道："他是为了那符文，只有鹅女才懂得的符文。"

木由术说道："既然是如此，那就说明，鹅女根本就不是我冥界的人，她的心早晚会离开我的。"

冥祖起身说道："冥灵的事情也是神道的事情，为何就这样被他们天界排斥，你只有一半的冥灵血统，你还不能完全理解我们的痛苦。就像鹅女一样并不把这里当成家，也不把我当成亲人，或许她仍旧留恋着那过去的生活吧，留恋着过去的人吧。但是我想金玉吕的计划会落空的，鹅女根本就不会告诉他符文的认法。鹅女是单纯，但是单纯的人都有执著的信仰，她不会说出符文的认法，她无法承担那样的后果。况且，她心中还有观音的教诲，不会丧失理智。你放心，她的苦快受完了，而你呢，还有很多路要走。"

木由术看着冥祖消瘦苍白的样子，有一种说不出的痛苦，冥灵的冷血让所有的神众望而却步，他们的冷静和清醒让有情的神感到痛苦。金玉吕想带走鹅女是为了符文，最终得到整个天界的权力。木由术想：在粮食和灭族这两者中要找到一个权衡的办法，就是舍弃鹅女。

"你不要不忍，缘分尽不了，要是还想着她，就说明你还爱着她。"冥祖痛苦地扶着唯一的儿子的肩膀说着。对于父亲的决定木由术只能答应。

36

天界的冬天并不萧条，所有的玉竹和美松仍旧有着蓬勃生机，放眼望去依旧是满眼的青绿，看不出任何的变化，唯一与春夏秋不同的地方就是所有的花都不开放了。宫殿的金壁上有着多少年不动声色的争斗与执著。

木由术来到了鹅女的住处，把她搂在怀里，悄悄地对她说："你爱我吗？"鹅女反复地说着一句话："我爱你，爱你，但我不知道如何表达，怎么做。如果我是你的，你就让我去为你死。我有件事情要告诉你，这是我不得不说的，我现在快死了，被贪心和欲望折磨死。我能够感受到白神的灵魂，他的灵魂就在我的心中，我要把他的灵魂送回到海洋之心，我才能够解脱，最终选择生与死的结果。木由术，我做了对不起你的事情，因为我的贪心，金玉吕给了我一件红色的纱衣，我在玉竹林的时候他也经常给我纱衣来穿。其实在我等你回天界的那几年中，他对我的照顾很多。”

木由术终于气恼地说出了口：“你真的爱他了，还是把感情当作儿戏？如果你是我的，就不应该离开我，如果不是为了那些无辜的冥灵，我宁可你死，也不让你去金玉吕那里。我爱你，疏远你，不代表我心里就没有你。我心里的话太多，不知从何说起，等到一切平静了，我们会过平凡的生活，你不相信我就回天界去。你恨我，我无能为力。分开或许是注定的，我并不想牵累你。回去吧，我的鹅女。”

木由术走了，门都没有关就走了。或许在木由术的想象中鹅女会去追他，可是鹅女没有挪动一步，只是那艰难的感情之心跟着木由术走了。

将白神的灵魂送回海洋之心是鹅女认为的最重要的事情。

心是一种奇怪的东西，到处惹尘埃。鹅女没有哭而是默默地等待着命运的光临。

在鹅女离开冥界的那天，天界的侍女和几位金将偷偷接应。天气特别不好，狂风肆虐，雷声隆隆，鹅女看着遥远的天际不禁流下了泪，到底哪里才是她的家，哪里才有疼爱她的人。

把前世记得的符文全都忘记才好呢，这时她又听见白玉云的声音：“带我回到海洋之心，忘记是唯一的出路。眼泪哭干了，还有血液，只有忘记才能重新看清楚美好的世间。男子的权欲，是你的真情不能取代的。”

37

重重灾难过去，天帝金殇松了口气。他希望一如从前，毕竟以前的事情总要有个了断，目前的一切却不容忽视。

金子素继承帝位，没有遭到明显公开的反对和议论。金玉吕心中有所不平，在筋疲力尽的争斗后，他平静了许多，他的野心暂时偃旗息鼓，但并不意味着金玉吕彻底放弃了对帝位的争取。

天帝金殇说：“我统治天界整整百年，今天我要将帝位交给我的长子金子素，而我要归西到观音属地，再不回来。”

金子素登基，朝堂上的场面热烈欢愉，不论是真是假，这时大家都表现出来对金子素的无限敬畏与恭贺。金玉吕的脸色有些变化，而且手开始微微发抖，神官们都注意到他脸色的变化，侍者阿错从座椅后头悄悄溜到金玉吕的身边：“玉王，您没事吧？是不是身体不舒服？”一阵狂风吹过黄金的殿堂，金玉吕感觉不对，心中充满惊恐。

金玉吕上前一步：“父王，帝母，恭贺大哥承袭帝位，今后我会尽全力辅佐，让天帝永享神仙福祉。我在所管理的属地恢复了选官制度，今天考试结束，我要做最终的决定。”金玉吕的侍者阿错见状，赶快跪倒在地：“天帝，帝母，这次的题目是——圣与生。为了保证天界永享太平，集纳可用之人是有必要的。请天帝、帝母恩准。”

帝母看出了灼邑和客仙女也有要离开的意思，就赶快说道：“去考场监督有金玉吕和阿错就够了，举荐官员的事情有那么重要吗？

灼邑你不能走，一会儿歌舞开始，你还要带领大家跳第一支舞。其他神官都不要离开。”

金玉吕和阿错趁机离开了朝堂。神众的心思都没有在庆祝宴会上，每位神官都心事重重地等待着庆祝宴会结束。

38

车辇到达玉王属地，金玉吕匆忙赶往考场，不出所料考官都在休息，没有重视这次考试。神官们战战兢兢走过来，没等金玉吕开口就抢先说道：“玉王，自从您颁布考试消息后，直至今日只有一人来报名，这里的仙众都说，神官都是天生的血统，与我们这些小仙无关。”

金玉吕听后，无奈地嘟囔了一句：“准是神官们没按照指示把考试的消息发放到各个地方去，拿我说的话不当回事。”阿错听后说道：“您不要怪他们，自您管理此地的大小事务以后，小仙才有衣有食，我估计识字的都找不到几个，哪会来考试？您还是去看看那个能来考试的书生，到底是怎么回事。”金玉吕听后觉得很有道理。

待金玉吕见到那书生时，不由得心生羡慕，金玉吕从没有羡慕过任何神官，他的地位，他的学识，他的长相，无疑在众神中都是出类拔萃的，他没有羡慕的必要。这次不同，他在考场外仔细端详这个俊朗书生，他的身高不次于金玉吕，凤眼低垂，剑眉浓密，肤质白皙，斯文有礼。看书生的坐姿和拿笔的姿势就知道这是个经常伏案苦读的人，身上没有矫揉造作，没有庸俗。侍者阿错说道：“时间差不多了，玉王，让这书生交卷吧。”金玉吕回过神，示意考官收卷。

那书生写的正楷工整清秀，落款谦虚谨慎。考试的题目是金玉吕拟定的，他的心目中没有人能回答好这样一个模糊的题目——圣与生。金玉吕的初衷是想考察民间的小仙对整个天界了解到什么地步。他知道现在天界并不太平，想从书生的答卷中找到答案。

事情没有像金玉吕想象的那样顺利。神官们觉得金玉吕是胡闹，根本就没把这个消息发布到各地，他们知道金玉吕的真实想法，怕招来是非，躲之唯恐不及。

天界的没有神位的仙人们知道，金玉吕不是天帝长子，不久的将来，天界定还是帝母伍素的儿子大王子金子素来掌管。金玉吕这些动作无非是在讨好天帝金殇，想要受到天帝的重视。况且神位是有数的，神仙是靠血统的，与这些小仙无关。根深蒂固的血统观念阻碍着小仙们对改变命运的尝试，他们不想改变，生怕平地起波澜。

考官呈上来佟钰的考卷，寥寥数百字，金玉吕走到书案旁仔细地阅读。

祖善歌舞，通音律，华美恭礼。王赐美服华宅，金银琉璃，土地仆从。吾祖卒，全家败破，衣褴褛，食需觅。六岁习艺，能读书，仰慕博学之人，渴慕读书之志。无钱入学，心余力乏。只得苦读家父留与乐艺。自学舞蹈，精通乐理，独善丝竹，以此为生，奉养家母。年过三十，老母故去，无牵无挂，踟蹰应考，不知错对。全然是错，为生之机运，若果是对，全归命数。此次应试，好似情牵，不可不为。独处乡中，思绪渺茫。不孤寂，不慌张，时常厌世。腹腔积血，有待喷薄。总感力从地起贯彻全身，妄想头顶天，脚踩地，身能通荒原，思能控乾坤。言能吐真知，文能书众苦，行能如善识，意可与天合。生不圣，有圣心。与圣隔，思圣行。生之圣者，无圣心，虽与圣邻，行相去。生之一处，圣者颇多。不生一处，圣庸参差。圣与生，生于一处，有为者多如丝雨，无为者均沾雨露。不生一处，有为者多有宗属，无为者难转凡成圣，衍生无为。今，圣与生如天定，越界如洪风袭地，卷千丈惊涛，终被缚于刑罪。圣与生如若平常，无有界度无越界之说，有如骄阳光照万顷，终见祥和。圣者不思生者，生者斥圣者，二者不相容，五界不相通。愿转生为圣，施与平生所学，历经千辛万苦，终不悔矣。上对皇天下誓故土，不为富足为平生。

金玉吕将佟钰留在了自己的府邸。

39

这世界上的大多数生灵都在逃避着什么，比如责任，或是痛苦。一切就好像是大路上的石头一样，躲开了这块，还有下一块在等待着绊倒某位高贵的或是平庸的神。只要想躲开，石头就不断地出现，果真如此。

金玉吕站在天界的至高点，眯着眼睛看落日余晖，小心翼翼又不失风趣地问佟钰：“你看天边，有什么?”说完笑了起来。金玉吕知道，这个不知调侃和逗趣的佟钰回答不出来。

佟钰明明只是看到一片红色的余晖。

金玉吕接着说道：“看到美好的女子没有?”

佟钰微笑着答道：“没有。”顺着金玉吕手指的方向，佟钰看见了穿着件破旧红袍的瘦弱女子在担水。佟钰从神众那里了解到，不要去理那个穿红袍子的女子，不要对任何人提起这个女子，她会给男人带来厄运。佟钰勉强地微笑着说道："我不认得她。"

金玉吕叹息道："肯定有神众对你讲了什么，对吧？她是好女子，木由术的妻子。算了，离开吧。"可是金玉吕又舍不得离开，还是站在高处，没有思索地挥了挥衣袖，那穿红袍子的苦命女子鹅女刚刚从山崖下打上来的满满两桶水就都洒落在地上。

佟钰气愤地问道："玉王，你这是干什么，她好不容易才打来的水，你怎么能这样做呢?!"

金玉吕简单地一笑，说道："直到鹅女接受我的帮助，我才会让她把两只装满水的桶提回家，这是木由术的嘱托，让她改嫁给我。"

说完，金玉吕不忍地瞥了一眼正在往他这个方向看的鹅女。佟钰呆呆地站在山顶，听过这样的话后，不知所措。金玉吕说道："走吧，别担心，我不是有心欺负她，为了她的将来，我只能这样做。好了，我们回府吧。"

在下山的路上，金玉吕假装轻松地说道："有件事情想交给你去做。"佟钰刚刚回过神，一听到金玉吕说话即刻清醒了，他知道，不思考那个穿破红袍子的鹅女对他有好处。

"什么事？"佟钰问道。

金玉吕捻了捻衣服上的流苏，说道："去杀个人。他私吞天界的土地和物资，去杀了他，况且他的东西我想要，你去想办法。事情办好后，把他的头，交到我的手中。你就会得到神位。"

佟钰惶恐地询问金玉吕："我来投奔你，是想通过努力，得到一个差事，证明我的能力，我不会去做恶事。"

金玉吕皱着眉头说道："我是指使你去杀死鹤王，但是我也能答应你给你神位，我给你的是捷径，靠你自己的努力，一切都只是泡影。你会因为今天的放弃而懊悔。看看山下的女子，她不接受我的怜悯和施舍去做该做的事情，就只能够是这个下场。佟钰，你永远记住，我此刻是你的朋友，但我仍旧是你的王，我有生杀予夺的权力，你必须考虑清楚，是在我的指导下走捷径，还是继续攀登没有尽头的成神之峰。你会发现一座山峰过去还会有另一座山峰等你，没有尽头，在天界你必须有个靠山，而我就是你的靠山，你放弃了我，我可以再找来许多个佟钰，而我放弃了你，你就不会再有机会。好好考虑吧，天色不早了，我们该下山了。”

下山的路上，金玉吕还是回头看了看水泉的方向，他不放心似的，叹了口气。佟钰木讷地想着刚才金玉吕对他说的话，急于找到脑中的词语把事情问清楚，他此时已经默认了命运的安排，他知道他没有选择的权力。

回到府邸，金玉吕交给佟钰一封信，说道：“去找冥界的木由术，他能帮你。”佟钰把信收好。佟钰印象中的鹤王神秘且冷血，神众非常恐惧，鹤王逼死了冤屈的云水姑娘，佟钰也曾听说。

佟钰明白，他根本就不是鹤王的对手，金玉吕让他去冥界联络木由术定是有其他的想法。佟钰不敢轻易地答应，但是为了能够证到他梦寐以求的神位，他也一定克服千难万险想出办法。

40

次日，佟钰起身，要到冥界送信给木由术。不论木由术能不能帮到他，待到东窗事发，就不是他一个人的罪孽了。金玉吕说，鹤王蔑视天界的法律，肆无忌惮随意杀害天界异己朝官，用各种手段聚敛资财，强占天界领土，不断侵扰边境。神众知鹤王抢夺和聚敛的资材定是已经流向了鹤族内部，总有一天会作为鹤族叛乱的资本。鹤族的叛乱不会因为天界的软弱退避而停止。

佟钰想与金玉吕道别，并向灼邑借金麒麟去冥界。金玉吕那日睡在客仙女的房里，没有人敢打扰。佟钰急等着去冥界，灼邑看出了佟钰有心事，就详细地问佟钰。佟钰只是说，金玉吕要他去冥界办事情，并未将实情和盘托出。灼邑看看客仙女屋子的方向，嗔怪地笑了，说道："玉王的意思是，让我把金麒麟给你用？他不来向我借，却让你来跟我讲这件事情？佟钰，你可知道冥界是什么地方，要走很长的路，没有我的金麒麟去不了，再说了，你有通关令吗？想去就去吗?！要是那样容易，那个鹅女不早就去了吗？"

灼邑问佟钰："金玉吕叫你到冥界干什么你可以不说，不过，我不会借给你金麒麟，你可以骑马去，虽然非常危险。你知道，掌管冥界关卡的是我的父亲火王吗？没有他的令牌，谁想出关就是谋反。"

佟钰呆呆地看着灼邑，他今天才明白，书中的道理都是讲给圣人听的，或是圣人自己听的，对于证得神位这件事情没有任何的帮助。他默默地转身要走，想改日见到金玉吕再另做打算。他拘谨地向灼邑行了礼就退下了。

灼邑看着佟钰的背影，深深地叹了口气，自言自语："又有一个无辜生命到了这是非之地了。"

佟钰走在街上，看着正在刷洗青石路的侍者们，心里空空荡荡的，此时他没有了主见，不知道该怎么做。他只知道一定要去杀了鹤王，这样才能让金玉吕认可他并证得神位。没有线索，没有过程，只有个"一定"，很可怕。

佟钰在街上走着，感觉到肚子饿，看到西边的店铺有卖点心的，当他正要拿手里仅有的钱去买点心时，看到了东边的书摊，金玉吕的侍者阿错正在码放那一本本不能用也不能吃的书籍。佟钰忍着饥饿，没有犹豫地迈向了卖书的阿错。阿错微笑着问："书生，要考功名?"佟钰摇摇头："我是书生，在金玉吕王爷家中做客。"侍者阿错继续说道："不知足?"佟钰默默地点了点头："不想寄人篱下，想过更好的生活，想证得神位。"侍者阿错笑起来，这笑没有戏谑嘲弄，只是让佟钰更加信任他。佟钰的眼神执著，侍者阿错明白他的心思。

阿错走进屋中，不多久就拿出一本书交给佟钰。佟钰翻开书看，是一本叫作《斩魂剑谱》的书。阿错捋着白胡须笑盈盈地说道："拿着它，去做你想做的事情吧。神仙也各有各的命运。好的吃食吸引不了你，看来你主意已定，到头来不要后悔。"佟钰向老者鞠了一躬。

金玉吕的贴身侍卫来到佟钰身边，告诉佟钰，让他带上信和那个穿红袍子的女子，鹅女就能够到冥界去。佟钰刚要问该怎么做的时候，侍卫已经扬长而去。

金玉吕伸了个懒腰，怏怏不快地从客仙女的房中出来：总是跟我谈条件，要到玉湖去！玉湖早就不是云水姑娘的地盘，现在是鹤王的。想到玉湖去，可见客仙女的心里还想着那块能够知道前世今生的姻缘石。去了玉湖也不见得能够找到，干脆用个别的宝贝哄她算了。

这时，金玉吕撞到了一个端着洗脸水的仆人。金玉吕正想得出神，突然被洒了一身的水，是金玉吕的侍者阿错。他笑着说道："玉王，佟钰来过，灼邑给拦住了，不借给他金麒麟，也不给通关令，我就让人给佟钰带上信和鹅女一同去冥界，我想应该行得通。"

金玉吕皱了皱眉头说道：“这事情做得不错，赶快给鹅女送件好点的衣服去，别让她寒酸，还有给佟钰些钱。”

侍者阿错说道：“好的。您吩咐的那本《斩魂剑谱》我已经给他了。”

金玉吕扬了扬眉毛说道：“好，好。”

灼邑歪着头看着金玉吕和侍者阿错，突然又转身离开了。金玉吕叫住灼邑：“你为什么一见我就躲开？”

灼邑笑着说道：“我没躲你，只是怕你算计我。”

金玉吕嗔怪地说道：“这么多年了，我算计你什么了？”

灼邑说道：“佟钰这可怜的书生都被你利用，我想我也会有这么一天。”灼邑转身离开了。

金玉吕呆呆地看着那株他和云水一同种下的墨兰，许久后，他对着墨兰说道：“我是王，纯粹的王，谁阻碍我，就是我的敌人。”

41

鹅女正对着镜子梳妆，听见屋外有脚步声，她起身，看见金玉吕的侍者阿错，拿着一件新衣和一些钱。鹅女看了侍者阿错一眼：“我，不会要金玉吕的东西，只要我活着，我就会回到冥界，找木由术。”

侍者阿错说道：“正是让你回去找木由术，你认得路，但是你要和一个人同去。今晚，你等他，带他走你熟悉的小路，那些冥灵都认得你，不会阻碍。衣服是御寒用的，钱是路费。没有其他意思。”说完侍者阿错放下东西离开。

灼邑和金玉吕的儿子小王子中午的时候给两株墨兰浇水，到晚间，两株墨兰都死掉了。金玉吕气得大发雷霆，灼邑啼哭，客仙女在一旁添油加醋，别人不敢言语。此间正是每年金子素向金玉吕索要贡品的时候，这个时节谁也不敢惹怒金玉吕，避免引来灾祸。

金玉吕发怒，吓得小王子尿了裤子，孩子不敢叫父亲，也不敢叫母亲，呆呆地看着两株枯萎的墨兰，径直走过去，用手轻轻地抚摸着它们的叶子说道："对不起，对不起，我不是故意的，我不知道，你会死，我拿来的水，是云水山的雪山泉，我舍不得喝，给你们喝，你们为什么会死？难道这水里有毒吗？"说完了哇哇大哭起来。

金玉吕听到四岁的儿子提起云水山，火冒三丈，灼邑怕金玉吕为了这两株花打自己的儿子，就赶快把孩子拉开。金玉吕终于没有发作，他明白，小孩子不知道阳光强烈时不能给兰花浇水。他情绪不好是因为其他的事情，不该迁怒孩子，金玉吕克制着情绪准备离开。

客仙女不合时宜地笑出声来，对不懂事的小王子说道："你云水姑姑浑身上下都是毒，她那云水山的水，自然也有毒。"金玉吕听到这里转身打了客仙女一记耳光。客仙女哭得比孩子更厉害。小王子知道父亲会打人，但是他头一次亲眼看见，是这样凶。小王子吓得把灼邑的手捏出了印子。灼邑轻轻地叹口气，摇摇头，抱起儿子说道："我去给小儿换裤子。"说完离开了，在走廊里，她心里想：客仙女，你自找的……

金玉吕宫中的侍者仆从不敢造次，他们知道，以前是仆人挨打，如今客仙女也挨了打，还是小心为妙。只要金玉吕一天不当上天帝，取代金子素，他们每个人都有挨打的可能。

42

鹅女带着佟钰辗转地走在泥泞的通往冥界的路上。开始两人无话，渐渐，鹅女看出佟钰是书生而且是个没有神位的书生。鹅女并不明白，为何金玉吕要派书生佟钰和她同去冥界？这次金玉吕定是有了新的计策。

最终，还是佟钰先开口："你是鹅女，你为什么能知道去往冥界的小路？"

鹅女还没来得及回答就有一个穿着盔甲的冥灵走到他们身边问道："你们到哪里去?！不知道这里已经是冥界了吗！你们是仙骨，不能进入冥界。"他的话刚说完就认出了穿着红袍子的鹅女。即刻他又说道："是夫人回来了，怎么，你有通关文书吗？"

鹅女镇定地说道："我只是回来，看木由术，给他送米糕来。"说完，鹅女打开自己的包裹，让穿战甲的冥灵检查。

冥灵说道："王爷可知道你回来？"

鹅女转了下眼珠顺势说道："他知道。"

冥灵说："那好吧。你们先过去吧，但是不要声张。"

两天的路程，鹅女和佟钰到达了冥界，由于冥灵都认识鹅女，他们很顺利地来到冥界。有灼邑的金麒麟和通关文书走大路还要七天七夜，走小路省下了不少的时间。鹅女明白，这次金玉吕又要与金子素作对，这只是个开始。

鹅女并不关心他们的计策，她的心中只紧张木由术对她的态度，能够见到她深爱的人，她别无他求。只是可怜了书生佟钰，他什么也不知道，还在钻研那本毫无用处撩拨神众贪欲的《斩魂剑谱》。就凭他的理解，就是把《斩魂剑谱》钻研十年也毫无用处。

鹅女想到这里潸然泪下，鹅女问佟钰：“你可看得懂这本书?”

佟钰坦诚地说道：“我看不懂。”

鹅女笑了，说道：“你问我，为何知道通往冥界的小路，你已经从冥灵的口中得到了答案了吧，我本是冥祖儿子的妻子，所以他们不拦我。我很长时间没有回来过。”

这时佟钰问道：“你说我看不懂这书，难道，你能看得懂?”

鹅女笑了：“斩魂剑神众争相求取，曾经拥有斩魂剑的白神，反倒不希望有斩掉生灵魂魄的神力。这《斩魂剑谱》会带来厄运，还是把它丢掉吧……”

佟钰惊讶地看着鹅女，再看看手中的《斩魂剑谱》，说道：“你说的有些个道理，这《斩魂剑谱》我看不太懂呢。”

鹅女说道：“你想要学懂这本书，除非你能够忘记生命中最重要的东西，贪心、嗔心、痴心、怠慢和最神往的爱情。”

鹅女和佟钰到达冥宫。冥界侍卫认出鹅女，很不好意思地说道：“夫人，今天不年不节，您怎么来了？王爷恐怕没空。”

鹅女有些个愠怒，低下了头，细长的眼睛看着自己那双破旧的绣着蓝色小花的鞋子，吞吞吐吐但是坚定地说道：“他没有空，我就在这里等他。”

冥界侍卫很无奈地说道：“您把东西交给我，我会转交给王爷。”

鹅女含着眼泪看着侍卫：“不，我就在这里等他。”

这时，一辆华丽的装饰着玉珠的马车驶进宫来，车上坐着位非常美丽的冥界少女，她有木由术的手谕，侍卫给她行礼。草草地看看手谕，很快就放车马进去了。

鹅女没有言语，只是觉得心里一阵剧痛，好似头重脚轻马上就要晕倒似的，她搂着包裹，默默地走向宫门的一个角落，不碍事的一个角落。她说："我就在这里等。"

43

冥祖懒洋洋地眯着眼睛看昏黄的灯光，林中的小雨拍打着树叶沙沙作响。他对侍卫说道："把厨房做的红枣糕给鹅女拿些，让她早些回到天界去，告诉她，别等木由术了，他已经另娶了。"说完躺在榻上打起盹来。侍卫刚要出去，冥祖突然说道："别告诉木由术鹅女来了。"侍卫默默地点点头："知道了。"冥祖默默地说道："冥界，又要下雨了。哎……"

木由术面色苍白，看着面前的女子，没有高兴也没有发怒，只是板着脸对侍从说道："这女子既不像灼邑也不像鹅女。"说完就开始在屋中踱步，那步履沉重且绝望。

冥界女子壮着胆子开口说道："王，不开心，不如随奴下去个地方，那里能看到天界的太阳，好美。我一直想去，没有王的允许，不敢去，这次能随王去，就没有侍卫阻拦了。"木由术听得很心酸，看着眼前这位冥界女子："你想要看天界的太阳，那我随你去，预备车马。"

佟钰看着坐在冥宫宫门角落里痛苦的鹅女，不由得心里难过，心想：世间哪有这样的夫妻，相见一面都很难。我始终在追求神位，想要光宗耀祖，想娶下我爱的仙姑云吉。可是这里有比我更加痛苦的人，只能在黑暗中等待着木由术。

佟钰为了安慰鹅女走到她的身边，轻声问道："你是不是很冷，很快就要天亮了，太阳出来了，就会暖和些的。"

鹅女苦笑着说道："佟钰，这里永远都不会有阳光，永远不会。这就是我必须和木由术分开的缘故。"

佟钰倒吸了口冷气，说道："那为什么，为什么会下雨呢?!"

鹅女惊讶佟钰的简单，她继续说道："佟钰，在这里，一切的美好事物都是奢侈的，在天界微不足道的空气和云彩，这里都没有。我们忽略的一切，在这里都是至高无上的宝物。这里只有悲哀和寒冷，没有阳光和欢乐。"

佟钰明白了一切：看来我们等不到天亮了，见不到木由术，玉王让我交给他的信笺怎么办？正在疑惑的时候，他看到鹅女猛然从他身边跑向了冥宫门口驶出来的车辇。鹅女看到了纱帐里面的影子，那个影子她是如此的熟悉。她跑向了车辇，高声地喊道："木由术，鹅女回来看你了，为什么不让我见你?!"

木由术即刻吩咐侍从停下，他走下车辇，见到鹅女，眼里充满了泪水："鹅女，你回来了。我、我正要出去。不、不是，我没有听说，你回来。"他们之间生疏了，就算是彼此时常想念着，也无法抵抗时间和空间的阻隔。鹅女哭成个泪人，木由术走近她，深深地吸了口气说道："到我那里去吧。一定冷坏了，又开始下雨了。"鹅女想要扑到他的怀里，木由术把她拦住了。木由术把令牌给侍从，吩咐侍从带那想看天界阳光的女子去冥界天的天边。木由术说道："以后，不要让这女子再来我这里了，她也不适应没有阳光的日子。"

佟钰将金玉吕的信笺交给木由术。看完信笺后，木由术说道："我去见父亲冥祖，鹅女你立刻就带佟钰去往神仙山，找老道仙让他传授给佟钰斩魂剑法。"鹅女不想这样做，但又不能违背木由术的命令。

44

冥祖答应木由术返回天界帮助金玉吕谋反，但是有个条件：事情成功后，不能留在天界，要返回冥界。木由术对天界权力的日思夜想阻止了他真正答应父亲冥祖的要求，他只是表面应声说道："儿臣定会在事成之后回到冥界。"

神仙山上尽是奇花异草，雾霭绵绵，花团锦簇，碧溪淙淙。佟钰从来没有见过这般美景，被眼前的景色惊呆了。没有像佟钰想象的那样，一进山就能够立即见到神仙山的老道仙，等了整整一天，老道仙才怏怏不快地出来见他们。

老道仙询问鹅女："鹅女，你来找我有什么事情？有重要的事情对不对？"老道仙的话语如阵阵的云雾在鹅女耳畔飘浮着。

鹅女对老道仙说道："木由术和金玉吕有一个打算，他们想要谋反，具体情况我不知道。这个同我一起来找你的佟钰接受了金玉吕给他的杀死鹤王的任务。我不知道为何，谋反先要从杀鹤王开始。"

老道仙平静地说道："鹅女，这些都是佟钰对你说的？"鹅女点点头。老道仙说道："这证明佟钰只是个很简单的书生，我不想因为这本《斩魂剑谱》而葬送他，我希望你能够给佟钰讲清楚其中的危害，让他放弃无知的念头。"

鹅女说道："道仙，佟钰不会听我的话，他现在只想着神位和仙女云吉。"

老道仙犹豫了片刻，说道："我只希望天界太平，冥界雨过天晴，鹤王能够接受现实。其他的我不会再说。我根本不会把斩魂剑法传授给他，那太痛苦，太不值得。想利用斩魂剑去完成杀鹤王的使命，根本就是金玉吕的野心，恕我不能够成全。”

鹅女慌张地说：“道仙，如果是这样，我怎么向木由术和金玉吕交代!”

道仙说道：“你简单地理解这件事情，会有好结果，如果接触到金玉吕和木由术心里的事情，你终会一无所有。”

道仙像一阵轻轻的白雾，离开了鹅女和佟钰身边。道仙是自由的，久违的自由，无人和神能体味的自由，不单单是身体而是心灵。

45

鹅女和佟钰走在返回天界的路上，鹅女鼓足勇气说道：“佟钰，能够点化你的只有魔，所有天界的神都不会和魔来往，包括让神众憎恨的孤独的鹤族，他们都不与魔接触，他们知道这是规矩，更不想惹祸上身。我知道，魔，没有子嗣。只要你答应做他的子嗣，他定会传你魔的法力，你根本就用不着理解什么《斩魂剑谱》。不要再和我一起赶路，我回天界去复命，你向前一直走就能够到达魔地，要信守你的诺言，等你得到想要的权力和神位后，一定不要辜负你爱的侍女云吉。把她带到魔地去，在那里成婚。将来你成了魔地的王，就不会再寄人篱下。”

佟钰并不太懂鹅女这些话真正的含义，听过鹅女给他讲白神白玉云的往事后，他了解，金玉吕就是想利用他，消灭鹤王，动摇金子素的地位，要挟金子素让位给他。杀了鹤王，金玉吕能否真的兑现给他神位并让他迎娶云吉的诺言，佟钰不敢肯定。

做魔的子嗣，能够实现佟钰的愿望；做魔的子嗣至少不会被当成替罪羊。鹅女这样想。

佟钰知道鹅女有太多的悲哀，鹅女同他一样在证得神位的路上经过许多的坎坷。鹅女已经不再相信任何承诺，她只想成全佟钰和云吉的爱情。佟钰再想与鹅女谈话的时候，鹅女已经远远地走开，不再回头。

鹅女引导佟钰投靠魔是不得已的做法，她不希望善良的书生被金玉吕利用。她的本性要求她不能不诚实，她知道与其在神的领域当中困难地挣扎，不如做个无所顾忌的魔。她明白金玉吕是在利用佟钰，不会兑现给佟钰当初的承诺，神的领域不接受没有血统的书生，无论他有多么的努力付出。

佟钰想要逃脱只有一条路，那就是成魔，成魔既不会被虚伪的天界利用，或许会实现他多年的夙愿——迎娶云水国侍女云吉。

木由术料理完冥界的重要事务，征得父亲冥祖的同意回到天界，以求同金玉吕一起谋取天帝大位。金玉吕收到佟钰的一封信，信上说他已经明白《斩魂剑谱》的全部意义，只等待金玉吕一声令下就将鹤王的头颅取下。

46

事情没有像金玉吕想象中那样进展，他给佟钰《斩魂剑谱》就是为了激起佟钰的贪欲，扰乱天界的正常秩序，让神众产生惶恐。他料想金子素没有办法处理，到那时只有求助于他。可是看佟钰的信件，是那样的平静，金玉吕有种不祥的预感。

就在这时云水国的神将给金玉吕带来坏消息，告诉他云水国丢失了许多的贵重物品，其中包括：帝母从仙官们那里收缴上来的能够抵御冥祖侵袭的久合公主身体化作的夜明珠，以及天帝金子素寄存在云水国的姻缘石。

金玉吕的头“嗡”地一下子，他紧皱着眉头问道：“有没有线索，是谁盗的?！不，是谁有最大的嫌疑?！”

云水国神将告诉金玉吕：“现在还不敢确定，但是云水国的贵重物品全都在玉湖的湖底埋藏。只是玉王的妃子客仙女这一年中总在这一带活动。”

金玉吕反驳道：“天界的神众都知道玉湖的藏金宝库由金木水火土五道门阻隔，没有金子素掌握的五把钥匙谁都不可能打开，除了魔的咒语。你们先回去，我亲自对帝母和金子素解释。”

没过多久，客仙女哭哭啼啼回到了金玉吕宫中。见到金玉吕她就哭得更厉害，说道：“玉王，你要证明我的清白，为我做主，我是被诬陷的。”

金玉吕无奈地说道：“要是认定你拿了姻缘石，还会放你回来?！早就把你交给金子素了。”客仙女大哭着，这次她没有装腔作势，她真的害怕了。

金玉吕看着没有梳妆的客仙女：“你别哭了，先给我下去，梳妆好，换了干净的衣服再来见我。”

侍者阿错已经在门外等了好久，金玉吕赶忙问道：“查清楚了没有，有没有线索?”

侍者阿错答道：“所有的侍卫都说丢宝物那天刮了一阵黑风，除了这没有其他异象，后来就是漫天的亮光，大概是那股黑风将宝物掠走的时候发出的亮光。”听到这里，金玉吕不禁冒出一句话：“魔，回来了。”

当天，木由术到达了金玉吕宫中，和他分析这件事情，并没有怀疑到魔以外的神众。他们同时在佟钰给他们写来的信中发现了问题。那信纸的味道和造纸用的材料都不是天界所有的，他们断定佟钰已经投靠了魔。金玉吕满头雾水，他第一个反应就是不能让佟钰对鹤王下手了。佟钰的魔性已经远远超出了他们的想象。

金玉吕派佟钰杀死鹤王是为了激怒鹤族，他断定鹤王一死，鹤族肯定会再次叛乱攻打天界，到那时，金玉吕就按兵不动，等待着金子素的灭亡。鹤族的胜利是肯定的，待到鹤族向天界要凶手的时候，他就交出佟钰。一口咬定是金子素派佟钰杀死了鹤王。金玉吕交出佟钰的人头，再给鹤族那些鹤子鹤孙些黄金和粮食，继续与鹤族"和睦相处"。那时佟钰已经不在，死无对证。

金玉吕万万没有想到佟钰投靠了魔。

"这个鬼主意是谁出的。"金玉吕咬牙切齿地说道。

木由术低垂着眼睛，一番顽强的克制之后平淡地说道："鹅女，鹅女的意思。"

金玉吕十分惊诧："怎么会是她，她不想要自己的神位了？"

木由术说道："你说得对，她的心里只有我，她以为她失去了我，也就失去了一切……快，派你的神将守住去鹤王领地的关卡，不然鹅女就会去投靠鹤王，那时我们的麻烦更大。快去，晚了，就来不急了。"

47

九月九日重阳节发生了一件大事，给凌乱的天界增添了更多的麻烦，给本来不太安定的权力之争推波助澜。

重阳节，帝母伍素在去往神仙山的路上，车辇经过佟关的时候，所有的侍从和仙官们都静静地走着，没有发现什么异样。唯有帝母伍素看到了青草翠绿的山坡当中有一条窄窄的小路，据她形容，这条小路蜿蜒曲折铺有青石板，小路的两旁镶嵌的是耀眼的白色贝壳。那条小路看起来很吸引人，朴实而亲切。帝母没有一丝犹豫就命人停下车辇，独自走向那条小路。此时，她还在小路的尽头发现了个金光闪烁的庙宇。

她顺着这条小路往庙宇方向走去。侍从们不敢出声，随后赶快制止，因为他们看到的只是佟关的一座以前从未有过的简陋的破庙，并未看到青石板的小路和闪着金光的庙宇。

某一时刻，帝母好似回过头来，侍从们都很紧张，希望她赶快驻足。侍从们看到的那座庙宇周围都是悬崖，可是帝母并未停止前行。

在侍从和神官们不知该如何是好的时候，已经耽搁了时间，帝母伍素也就不见了踪影。侍从和神官们急得满头大汗，不知如何是好。报信童子赶快说道："我们得先趁天黑之前赶回天界，不然我们也会迷失在这里。"侍从们只得调转马头返回天界。

报信童子先行到天界向天帝金子素报告发生的事情。金子素听后勃然大怒问道："怎么就非要走佟关去神仙山?!你们这些不懂事的奴才，就贪图那条路近，你们难道不知道魔王佟钰现在经常在那里出没吗！他的法力能够扰乱我们的视线，还有，我母亲不是佩戴着金发箍吗？怎么还会出这样的事情?"

报信童子赶快答道："王，帝母非要到赋关去看柏树繁花，还有帝母她最喜爱的蜿蜒蔓藤。"

金子素打断他的话："那你也应该事先说明，有我的准许再去也好啊！那金发箍呢？要是戴上金发箍不就没事了?"

报信童子踟蹰着不敢回答，最后才小心翼翼地说道：“金发箍被灼邑借走了。帝母没有带在身边。这件事与臣下无关啊。”

金子素听到报信童子说帝母的护身宝贝被灼邑借走更是火冒三丈。报信童子见金子素气得浑身发抖，只好斗胆说道：“天帝，请您息怒。”

金子素继续问道：“灼邑?！她借金发箍做什么？是不是又要和金玉吕合谋来害我们母子？难怪人家都说我母慈悯。”

此时，临命星君见金子素急得满头大汗，报信童子更是胆战心惊，就只好说道：“王，还是赶快把金玉吕叫来，商量商量该怎么办吧。”金子素只好摆摆手，命令报信童子去找金玉吕。

报信童子到金玉吕府邸时，金玉吕正在给饲养的鸳鸯喂食。报信童子见金玉吕悠闲的样子就知道帝母失踪的事情，金玉吕很可能根本就还不知道。但是报信童子仍旧不知道怎样开口说这事情，既不让金子素有失颜面，又不让金玉吕推辞。最后报信童子只好说：“玉王，帝母伍素找您有重要的事情。”金玉吕赶快放下手中的玩意儿，收拾了准备前去见帝母，报信童子确定了金玉吕与帝母失踪一事无关，如果有关系的话，金玉吕就不会去送死。

“帝母找我有事？会不会是灼邑或客仙女闯祸了？”金玉吕迫不及待地询问报信童子。报信童子假装皱了皱眉头说道：“这件事情，与她们没什么关系，您去了就知道了。”金玉吕知道平日里金子素故意疏远他，已经有很长时间不召见他，今天肯定有大事情发生。金玉吕怕是金子素设计他，但是现在再召集自己豢养的神将已经来不及，只好找侍者阿错简单说明，之后断然拒绝去天界朝堂见金子素。

叫我声母亲吧，你该走了。”魔抚摸着佟钰的头，温和地笑了。

魔是天界惧怕的，惧怕的事情总有缘故，魔是种信仰，其实是多数迷路人的信仰。很快诸方魔力都聚集到佟钰这里，希望他给他们指引方向，告诉他们今后的计划。可是佟钰心里没有其他，他看那颗可以料定前世今生的姻缘石，姻缘石中出现了仙女云吉微笑的样子。

戴着面具的佟钰出现在仙女云吉身边，云吉被吓得浑身瑟缩，拒绝了他，也拒绝了他偷来的女仙们都想得到的贵重宝物，拒绝了与佟钰共度一生。魔佟钰没有狠心到伤害云吉的地步。

木由术拟好上报给金子素的奏折，里面清楚地把云水国金库丢失宝物的责任诬陷给鹤王……金子素看着奏折，他已经回忆不起来鹤王的模样。他并不担心那些金银财宝和姻缘石，他只担心丢失夜明珠会激怒冥祖，又让冥祖找到攻打勒索天界的理由。魔佟钰丢弃了被赋予神力的姻缘石。

木由术来到地牢，背对着鹅女，他不想让鹅女看见他的眼睛。虚弱的鹅女意识已经不太清晰。见到木由术，她微微地抬了下头，很快又低下去。木由术压低声音但是愠怒地说道：“你把入魔境的事情告诉了佟钰，佟钰是你毁掉的。你还这样折磨自己，让我以后怎样向帝母交代！”

鹅女吃力地呼吸着，她看着木由术的一切，突然有种陌生的感觉，她无法摆脱，她的眼光中流露出了从未有过的蔑视的神情。木由术看到她这样的神情，他明白，从此时起，鹅女不会再像从前一样爱他了，他的心酸由脚跟直到头顶。

木由术走到鹅女的身边，他抚摸着鹅女的脸庞：“鹅女，我们完了。一切都完了。就是由于你的私心，你总想要与天界对抗的私心。

你和佟钰是一样的，表面上敬畏我们，实则心中最恨我们。你不会再爱我了，对吗？”鹅女泪如泉涌，细长的眼睛死死盯着木由术。木由术把手轻轻地放在鹅女的右脸上。

金子素看着金玉吕和木由术呈上来的奏折，悠悠地说道：“什么事情都隐瞒我，金库丢失宝物是鹤王干的？我要亲自去问鹤王。让他们与鹤王当面对质。”

金子素来到紫鹤领地，看到鹤王正在和鹤子鹤孙们玩一种类似于捉迷藏的隐身游戏。没有等到金子素开口，鹤王就说道：“金玉吕又闹事了?!”金子素长舒了一口气，微微地点了点头。鹤王说道：“赶快集结金兵神将，我算计冥祖也要下手了，木由术是不是也在天界？……”金子素赶快传旨下令集结金兵神将，命令神将即刻去扣押木由术。

50

“我根本就没有必要动金库的财物，必须去天界将事情说清楚。对于魔佟钰作祟的事情，我自有办法。”

到达了天界，鹤王又对金子素说道：“先把云吉找来，让她引魔佟钰现身，我想佟钰现在只有魔体没有魔心，我们用咒符能够对付他。让云吉三年之内不要回天界。鹅女无视天帝法令唆使佟钰入魔境必须受到惩罚。金子素，你会处置鹅女吗?”

金子素被问得一愣，赶快说道：“鹤王，我不会处置鹅女，不、不会。”

鹤王微微地笑了：“好，只要有我在，金玉吕不敢怎样，重要的是他身边的木由术要小心，不要伤害鹅女。”

金子素按照鹤王的意思把事情进行安置。他把正在天界街出售书籍的侍者阿错找来，阿错对金子素说道："天帝，金玉吕现在的情况非常混乱，他原有的计划我都向您汇报过了，今日他准备处死鹅女，我拦下了，我尽力拖延时间等待您和鹤王回朝。现在只能暗地里把鹅女从地牢的另外一个出口救出。"

金子素说道："你带上我的手谕，尽可放心地带她来我这里，万一被金玉吕和木由术发现就说鹅女的罪行我要亲自审问，会有天界神将保护。鹤王已到达天界的事情不要泄露，把鹅女留给鹤王。"

云吉引佟钰来到神仙山后面一个很深的洞穴，里面藏着老道仙一直保存着的闪着惨白亮光的斩魂宝剑。云吉对佟钰说："斩魂剑在白神杀死贡妃后就被老道仙封存在此，再没有给任何神官使用过，但是直到今天我才理解，神的魂魄只有被他最爱的人斩杀后才能够散掉，永远不再回来，去找自己的归宿。如果你最爱我，我可以杀你，你的魂魄就会散掉；如果你不爱我，即使我斩杀你，你也不会彻底死掉。"

佟钰这才明白自己是多么愚蠢。他知道多年前，白玉云能够用斩魂剑杀死贡妃并斩断其魂魄，原因是贡妃爱的神是白神。多么可悲！魔佟钰反复地问自己。

云吉笑了："现在你知道，想证实你对我的爱，就要用这把斩魂宝剑来验证。"云吉手拿斩魂剑劈向魔佟钰，而魔佟钰的魂魄久久没有散去。云吉冷笑着说道："佟钰，你的心里没有我，所以我杀你，你并不伤心，你的魂魄也就没有散去，你既然不愿离去，就附身在这把杀生的凶器之上，等待着赎清你杀妻的罪过吧。"

佟钰真正爱着的女子在多年前一个深秋的夜晚死在贫瘠的家中。郎中说："这种毒，我从来没有见过，只知道天界才会有。她的丈夫佟钰在她死前曾经回来过……”

云吉对佟钰说：“我取了你的性命，你的灵魂将放弃魔性，永远附身在这把神众不了解但又极度恐惧的斩魂剑上，我会带你远走天涯，不再回到这个充满权欲诱惑的天界。你将护持这把斩魂剑永远弃恶从善。”

帝母伍素在云吉与佟钰交涉的时候被金兵神将从魔地救出，受了很大的惊吓。

51

金玉吕病重，在病榻上，他说道：“我们失败了，失去了最后的机会，我的儿子小王子，上个月在去玉湖的路上被鹤咬伤，我当初骗走了能够医治百病的三弟金羽嗟。如今没有人能够治愈好我儿子的伤势，他只能够等死了。我又不能去求金子素和帝母伍素，御医不是我能请到的。但是，只要我活着，一切都可以从长计议。只要我活着，就不能被权力贬低，被金子素控制，被帝母吆来喝去。我也是天帝的儿子，我是同样能够争取到帝位的王子，为何帝位是金子素的，不是我的？”

木由术没有言语，就像没有发生过任何事情一样，他小心翼翼地穿好鞋子，慢悠悠地走到了天界的木宗庙，在那里的一颗菩提树下，他不断地转啊转啊，到天黑，到天明，到下雨，到下雪，到了他感觉到这世间只剩下菩提树和他自己，他仍旧没有停下，没有停歇。

鹅女问鹤王木由术的去处，鹤王说道：“木由术？死了。”

鹅女问道：“坟在哪里？”

鹤王说道："他这种神，不配有坟……"鹅女从此没有在鹤王面前提起过木由术。

鹤王对鹅女说道："鹅女，我会骗你一辈子。但是我永远会照顾你……这是你母亲临终前交代的。"

鹅女惊愕："我的母亲?!"

鹤王含着眼泪且微笑地说道："你定听说过我与水王妻子的事情。鹅女，我的女儿，让你受苦了。"鹤王似笑非笑地解答鹅女的疑惑："观音那里没有《界度全章》。天界一直认为对手是冥祖，这是他们的愚昧。冥祖只是因为不能与久合公主长相厮守才对天帝金殇怀恨在心，并无其他。他一直想与天界交好，我了解。龟陀拿到的不是《界度全章》，但是《界度全章》是存在的。

"鹅女，你出生的时候，我就知道你不会是个有福气的孩子。我将符文植入你的脑中，为的是让你能够在天界立足，而我以前从未想过要认你这个女儿，才将你送到观音属地。我一直看得很清楚，你的一举一动和别的神是怎样对你。你受苦太多，我已不忍心，毕竟你是我的骨肉，你跟我来。"

鹅女随鹤王离开宫殿，走了很长一段路程，来到一个幽静的小宅。房屋低矮，与宫殿不能相比。屋外堆着干草和木柴，四周有一圈很简陋的土墙，小宅的木门上简单地挂着一把锁子。鹤王把锁子摘掉，轻轻推开门。令鹅女惊讶的是，这宅子虽在荒僻的后山，看似无人居住，屋内却很干净，有居住过的气息。一张床，一张桌，一个柜，一口水缸和一个灶台。是凡间普通人家的摆设样式。

鹅女一眼看到桌上摆的一本书，那四个符文字正是《界度全章》。鹅女惊愕地叫出了声音。正想要挪步走向桌子的时候，鹤王一把抓住了鹅女的衣袖："鹅女，父亲给你的新袍子比六王爷木由术和二王子金玉吕给的要好，要昂贵。对不对？我知道当你再次迈向《界度全章》的时候，他们两人曾经的爱又会涌上你的心头，他们两人对你的残忍也会在我的眼前浮现。忘了他们，兑现你对白神的承诺，把他的灵魂放归海洋之心。”

沉默了片刻后，鹤王接着说：“你就是出生在这个屋子。”鹅女低下了头，掉下了眼泪。鹤王不安地看着鹅女：“女儿，也许你永远也不会原谅我们，我们把你带到世间却让你受苦。但是我们的曾经就是你的现在，请你理解。我唯一没有想到的是你和你的母亲一样，为了自己爱的人去偷《界度全章》，都想让爱人拥有至高无上的权力，不同的是她拿到的是真的，而你拿到的却不是。你们都认为我们男子只爱王权，其实我们更爱你们。我们的不幸确实与这不吉利的《界度全章》有关。”

说完，鹤王坚定地走到桌前，拿起《界度全章》走向屋外的柴堆，燃起火焰将它丢进了火中。鹅女倚着门看着红红的火光，她的脑此刻清醒了，身体轻巧了，意识不再模糊，终于流下了委屈的泪水，唤出了从未叫过的：“父亲。”

侍者阿错再也没有向小仙推荐过能够拥有权力和神位的《斩魂剑谱》。他对其他神官说道：“我就是被权力和神位给害了。不想老实种地，不想糟糠之妻，只想做个神仙。可最终，我是个叛徒，是个地道的叛徒……”

苍茫的云海，带着温和湿气的雾，新鲜的气息让人神清气爽，带着这种飘然的心情漫步在广阔的空间里应能得到最大的满足，但是神有所“不通”有所“不足”……

固然他们是高贵自由的，高贵的只惧怕自然，聪明的对自然不屑一顾，自由的没有外物能够束缚。然他们的“不通”和“不足”

又在哪里？简言之就是“私心”。

木由术自从开始转那棵古刹中的菩提树以后，似乎忘记了野心和金玉吕，以及他们都曾经觊觎过的王权。

金玉吕来到有菩提树的古刹，他非常奇怪，这么长时间的孤单并没有摧毁木由术的意志，他只是身体有些虚弱，其他没有什么变化。更出乎金玉吕意料的是：木由术居然主动打听鹅女的情况，问她现在好不好。金玉吕本来想着见到木由术的时候要小心回避不谈到鹅女，没想到木由术竟然问起来。

木由术问道：“鹅女，她好吗？”

金玉吕说道：“你想知道她的事情，不如跟我回去。我详细对你说。”木由术的眼睛里露出一丝阴郁的光芒，很快就识破了金玉吕在骗他。木由术恢复了原有的沉默。

古刹中，原有一位老修行人，穷尽一生种下了许多棵菩提树。不知为何，他种下菩提树的原因只是因为他没有办法心静下来读经或者礼佛事，于是就换了种修行的方法——种树。世间的修行有千万种，只要能够得到平静，无论是读经书还是种菩提似乎都可行。

52

皑皑云霄低低飘浮在有着蓝底的天空之上，成群送信的白鸽听着仙姑的哨音回到来时的地方。玉竹林的碧玉竹相互碰撞着，发出了清脆的叮当声，天边的阳光把渐渐远去的云彩染成紫色。

玉辇，龙车，在空中悠闲地行走着，玉竹子制成的晶亮碧绿的宝船在天河上漂着。天界烈日炎炎，气候似乎有了变化，躁动不安被强权压制着，却没有爆发的迹象。权力的争斗在此时似乎告一段落，但是并不意味着天界太平，神仙自足。

鹤王回到领地，觉得身上很不自在。在这水多地少、终年暮雨的地方，一般的神是很难适应的，鹤王却不喜欢那阳光明媚、辉煌铺张的天界。那不是他的心境，只有在自己的领地他才有归属感。

鹤王知道鹅女不喜欢这个地方，鹤王感觉到了鹅女流露出来的痛苦。有雨的天气，鹅女很难在一个地方安坐下来，走来走去，不得安静。没有阴雨的天气，溪水潺潺的声音在耳畔响起，鹅女的思路随着水流流到不知名的烦恼地方。鹤王为她担心，希望她能够快乐。

鹅女沉默着，秋天的落叶到处飘零沙沙作响，她的眼睛里充满了泪水。这些情景让鹤王心中的想法改变。鹤王知道，鹅女是在思念木由术，她并没有怨恨过木由术。

金子素再也不能容忍金玉吕的挑衅，他询问帝母该如何对付金玉吕。帝母伍素幽怨的眼神中流露出了凶狠，但很快就又恢复了平静，理智地说道："金玉吕搞不出什么名堂，要想让天界太平，控制木由术是关键。没有木由术和冥祖为金玉吕撑腰，他不会这样明目张胆。"

金子素说道："母亲，那我现在应该怎样做？"

帝母扬了扬头看看天边的落日，沉稳地说道："这次魔佟钰出来干扰天界，事出有因，是金玉吕和木由术暗中安排，鹅女不过是他们的替罪羊。要让天界太平，就要把金玉吕和木由术贬到凡间，然后伺机而动，最终解决他们。那个如今能够控制斩魂剑的云吉也要一并处理，不留后患。鹤王要保全重罪的鹅女，我就暂时不追究鹅女的罪过。"

金子素说道："我们给他们治罪的证据是什么？"

帝母悠然地说道：“我早就想过了，这次暗斗中木由术没有暴露，无法给他治罪。无论天界的神官们对他有怎样的评价，他都曾经是木王的养子，也要给他留有情面。”帝母眯起眼睛思索着要说的话，她想金子素尽管无能，但是有我在这天界一天，就不能让他失去权柄。她说道：“我想了个办法，能让他们服服帖帖、心甘情愿地到凡间去。”金子素等待着帝母最终的判断，焦急地看着帝母严肃的面容。帝母突然微笑了，浅浅地叹了口气说道：“天界金库丢失的大量财宝中，有久合公主身体幻化成的夜明珠，就以让金玉吕和木由术去寻找失落的九颗夜明珠为由，派他们去凡间。关于他们的生死，我还要慎重地考虑，毕竟我们还有一个强大的敌人——冥祖。”

53

金玉吕、木由术、云吉成了庶民。没有华丽的衣饰，没有高贵的车马，他们变卖了所有值钱的东西，仅剩下平时的用度。他们理解帝母给他们寻找九颗夜明珠的任务是在他们预谋叛乱失败后给他们的一条生路。

金玉吕的字画、珠宝、乐器、餐具都已上缴，只剩下一只玉箫。云吉带着其他神官不能使用的斩魂剑和几件粗布衣裳与金玉吕和木由术开始了凡间之旅。木由术甚至什么行李都没有，他一直都认为此去凡间是凶多吉少，没有必要带上包袱给自己增添负担。

木由术说道：“你们都身怀才艺而我一无是处，怎么样也不能和你们合拍。如今佟钰只图自己的安稳待在剑鞘中，再不理我们的事情了。我想我是你们的累赘和负担。”

金玉吕听了他的丧气话没好气地说：“我们还没有到那种地步，

也不会丢下你不管。不要整天邋里邋遢还净说丧气话，让人听了起烦恼。”

这时，云吉把煎好的药放在金玉吕的面前说：“玉王，药煎好了。”金玉吕接过药碗小心翼翼地对她说：“我现在已经不是王了。我对不起你，没能够成全你和佟钰的姻缘，只给了你一把有魔心的宝剑而已。”

木由术是真正想找到夜明珠的，那流失在凡间的夜明珠毕竟是母亲久合幻化的。云吉将煎好的药汤给木由术送去。木由术说道：“我没事的，把药给金玉吕喝吧。我这里还有一些朱砂，给他，可以静心。”云吉看着手里的药汤微笑着把朱砂接过来。

54

神的旅途继续着，路途很遥远，遥远的原因是他们的心无家可归。这是以往他们从没有经历过的。他们心中都很痛苦，表面又是那样的安静，就是怕给同伴们带来不必要的烦恼。土路尘烟，燥热的天气，金玉吕是个爱干净的人，几天没有更换衣服使他的心情烦躁。

村庄出现在他们眼前，大概有二十几户人家。金玉吕说：“我们还是先找个地方安顿下来。”离开天界走了很长的路，大家都很疲倦。

云吉说道：“玉王，您和木由术先在村口歇一歇。我去村庄找一户人家问问可否借宿。”在村庄里转了一圈，云吉失望了，这个村庄都是小户人家，怎能容得下他们三个人住？

正在这时，对面走来一个村姑模样的姑娘，主动询问云吉：“你是卖艺人吗?"

云吉赶快回答:"是的，我们是。"

那姑娘一脸纯朴:"我看你带着宝剑和包袱，就知道你是卖艺人。你还有同伴吧?他们会不会吹吹打打的?"

云吉想了想说道:"是啊，我还有同伴在村外。他们就会吹吹打打。"

那女孩毫不犹豫地说:"那太好了。"

云吉问道:"你家住在哪里?我一会儿叫上同伴一起去。"

那女孩子说:"我家在河西面，你一打听就知道，我姓肃，叫肃小妹，我哥哥今天结婚要请卖艺人，你就说找个叫肃大的就可以了。"

云吉回来的时候看到疲惫的金玉吕和木由术靠在行李上边微微闭着眼睛，云吉对他们说道:"今天不用露宿了，我们有地方去了，有个姑娘说她哥哥办喜事需要卖艺人。村庄如果需要卖艺人，一定是有喜事或者办丧事。"

金玉吕支撑着起身说道:"我吹箫，云吉你给他们舞剑。"云吉赶快打开行李找出佟钰以前穿过的衣服，一件紫红色的带有黑色绣纹的长袍。金玉吕不禁说道:"好漂亮的长袍。"云吉默默地微笑了，笑容里掺杂着苦涩。

肃小妹看到是他们来了很高兴，院子当中的百姓一看到金玉吕和云吉，就觉得他们不是一般的卖艺人。尤其是见到金玉吕，院里的老老小小都不吱声，呆呆地看着他，就像在看一幅从来没有见过的画。金玉吕穿素服，在天界，他穿锦袍佩王冠该有多么潇洒。

乡邻们愣愣地看着金玉吕，把金玉吕看得不好意思，不知该如何是好。木由术赶快解围道:"恭喜各位，恭喜新人百年好合!"

金玉吕腼腆地笑了，拿出箫演奏。在大家都很开心的时候，新郎肃郎却很不高兴，他觉得妹妹请来的卖艺人与众不同定要增加一笔更大的开销。但是金玉吕和木由术只是想恭喜他们一对新人，并没有想过收取任何酬劳，只求借宿和饭食就足够了。

55

晚间在肃家借宿，平民百姓家晚上不点灯，云吉斩魂剑上宝石发出微弱的光亮就很显眼了。窗外并不安静，有两人在窥视他们。那两人就是肃郎和他的新婚妻子。他们从未看到过罕见的镶嵌有稀世珍宝的斩魂剑。这把宝剑和白天看到的云吉舞剑时的那把不同，宝石和灵气透出的光芒很稀罕，肃郎和他妻子的贪心顿时占据了他们的心。

第二天一早，云吉起来很早，给大家煎药。木由术说："朱砂就不用单独服用了，就放在煎好的药汤里，这样还能省一些，而且我们三人都能喝到。"

云吉说："好吧，我这就去放。"

煎药的时候，肃小妹正在煮粥。问云吉煎的是什么药。云吉说是祛暑的药汤。肃小妹看着那纯青色的药汤很新奇。

云吉是何等的善良，对肃小妹说："不是什么好东西，只是祛暑用的，我们赶路辛苦，就喝一点免得中暑。不然你也喝一点？"肃小妹点点头，接过了云吉给她打的一小碗药汤。

早饭前大家都喝了药汤，木由术问云吉有没有把朱砂放进去，云吉点点头。

金玉吕问云吉今天的药汤怎么不如平时的浓，云吉笑笑说："是这样的，肃小妹，见了我们喝的药汤新奇，问是做什么的。我说是祛暑的，就给她一碗喝，怕不够我们喝就兑了点水。”

喝完药汤，金玉吕、木由术和云吉三人就收拾东西准备给乡邻们再表演。肃郎的媳妇过来对云吉说她已经准备好了早饭，要他们去吃。云吉说：“我们在乡亲家住宿就很麻烦了。早饭就不吃了。”肃郎媳妇很热情地说：“早饭不吃不行，这里离下个村庄还有五十里路呢。”

盛情难却，大家就和肃郎夫妇以及肃小妹一同吃了早饭。饭后不久，肃郎觉得腹痛，这时只有云吉在肃郎的家中收拾东西，木由术和金玉吕在河东给乡邻们表演。云吉说没有别的办法只能赶快去请郎中。

郎中来的时候肃郎已经死掉。郎中看到新婚的肃郎脸色黑紫断定他是中毒而死。郎中用怀疑的眼光看了看云吉这个外来的卖艺人，就匆匆离开了。不久村里就传开了，说肃家出了人命，肃小妹和肃郎的媳妇哭得昏天黑地。

官府来人带走了肃家媳妇、肃小妹和云吉。乡邻们到河东把事情告诉金玉吕和木由术。他们两人很惊愕。问乡邻，他们多说是被毒死的，郎中说他看不错。

金玉吕压抑着心中的怒火：“怎么搞的，到底怎么回事？好端端就出了人命，我敢断定这与云吉没有关系。”这时官府差役来到他们面前，把金玉吕和木由术抓去了官府。斩魂剑发出强烈的颤抖声，但是他们必须把宝剑交给差役。

乡邻们说，卖艺人来历不明是不能留在家里的。这下可好，出了人命，可怜的肃郎。刚结婚就被人毒死了。年岁大一些的说道：“千万不要冤枉好人。”

来到府衙，县丞审问金玉吕、木由术、云吉，检查他们随身携带的行李，看到斩魂宝剑后，县丞想：这不是一般的卖艺人。

56

县丞问金玉吕："你们身上可带着值钱的东西？"

金玉吕由于心烦意乱没有回答，木由术赶快说："有，有一把价值连城的宝剑。"这时县丞明白，这是谋财害命不成反伤自己。但是肃郎反被毒死，是个疑点。

"传肃郎的媳妇！"衙役喊道。

县丞厉声问："你们早上吃的什么？"

肃郎媳妇说："白米粥和玉米饼。"

县丞问："谁做的？"

肃郎媳妇答："我做的。"她开始有些胆怯。

"都有谁去过厨房？"县丞问。

肃郎媳妇说："那个叫云吉的，在我之前就去过厨房。"

待到询问云吉的时候终于真相大白。云吉早上煮的药汤里放了朱砂，好心给肃小妹喝过一碗，喝过药汤的人都没有中毒，下毒的人是肃郎媳妇。

肃郎和他的媳妇昨晚看到了带有宝石的斩魂剑，生出贪心打定主意把金玉吕他们三人毒死，窃取了宝剑远走高飞，肃郎毕竟是老实人不肯这样做。半夜，他的媳妇翻来覆去地想，不然就将你们都毒死，我一人独吞了那把镶有各种宝石的宝剑，我就说带着东西回娘家，再一把火把尸体和房子都烧了，神不知鬼不觉。没想到，木由术为了给大家祛暑让云吉放入药汤中的朱砂解了毒，也因为云吉善良救了肃小妹一命。

县丞将金玉吕和木由术留在府里款待，询问了一些更详细的事情。云吉看着自己的斩魂剑不由得心生愧疚，她知道要不是因为斩魂宝剑也不会出这个乱子。

县丞不敢慢待他们：“在我管辖的地界发生了这样的事情，真是惭愧。”木由术可能是与县丞不熟悉的缘故，说话有些不自然，但前两天发生的事情让他受惊不小。

“不如这样吧，我们大家说点别的。”金玉吕忙说。

云吉也说：“是啊。过去的事情，就过去了。”县丞连连稽首不好意思地看着他们。

这时，金玉吕忙问：“县丞夫人为何不一同来用餐？”

县丞回答：“我的夫人命苦，不能和我一起享福，前年病故了。我膝下无子，只有一个女儿，她不和我们一起吃饭，自己吃。”说着神色有些忧伤。

金玉吕凭直觉就知道，县丞肯定有事情，便问道：“您是不是有什么痛苦的事情，或许我们能够帮到您。即使帮不到您，您也不能老是闷着，整天借酒浇愁不是很痛苦么？”

“说来话长啊，”县丞含着眼泪，“都是我养了个不懂事的女儿，我夫人就是因为她愁死的。”说着流出了眼泪。大家都面面相觑。

57

“事情是这样的：我有个女儿叫小酌，很乖巧，知书达理，聪明可爱。从小就对字画感兴趣。我心想这孩子不是一般的孩子，就悉心照顾一丝不苟。可是，没想到在她十六岁那年，我去城里字画街买回了一幅画，那画中是位神仙，落款已经看不清楚。没想到那幅画给我家带来了不小的麻烦。小酌爱上了那画中人，整天与那画中人在一起，时年已经二十八岁还不肯嫁人，愁死了我的夫人，愁得我不知如何是好。”说着，又陷入了悲痛。

金玉吕和木由术低下了头，云吉陷入了沉思。她身边的斩魂宝剑发出了微微的颤抖声，像是佟钰的暗示。

“这世间还有这样的事情，那这是病，得找郎中。”金玉吕脱口而出。

“谁说没有找郎中，城里的郎中都找遍了。”

云吉说道：“事情没有那么简单，不如县丞让我见见您的女儿，我和她说说话，看她能不能把心中的事情对我说了。”县丞万分感激，带着云吉来到内堂看望小酌。

一开始，小酌并不愿意见外人，她从门帘窥见是个貌似天仙神情稳重的女子，就安心下来，认为此次来看望她的人不同以往那些给她开药的郎中。

小酌将画拿给云吉看，待到画中人出现在云吉面前时，云吉也不知该如何是好了。原来这画是木由术给金玉吕画的一张画像，怎么会流落到民间来？定是那些手脚不干净的报信童子拿出卖掉换了酒喝。云吉考虑再三说道：“姑娘不必辛酸了，画中人就在你的面前，有什么话对他说吧。”

云吉与金玉吕、木由术商量，只能把他们的来历如实对县丞讲，不然这幅画的来历和画中人就是金玉吕的真相就不能说出，小酌日夜思念的男子就永远也不能和她相见。

说出真相的任务交给了木由术，木由术只好拿出帝母给他们到凡间找回夜明珠的命令给县丞看，县丞才相信他们三人来自天界，并确信画中人就是眼前的翩翩公子金玉吕。

县丞也觉自己的女儿情真意切但实在是荒唐，三位神仙是好心人，不但没有取笑自己和女儿反而帮助他解决了难题。他的心中升起了不敢奢望的想法，他想把金玉吕、木由术和云吉留在自己的府中。

木由术只好解释说："我们到凡间来，是奉了帝母之命，来寻找关系到天界安危的夜明珠，不能违抗。"

金玉吕看到小酌的时候，很伤心。小酌面容憔悴，年龄和岁月的凄苦给她的面庞留下了深深的痛痕。就好似那近十载的与画相守已经让小酌感受到了金玉吕的气息，小酌见到金玉吕的时候有了莫名的亲切，就好似找到了自己的归宿。

金玉吕温和地对小酌说："姑娘，感激你一片诚心，但是，我在遥远的天界，已经有了我的妻，还望姑娘能够理解……"小酌掉下了眼泪，晶莹的泪光在烛光的闪烁中成为了模糊的回忆。

县丞为了感激云吉、金玉吕和木由术，送给他们一个锦盒。由于礼节上的拘束，金玉吕他们没有当下打开来看。又走了有百里路程，他们才打开礼盒看，那锦盒里另有小盒，还有一封简短的信件，是县丞留给他们的。信上写道："直到你们提起夜明珠的时候，我才相信三位来自天界。我的祖母就是这样交代的，关于这颗夜明珠，虽然传给我，但不是我的，早晚会有天神来收回……"

58

山神的幸福大概是有个好天气，并且不用去朝会汇报工作。雨神大概最怕见到顶头上司龙王。可是神有神的使命，人有人的想法，最重要的是神和人的心都是属于谁的，属于无形的大道和受人仰慕的爱。

路程艰辛崎岖，走过繁华的县城，路逐渐荒凉，渐渐的没有了路，只得翻过山岭。金玉吕说道："我们在天黑之前必须翻过这座山，找到人家借宿。"木由术和云吉加快了脚步。天色已晚，荒凉的山中寒冷干燥。没有水喝，干粮已经用完，云吉很担心这样贫瘠的山中会有狼出没。

又走了大概几里路，他们三人的脚都磨出了血泡，脚踝也肿了起来。云吉强忍着疲惫紧紧地跟在他们身后，走下坡路的时候，他们三人相互搀扶着，好不容易到了一片有水泉的平地。木由术说道："快有人家了，有水泉的地方一定会有人家的。"

不出所料，继续行走了几里路后，果真有个小村庄。房屋大都低矮、凌乱。金玉吕想在这样贫瘠的村子求借宿恐怕行不通。天色渐渐暗了下来，没有别的选择。

云吉轻轻地敲开了一户人家的门，是个老太太来开门。老太太说她的丈夫病死了，女儿已经出嫁，现在这里只剩下她一个人。老太太了解到金玉吕、木由术和云吉是远方的来客，走了很长的路，已经很疲惫，就留他们住下了。

老太太把门关得非常严实，上了两道门闩，最后把屋中仅有的桌子和椅子挡在了窗户前面。金玉吕对木由术和云吉说道："这地方肯定是经常有野兽出没。"

老太太说道："客人说对了，这个地方人烟稀少，我们的羊羔和家禽都被狼叼走了。"云吉看着颤颤巍巍的老太太不由心酸。老太太接着对他们说："家里没有什么吃的，只能用碎米给客人煮些粥了。"金玉吕和木由术非常感激老太太，让云吉帮助她去煮粥。云吉不忍心，接过碎米和水舀自己去煮粥了。

夜半时，云吉听到窗口有声音，就像是轻轻的敲门声，这声音不大不小。金玉吕赶忙往窗外看，他猛回过头，说道："大家别出声！是狼。"木由术拿过云吉手中的斩魂宝剑，悄悄递给金玉吕，金玉吕接过宝剑，宝剑发出了微微的颤抖声，但是宝剑不能出鞘。

云吉说道："再等等，看看这狼是否真的要伤人。如果它不伤害我们，我们也不能取它的性命。"云吉走到窗前，借着月光，云吉看到了狼印在窗纸上的影子。这时，那只狼的一只伤腿穿过微微泛黄的窗纸。原来狼的一只腿被铁夹夹住，血肉模糊。

金玉吕轻声说道："是只受伤的狼，应该不会伤人了，但是必须把它杀掉！狼是有野性的。"

云吉阻止："不可以，它是来求助的。看它的样子已经没有伤人的力量。宝剑不能出鞘，就是它不该杀。"

云吉打开包裹取出一把短刀，又把自己的衣服撕下一条，她示意金玉吕和木由术退后一些，不要发出声音。云吉小心翼翼地接近窗户，借助短刀的力量先把铁夹取下来，然后给那只狼的伤腿敷上药粉包扎好。那只狼因为疼痛动了动，发出了痛苦叫声，却并没有伤人的意思。

此时天快亮了，狼离开了这简陋的院落。

第二天清早，云吉对老太太说道："老人家，这山中人这样少，已经没有什么人家了，您一个人在山里多危险，不如随我们一同下山另找个住处。"

老太太高兴地接受了云吉的提议，但是又显得忧心忡忡。她说道："到山下没有房舍，没有粮食，该怎样过活？"

木由术说道："我们身上有些钱，给您买下个小院子，您就可以安家了。"

老太太说道："难道你们是慈悲济世的活菩萨?！我本来打算有天老死在这里，或是被狼叼了去，就一了百了。现在好了，再也不用担心了。"

金玉吕和木由术搀扶着老太太下山，半途中，树叶沙沙作响，在山峰上竟然有着成群的狼。为首的一只狼，就是昨晚云吉救治过的。金玉吕说："糟了，我们不应该相信那只受伤的狼，狼毕竟是狼。云吉，你救了它，它却恩将仇报，领来一群狼来对付我们。"

云吉此时也慌了神，老太太从容地说："好心人，你们不要着急，它们不像是来伤害我们的。"老太太朝着狼群的方向喊道："不要伤害他们，他们救了你，你不应该伤害他们，你们要是饿就吃了我这老太婆吧。"

狼群没有动作，为首的那只腿受伤的狼，颈项朝天叫了一声，从地上衔起一颗发亮的明珠，丢到山下，明珠滑落到草地上。为首的狼带着狼群离开了，没有半点要伤人的意思。

木由术说道："狼没有恩将仇报，而是用夜明珠对我们表示感谢，狼群帮我们寻回了第二颗珠子。"此后几十年，这座山上再没有出现过狼群。

59

凡间的男人大多都面朝黄土背朝天地在农田里耕种，有一些头脑灵光的就做小生意来养家糊口。有地位权势的世袭贵族家才有条件和资格让后辈读书，通过科举为官。

有这样一个书生，是个暮生儿。家中贫穷至极，依靠母亲给别人织补鞋袜为生。书生母亲年轻时，只有两件布衣，一件灰色一件黑色，穿了许多年。她那年多织了几双鞋袜，攒下钱想要买件夏天穿的绸子衣服，就到街上的绸缎店买绸子，挑选了一块绸缎。店铺老板怕她付不起钱，不卖给她，还说她不配穿绸穿缎，扔给她一块破旧的粗布，让她以后不要再来。书生的母亲因为此事啼哭很久，书生了解到母亲啼哭的缘由后，暗中发誓：定要认真读书，考取功名，让母亲能够大大方方穿绸穿缎。

书生白天下地干活，晚上要读书，贫困勤劳的母亲辛苦持家，尽管这样母亲也没有钱给他买灯油，时常感到愧疚。

这天，书生在田间干农活，在一棵大树下的土地上，看见一只死掉的喜鹊，善良的书生小心地把喜鹊捧起，不知该如何是好。书生想到：人死后都会有安身之处，这可怜的喜鹊也应如此，它也曾经是活生生的。书生拿锄头在树下挖了个坑，死掉的喜鹊被他掩埋。他刚要离开时，树上另外一只喜鹊发出了凄惨的叫声，那喜鹊的眼睛紧紧地盯着掩埋它同伴的书生。

书生默默地说道："我已经把你的同伴掩埋于此地了，你放心吧，如果你看了伤心，就离开此地，找别的住处去吧。我这穷苦之人不知在死后，能不能有一块安身之处呢。哎……"

正在这时，那树上的喜鹊把自己的窝掀起，一颗明亮的珠子掉在了树下的土地上，书生犹豫了一下，拿起珠子，回到家中，将刚才发生的事情告诉了母亲。母亲和善胆怯，小声地说道："这东西不是我们的，不能留在家里，明天交到官府去。珠子定是有钱人家的东西，我们不能贪心。"

夜晚，珠子发出微弱的光，书生起身，将它放置在烛台上，珠子发出的微光不太亮，但是刚好够他读书用。书生很欢喜，就对母亲讲，能否把珠子留下来，当作灯烛来用。母亲没有同意。

第二天一早，书生和他的母亲带着珠子来到官府，把书生得到珠子的经过和珠子能够发亮之事如实说出。师爷和衙役们哄堂大笑，都认为书生和他的母亲在胡说。县丞看了看师爷，又耐心地控制着自己对这母子两人的取笑，说道："那就只等天黑，看看珠子是否会发亮了。"

夜幕降临，珠子并没有发光。县丞愠怒地对书生说道："念不成书，不是你的罪过。但是你也不能够胡思乱想，想出一些个古怪的故事，来骗本官。这样的事情，不要再发生了。即便再发生，也不要再来。本官公务繁忙，没时间跟你开玩笑。"书生和母亲离开县衙时，县丞送了他一些灯油。

这个笑话，被邻人知道后，书生和他的母亲被取笑了很久。

金玉吕和木由术、云吉来到此地，因有帝母伍素的手谕，受到了县丞的款待。席间闲聊时，县丞将书生偶遇喜鹊送明珠的事情当成个笑话讲给他们听。金玉吕和木由术互相交换了一下眼色。木由术首先笑了起来，金玉吕微微低下头，勉强笑了笑。而云吉的斩魂宝剑微微颤抖，她接受了佟钰的提示，也微微地笑了。县丞酒喝得不多，却没有看出他们三人的掩饰。

回到住处后，木由术说道："那书生说的话，无论是真是假，我们都应该去看看，凡人恐怕识不得那夜明珠。夜明珠有我母亲久合公主的灵魂，我看了就认得。或许是母亲有灵知来成全这穷苦的书生读书。"

金玉吕、木由术、云吉，悄悄离开县丞府邸，找到书生和母亲在城边住的两间简陋的房子。果真，烛台上放着的夜明珠，发出浅色的光芒，远处看就像是烛光。书生正在那烛光下认真读书。金玉吕学了声鸟叫，故意打扰书生，书生纹丝未动，依旧读书。

金玉吕问木由术："你看该怎么办?"云吉和金玉吕都期待着木由术的回答。木由术考虑了一下轻声地说："等他考试结束后，再说。"说完，他们悄悄地离开了。云吉回头向书生的窗前又一次张望，此时的云吉想起了被封在象征毁灭和真爱的斩魂宝剑中的佟钰，斩魂宝剑轻轻地颤抖了一下。

考试结束，书生考中。披红袍登御马，被帝王派往山南做地方官。金玉吕暗中买下十匹绸缎送给书生的母亲。金玉吕和木由术正在商议，怎样才能从书生手中取回久合公主身体和灵魂化成的这颗夜明珠的时候，云吉急匆匆地来到他们身边，说道："我们快到田间去，我去送绸缎的时候，那书生将夜明珠放在了原来的地方，三拜之后，带着母亲去山南上任了。"

金玉吕和木由术沉默许久。云吉说道："希望书生为官清廉，造福一方。"

60

柄县有个赵东家很富有，也不至于为富不仁。只是他总担心将来，自己的将来。担心得到的会失去，没有得到的最终成为泡影。这样的生活让他忧心忡忡。古话说得好：平生不做亏心事，夜半敲门心不惊。赵东家多少是做过些亏心事的。

常说：死生有命，富贵在天。赵东家为了求富贵可谓是费尽心思。无论是布施还是忏悔，他都会认真对待。无论是阴宅的风水还是阳宅的，都受到他的重视。不管是达官显贵还是普通一人，他都不会开罪。不管念佛还是修道他都参与，不管大钱还是小钱他都会节省，为的就是让祖辈留下的产业不至于败落在他的手里。

命运无常，近些年他却是觉得心力和体力都大不如前。他的原配夫人没有留下子嗣，他只得另娶。苍天有眼，不久他得一小儿。小儿乖巧并不顽劣，即便是这样他还是日夜思虑，担心不安齐齐涌上他的心头。不安的缘由是他怕总有一天，他两腿一蹬见阎王去了，儿子没有成人，怎能把持得住这样大的家业？

于是，他多方打听，想找一位上知天文下知地理的算命先生给他算一算。如果一切顺利，那就万事大吉；如果真如他担心的那样，将来的家业要破败，那就让先生找个办法给化解，让他能够在如日中天之日把暮景残照之时的将来统统料理好，提早有个安排。赵东家实在太相信无常之数。

功夫不负苦心人，不想他要求的这位先生在他六十六岁这年出现在他的面前。这先生身材微胖，眼睛眯成一条缝，看样子无精打采的，一身破棉袍仅可御寒，样子很落魄。别人用异样的眼光看这位人称神算的吴先生，心中充满怀疑。赵东家则把他奉为座上宾，让他住最好的客房，给他最好的饮食，过了许久也不见这位吴先生给赵东家正儿八经地算上一卦。家中老幼都不耐烦，尤其是管家和十岁的小公子，对这位眯着眼睛，整日里和赵东家下围棋的吴先生最看不上眼，他们始终不知道这位吴先生到底是卖什么药的。

转眼两年过去，吴先生还在赵东家白吃白住。族中的老人和和气气地询问赵东家，这到底是怎么回事。赵东家笑笑说道："不便透露。不过请各位放心，我心中有数。"几位家中的长辈和远房亲戚听他这样一说也就不好再问。只是临离开赵家大宅的时候，语重心长地说道：“我们以后不会再来打扰，只是担心这吴先生是来骗吃骗喝的罢了。”赵东家依旧笑着，不做任何回答。

此后过了几个月，赵东家的工人开始大兴土木修葺老宅，过了雨季，就修缮祖坟。赵东家的海产生意日益兴隆，他用做海产生意赚来的钱，收购了自己几十年的死对头刘家的田地。又用很少的钱买下了已经败落的乡中大户陈家的老宅。对于收并田地和拓展生意大家都能够理解，但是买下可怜的陈家的老宅，就算是他的二夫人也不明白是何用意。不久真相大白，二夫人在赵东家七十岁的时候又为他生下个儿子。这两处房产是赵东家分别留给大儿子赵同善和二儿子赵同良的。

赵东家的日子真可谓顺风顺水，他没了忧愁，笑得合不拢嘴。他时常这样说：“死亦瞑目了。”七十三、八十四，阎王不请自己去。赵东家七十三岁那年又有一件喜事。他的大儿子赵同善中了状元，而赵东家福尽命终，临走前他对大儿子赵同善讲：“家中之所以有今天的兴旺，多亏有吴先生神机妙算。如今他泄漏天机太多，因此已经双目失明。你必须给失明的吴先生养老送终，不能慢待。要孝顺母亲，你的弟弟同良，你也要用心保护，不能忽视。老宅两座，你两人一人一座。”赵东家的一生算是圆满了，他可以瞑目了，但是赵同善是否听他的话，土中的他也就无从知晓了。

金玉吕和木由术、云吉来到柄县的时候，赵东家已经死去二十年。陈家庄的陈庄主接待了金玉吕、木由术和云吉，对他们讲起自己多舛的前半生，不禁潸然泪下。说到自家祖屋被赵东家买去一段更是心酸。讲到此时，云吉有些不解地问：“赵东家的家业又是如何败落的？”

陈庄主说道：“赵家的事情现在已经很少有人提起，你们来的时候村口有个代人书写信笺的年轻人，就是赵同良。他几乎是靠我接济才长大成人的，要我说神算子算不准，只是善有善报、恶有恶报罢了。他大哥赵同善已经病死。赵东家死后，管家唆使赵同善赶走了吴先生，而吴先生的眼睛却是已经失明。吴先生并未辩解，而是在夜里去了赵东家的祖坟，静静地端坐了一夜，而后就无影无踪了。赵家的管家拐走了所有钱财。听看林的老人说，吴先生取走了放在赵家祖坟的一项宝物，那宝物本就是吴先生所有。吴先生看赵东家为求富贵烦恼不断，就将自己的宝物放置于赵家的祖坟，改变了他家的风水。吴先生自己双目即将失明，原以为能在赵家安度晚年。不想赵同善不念前缘，听了那管家的话，败亡了家业。赵同善病死后，我们陈家收回了祖屋，这并不过分，况且我还接济了他的兄弟。赵同良为人老实，写得一手好字。我就支持他在村口代人写些信笺兼施一些茶水，攒些钱将来找个好女子做媳妇，我们陈家不理亏。”

听到这里，木由术忙问：“陈庄主可知道吴先生拿走的宝物是什么？”陈庄主好似有些为难，犹豫了一下，但最终还是说道：“他们说是颗珠子，因吴先生失明，他拿去了珠子卖掉医眼病。也有的说，赵家的祖坟风水好，是因为有一眼泉水，赵家恩将仇报赶走了失明的吴先生，吴先生用这泉水洗了眼睛，眼睛复明，而泉水却干枯了，从此没了水，也就没有了风水。”

金玉吕辗转反侧，他去同木由术商量。木由术燃起灯烛，说道：“我想那吴先生应该是拿走珠子卖掉医治眼睛去了。如果没有估计错误，那珠子就应该在附近的当铺里。夜明珠所在的地方离我们并不远。”

61

附身斩魂宝剑的魔佟钰见到四颗已经收回的夜明珠，开始蠢蠢欲动，不听云吉的控制，他对不祥之事有预兆。帝母也派遣报信童子给金玉吕、木由术和云吉谕旨，让他们立即返回天界。云吉听后非常开心，说道："玉王，看来，帝母和金子素已经完全原谅我们，要我们返回天界呢，帝母还是很慈悲。"

金玉吕和木由术则满脸愁容，看着简单的云吉，不由得心生担忧。木由术说道："夜明珠才找回四颗，帝母就急着让我们返回天界，这其中必有原因。算起夜明珠，我父亲冥祖那里有一颗，金子素和帝母掌管一颗，佟钰作乱，流入到魔地一颗，我们寻回四颗，共七颗。"金玉吕说道："是，还有三颗不知下落，为什么就着急让我们返回天界，我们不能回去，这其中有问题。"

云吉不明白其中的要害，就问道："如果我们抗命，会是死罪，我们辛苦找回的夜明珠还是要交给金子素；我们听命返回天界，交出夜明珠，也许会得到赦免呢，虽然还差三颗夜明珠，也是尽了全力的啊。"

金玉吕看着云吉，微笑着说道："我们会死，你不了解帝母。但是你不能和我们搅在一起受到不公平的待遇。如果你相信我们就离开我们，去找鹤王让他保护你。我和木由术，暂时去到冥界，让冥祖庇护，我想帝母和金子素的金兵天将马上就要到了。以前曾经拥有过夜明珠的神官，这次也会无一幸免，我感觉对不住他们。我了解帝母伍素和现在的金子素。"木由术点点头，期待地看着云吉，等待她做决定。

云吉不知所措地看着金玉吕和木由术："天界的人都知道鹤王是

狠毒的孤鹤，我不愿意去见他，我怕他会把我杀掉，我从前是云水国的侍女，我们云水国的神众都视鹤族为永远的敌人。我不会去的，我要和你们在一起。”

木由术和金玉吕很为难，这时天地间战鼓擂擂，金兵神将已经到达凡间，要求金玉吕和木由术遵谕旨返回天界。云吉明白了金玉吕的话，帝母没有原谅他们，而是加重了惩罚，来凡间寻找夜明珠只是开罪他们的借口罢了。

云吉吓得浑身颤抖，手中的斩魂宝剑瑟瑟战栗。魔佟钰的魔灵发出了声音：“云吉，赶快离开，把斩魂宝剑交给金玉吕，你赶快到鹤王那里避难兴许还能留得住一条性命。鹤王他不会伤害你。”云吉听后木讷地站在原地已经没有了思绪，她不知从何做起，不知该如何是好。

金玉吕和木由术已经与天界的金兵神将开战，客将军对金玉吕不留情面。金玉吕拉起云吉，接过她手中的斩魂宝剑，斩掉身边强悍的金兵神将，纵身上马，木由术攥紧四颗夜明珠，催马前行，在厮杀中奔向鹤王领地。

苦战了一天一夜，天界金兵追讨不止。到达鹤王领地后，金玉吕将云吉狠心抛下，推她进入鹤王领地的池沼。此时，木由术的马匹被客将军的神箭射中，栽倒在地。金玉吕拉木由术骑上自己的马，在筋疲力尽的时候，凡间刮起了黑风，是佟钰的魔力感召来的魔气救下了金玉吕和木由术。他们得以暂时返回冥界。

62

金玉吕对木由术说道：“我们要的是金子素的帝位，而金子素和帝母要的是我们的性命。”

木由术在暖炉旁烤着手，惊魂未定，深深地叹了口气，说道：“他的帝位就是他的性命。”

金玉吕说道：“命运真的是无法捉摸，也不知道，云吉她怎么样了。我们把她丢在鹤王领地，拿了她的斩魂宝剑，不知她是生是死。”

金玉吕说道：“我想鹤王会收留她的，等到事情平息了，如若有一天，我能够登上帝位，定把云水国交给她管理。”木由术阴郁地笑了。

在木由术的心里也有一个梦，他的梦也是站在天界的至高点观看云海起伏，彩霞漂流。他能够一抬手指挥千军万马，一挥手就除掉天界生灵。他有这种想法，来自自卑，来自血统，也来自与生俱来的欲望。

金玉吕看着木由术陷入了沉思，不清楚他在想什么，也不想问。在金玉吕的意识中，木由术的心里只有那些过时的诗词歌赋和鹅女。他认为木由术是软弱的、疲倦的，思维是凌乱的。甚至他对木由术还有一种同情，同情他丑陋，他的血统和他爱情的坎坷以及一事无成。他想如果有一天我能够登上帝位定将天界书库交给木由术管理，他喜欢既清闲又安逸的生活。可是金玉吕没有想到他了解的木由术和鹅女了解的木由术一样都是错觉，不是事实。

金玉吕也没有想到，美丽的冥界女子给他盛的汤是他没有喝过的，滋味美好口感甘甜，金玉吕喝过后就只能够沉沉地睡去了。

冥祖悠然地抖了抖衣袖，恐怕白衣上沾上不干净的东西，而后沉稳地踱步到木由术身边看着正在犹豫的儿子说道：“我已经帮你做了最应该做的事情，也是你一直犹豫不决的事情，这样你可以为我报仇，为整个冥界报仇，还可以实现你的心愿得到你梦寐以求的灼邑以及这神秘而有着无穷力量的斩魂剑。看看，我的儿，多少的好处。你没有朋友，原来没有，现在没有，以后也不会有了。你有的就是大家都想有的东西——权力，你最好最忠实的朋友，它不会背叛你欺骗你，也永远不会厌弃你，只要你抓紧它，它就会给你带来一切，生命中最罕有的奇迹啊！权力！拿起这斩魂宝剑，利用你手中的剑调遣你的野心，完成一个男子应该完成的使命吧！”说完，冥祖终于按捺不住心中对权欲即将到手的冲动，大声说道：“来人！把这位俊美的天界王子金玉吕关到水牢中去吧，轻轻的，可不要惊动了他……”

木由术的眼中没有了迟疑，有了更深刻的忧伤和忧郁，但是他的双手还是坚定地握住了父亲冥祖交给他的斩魂宝剑，轻轻摇了摇黄金制成的斩魂宝剑，他微微地笑了。他对着附身宝剑的佟钰说道：“佟钰，你带我去争取权力，我把自由之身还给你。首先你要杀死的不是帝母，不是金子素，而是那个识得符文的鹅女。我父亲冥祖和魔界素有交情，他现在已经动身去魔地，要求魔给你解脱。”

63

佟钰附身的宝剑微微地发出声响，他气息微弱地回答道：“木由术，我以为，天界的帝王神仙可以摆脱尘世困扰，没想到你们的欲望野心与凡人不差毫厘，我明白你的话和你的心。见到鹅女后宝剑定会出鞘，但是现在的你，不一定能够杀死鹅女。我的自由，不需要你们给予。如果冥祖真的能够说服魔还我自由，那我不要做神仙了，也不想留在天界。我想去找我的亡妻和她在一起，永远不分离。我将她杀害，愧疚的心中唯一的善念还想留给她，哪怕她永远不会原谅我，我也要在她的身边赎清罪过，求得生生世世的平静。”

木由术并未对佟钰说的话感到惊讶。他看看斩魂宝剑，感觉着佟钰的灵魂，木然地摇了摇头，抿着嘴唇似笑非笑地说道：“我原以为，这世间最痴情的是我的鹅女，没想到还有个如她一样的男子，如此痴情。”

说完木由术不由地笑出了声音，不免挖苦地说道：“我想鹅女定会被你感动的。”

佟钰并不示弱，他坚定地说道：“木由术，我敢肯定你会失去一切的，你口口声声说你的鹅女。但是你可知这世界上最爱她的人并非是你，她不是你的。”

佟钰在空旷的冥宫中笑了，他顿悟地笑了。帝王头上的冠是冰块，华美冷酷却极易融化。他悠悠地说道：“木由术，你爱鹅女吗？如果现在的你能够为鹅女落下一颗眼泪，我就去帮你杀死她。”

木由术气上心头顾不得想佟钰的问话，只是觉得佟钰在故意地戏弄自己。他狠狠地握住宝剑，就像掐住佟钰的喉咙一样，他失去了重心，觉得头部一阵眩晕，赶快扶住座椅用力地眨着眼睛。他听到有别人深爱着鹅女比他真心的时候，并没有掉下伤心或是嫉恨的泪水，而是觉得不可信。他平静后就又恢复了阴郁的样子，表情、眼神、动作和思维没有一丝变化。

木由术说道：“你的意思是，真正爱鹅女的人是白神。只可惜他已经死了，魂飞魄散。佟钰，你别忘了，我父王冥祖有足够的时间折磨你，毁掉你，让你的灵魂永远封存在斩魂宝剑之中。”

佟钰也冷静下来，从刚才的胜利中清醒，他说道：“木由术，你可以带上斩魂宝剑，我帮你去杀鹅女，我想她的伤口很快就会愈合，不但不能杀死她，还暴露了你的阴谋和想法。金玉吕对爱情和权力很直接，你则太喜欢在菩提树下打转。虽然都不是什么好事，但是比起你，他是好的。”

冥界侍女走到木由术身边温和冷静地说道：“王爷，你相信他的话吧。我认为佟钰没有欺骗你。其实鹅女的心里有白神，在引导佟钰去魔地的那一刻起，她就放弃了你。鹅女能够坚持在痛苦中活到如今，就是要在天河水倾泻的那一天见到海洋之心，将白神的灵魂释放。”

木由术呆滞地看着窗外，他能够感觉到，在天界这个时辰应该是早晨了。不知为什么，他想起了鹅女的样子，和她那张不爱微笑的脸庞。他真的想落泪了，他想他害怕失去她，可最终他没有落泪。

64

帝母听到风云雨雪四位将军回来禀报说二王子金玉吕和木由术一起逃到冥界去了，帝母伍素万万没有想到四位将军回答得如此轻松。

金子素说：“我想四位将军已经尽力了，二弟金玉吕和木由术只要将夜明珠交回到天界，我们就不再追究了，把金玉吕打发到凡间去，收回木由术通行天界的权力，让他永远不要再来天界。冥界就交给冥祖他们父子管理，不好吗？”

帝母伍素看着愚钝的儿子，听着他愚蠢的话，连连摇头。她收敛起平时的威严，面无表情地说道：“好吧，就这样吧。今后的事情，金子素你全权处理，我不会再插手，以免让自己背上恶名。”侍女扶着垂垂老矣的帝母伍素往后宫走去。

金子素觉察到，这不是母亲平日的处事态度，就急急忙忙地追上帝母，问道：“母亲，是否还有话要讲，如果儿臣哪里错了，请您告诉我，我会改正。”

帝母说道：“君子一言九鼎，何况是天帝你，这次你放过了金玉吕，以后就没有机会了，也没有借口来解决他了。不愧是兄弟，还是流着同样的血，你不狠心怎么能坐稳你的宝座？将来你会后悔今天的草率决定。”

帝母回到宫中，看着香炉熏出的轻烟盘旋在清风吹动的纱帘上，心中一阵痛楚，她不明白事情为什么随着年岁的增长而增多。她想：我年轻的时候为了天帝金殇的权力和威严，与野心勃勃的火王做了几十年的斗争，直到促成了火王女儿灼邑和金玉吕的婚姻后才告一段落。如今又为了儿子能够保住他的帝位苦心孤诣地过关斩将，好辛苦，好痛苦。但是又有谁能够理解她苦心呢？年少时候害怕失去宠爱，得子之后害怕不能尽责，儿子成人害怕他不能掌控局面，她仍旧失去了宠爱。先是华玉，又是白羽，还有贡妃。想想她们哪个都比自己得到的金殇的宠爱要多。

再想想对金子素的培养，从小金子素就有勇无谋，喜欢跟着金玉吕的意思行事，没有做天帝的气魄和智谋。到如今她害怕的事情又发生了，金子素不但没有她希望的勇气和智慧，就算是仅有的对她的顺从也失掉了。她灰心了，不仅是对金子素灰心，对自己也灰心了。

此刻的她只想远离恐惧，远离纷繁复杂的事物，她多希望欣赏寒冷清净的月光，品尝甜滋滋的美酒佳酿，睡在温暖的床榻上，乘着龙车自由地飘在有花有草有美景的天界。无忧，无虑。

可是，没有了帝位，就没有了一切，她深深了解。预感告诉她，争斗又会在天界和冥界之间发生，不是间接与金玉吕斗争，就是与冥祖直接剑戟相遇。

花香、美酒、龙车、珍宝、华服、暖和的床榻，最让帝母难以割舍的是神众的朝贺，为了这些也要坚持到最后一刻。

帝母没有通过金子素，而是独自召见了风云雨雪四位将军。让四位将军先将灼邑和客仙女囚禁，再护持她到鹤王领地，她要亲自说服鹤王参与到他们的争斗中来，并且是站在她这一边。

做出这个决定后，帝母去了鹤王领地。风云雨雪四位将军去秘密缉拿灼邑和客仙女。

按照帝母的命令，天兵神将攻打火王城池，罪名是谋反。金子素不愿到战场去，帝母没有强求。

65

火王的城池久攻不破，耗费了天界的资财和兵力，混乱了章法，这样的消耗对于糊涂的天帝金子素来说不算什么，歌舞升平的天界仍旧保持着原有的奢侈和场面，天地混乱成一团，生灵涂炭冤魂啾鸣，没有谁去理会。

帝母来到鹤王领地，见到她平生最痛恨的女子云吉，看到鹤王正在陪着鹅女玩秋千，给她擦去眼角频频滴落下来的眼泪。帝母心灰意冷。她明白，此生她最不该做的事情就是将鹅女收留。

鹤王用最好的蔬果和美酒招待帝母，问帝母有何难办的事情。帝母心情烦乱，把一套路上想好的委婉说辞全都抛诸脑后，只是简单地说道："我想取下火王的城池，想要灭掉冥祖的老巢，想要回鹅女，让她永远留在我身边，那么木由术就永远不会背叛我，背叛我儿金子素。金玉吕是一定要杀的。"说完这些话，她觉得手心冰冷无比，心脏都成了凝结的冰珠。

这时帝母伍素倏地回头看见了一张熟悉的面孔，那不是别人，正是当初金玉吕骗走的三王子金羽嵯。帝母茫然地从座位上站起，就似遇到了冥灵般的胆怯。她说道：“你不在道仙那里修行，到鹤王的领地来做什么?！难道你要鼓动鹤王造反不成?”

鹤王起身劝帝母坐下，说道：“帝母，羽嵯与我是在神仙山相识的，只是朋友，不像你想象的那样。如果我们有斗争和计谋那也是在棋盘之上，你不要紧张，不如让鹅女来跟你见一面，她已经忘记了木由术，不会回他那里去了，你要回鹅女也无济于事。我的鹤子鹤孙告诉我，木由术和冥祖已经将金玉吕关押在冥界的水牢里，金玉吕恐怕早已……我能够帮助你而你还在怀疑我。帝母，我规劝你不要离开我的领地了，这样你还能保住性命，我对你的安危负责，我不会再参与战争。我们是神仙，有着仙骨，再对权欲这样的执著不是让世间取笑吗?”

帝母伍素无言以对，愣愣地看着鹤王与金羽嵯。金羽嵯看着惊慌失措的帝母很无奈地对她说道：“帝母，孩儿年少时对您很尊重，您对我的误解怎会这样的深？我真的不能够理解。”鹤王深深地叹了口气说道：“有权者恐惧失去，无权者承受失去，弃权者受到猜忌，死者最有道理，却永不能说明了。”

这时，鹅女手捧着一盘鹤王领地最好的鲜果走过来，姿态是从来没有过的轻盈和庄重：“帝母，这许多年没有见到您，您一切都还好吗?”鹅女的话没有杂质没有造作，没有意义，甚至没有一切。话是如此的简单，让帝母听过后根本就不知道如何回答是好。帝母没有回答。但是帝母觉得，鹅女这个她从来没有正眼看过的侍女的确漂亮。鹅女没有改变，无论是容貌，还是身形。帝母的眼睛在黄昏后的夜晚，看清了真正的鹅女。她没有觉得呼吸急促，没有觉得痛苦，只是觉得一股血流簌簌地倒流到自己的脑后和耳根，她看见了黑色。不是夜色的黑，而是自己闭上双眼后的归宿。

金羽嗟叹息着王者的命运，他对鹤王说道："我不恨金玉吕，我感谢他，让我远离那看不清楚美好和真相的黄金铸成的天界。我过早地被骗，却适时地明白。"

冥军攻城无孔不入，黄金的城池瞬间瓦解。木由术坐在被冥军引水淹没的金殿的宝座之上，帝位辉煌，气氛凝重。他刚刚坐稳想要宣布旨意时，宝座的一条腿断掉，他险些跌落了。

被冥祖关在水牢中的金玉吕终于忘记了一直给他带来烦恼的权欲，同时也忘记了其他。

鹤王对鹅女说道："鹅女，我们要把白神的灵魂放归到海洋，就要唤醒亡灵，让他们引导天河水倾泻，才可能见到海洋之心，那时天界就会一片汪洋，天界和神众会毁灭，包括我们。我的鹤能飞到天的尽头，但是无处落脚。"

海底惊洪涌动，哀魂嘶鸣，剑光四射，水音翻腾。一切都结束了，一切又开始了。

从此，天上永远飞着不能落脚的仙鹤。

只有大地不再那么干燥了，粮田有了雨露，牲畜有了活路。人也不再仰望天空。

66

村子西边有户人家，女的精明能干，男人却是个傻汉，整天不读书不干活，早上起来就忙着去给媳妇摘花去，对谁都说他的媳妇是仙女下凡。

村子东头，有个驼背的放牛人，丑陋无比，攒了钱就给他的娘子买白米糕。老人说那男人的娘子曾经为他落过一百年的眼泪。

氓之蚩蚩，抱布贸丝。匪来贸丝，来即我谋。送子涉淇，至于顿丘。匪我愆期，子无良媒。将子无怒，秋以为期。

乘彼垝垣，以望复关。不见复关，泣涕涟涟。既见复关，载笑载言。尔卜尔筮，体无咎言。以尔车来，以我贿迁。

桑之未落，其叶沃若。于嗟鸠兮，无食桑葚。于嗟女兮，无与士耽。士之耽兮，犹可说也。女之耽兮，不可说也。

桑之落矣，其黄而陨。自我徂尔，三岁食贫。淇水汤汤，渐车帷裳。女也不爽，士贰其行。士也罔极，二三其德。

三岁为妇，靡室劳矣。夙兴夜寐，靡有朝矣。言既遂矣，至于暴矣。兄弟不知，咥其笑矣。静言思之，躬自悼矣。

及尔偕老，老使我怨。淇则有岸，隰则有泮。总角之宴，言笑晏晏。信誓旦旦，不思其反。反是不思，亦已焉哉！

出自《诗经》之《国风·卫风·氓》

2014年4月11日定稿